中日互譯捷徑

高　寧　編著
孫蓮貴　審校

鴻儒堂出版社

目　　錄

前　言

本書作爲南開大學外文系日語專業高年級教材已經使用5輪。去年年底，承蒙校教材委員會的厚愛，成爲6本獲得出版資助的文科教材之一，由南開大學出版社正式出版。

關於這部教材，有幾點說明：

一、日譯中、中澤日，是翻譯的兩個方面，兩者雖有難易之分，但是，又都是學生的必修課程，不能有所偏頗。因此，我們嘗試著把日譯中，中譯日以同等比重編入這本教材。雖然在例文的選擇上，日譯中偏重於文學作品，中譯日則偏重於通訊報導體的文章，但是，兩者的地位是平等的，沒有輕重主次之分。

二、爲了給廣大讀者提供更多的選用自由，同時也爲了擴大本教程的選用面，我們使教材上編日譯中和下編中譯日既可合二爲一，成爲一本教材，又可以一分爲二，當作兩本教程使用。簡言之，上下兩編，既獨立成編，又相互補充，互爲表裡。因此，在具體行文上注意上下編各章各節的相對完整性。從全書來看，上編理論探討略重於下編，下編的例句分析講解又較上編詳細。

三、因翻譯教程的特殊性，我們選用了很多譯者的譯文，進行分析研究，並指出了某些譯文的不盡人意之處。我們的目的是爲了搞好教學，提高學生的翻譯水平，並無說三道四的意思。誤譯對任何人來說都是難免的，更何況翻譯成千上萬的作品，不可像上翻譯課那樣一一品頭論足，細細推敲。此外，關於譯文的正

誤，有時又由於理解角度的不同，各人看法不盡相同，本教程的"苛求"之處也很可能不完全正確，因此更需要求得諒解。

四、有一部分譯文，出於教材編著的需要，我們做了一點必要的改動。不過，這種改動已盡量控制在較小的範圍內，以保持對原譯的尊重，同時又能給任課教師和學生提供更廣闊的分析、討論和研究的餘地，更有利於翻譯課的教學。基於這種考慮，練習的參考譯文，我們也盡量少做改動，以維持原貌。

五、翻譯教程的編著可以採用各種不同的體系，也可以參照其他語種的翻譯教材，吸取其精華。我們進行認真的分析研究，採用了以翻譯技巧為主的體系。關於本教程的編寫思路，請參閱緒論的第一部分，它基本上反映了我們的主要觀點。這裡唯一想補充的是，本教程的這種編著方式，完全是一種新的嘗試，意在拋磚引玉，求教於方家。

此外，還需要說明的是，本教程沒有設立各種文體的翻譯章節。這主要是考慮到學生尚不能用母語進行各種文體的寫作，要求他們區別文體翻譯似乎太難。再說，在有限的課時裡，他們更需要的是打基礎，練基本功，以現在之不變去應將來之萬變。

六、本教程的例文，絕大多數是通過大量對照閱讀遴選出來的，只有我的導師周明先生主編的《日漢翻譯教程》中的個別例句被選用到正文或練習裡。此外，另有少量譯文出自編著者之手。

七、為了調動學生的學習積極性，我們在上編裡編排了不少同源異種譯文的分析對此練習，在下編編入了一些分析、研究譯

文的練習。這兩類練習沒有附參考答案。當然，把這兩類練習當作課堂講授內容亦無不可。另外，上編的少數翻譯練習我們沒有提供參考譯文，目的也是為了讓學生開動腦筋。

八、在這裡，還想說明的是，本教程如果沒有孫蓮貴教授親自審校，沒有系學術委員會的大力支持，沒有吳廷璆教授、陳正大教授的熱心推薦，沒有劉振鐸先生、丁福原先生、白莉女士和其他多位先生的熱忱關懷和提攜，是不可能得以問世的。此外，我還要感謝原教研室主任盧庚良先生。沒有盧先生當年放手讓我擔任翻譯課的教學工作並為教材的編著創造良好的條件，本教程同樣也是難以問世的。最後，我要感謝南開大學日本專家石木田貞幸先生，他對本教程的編著給予了熱忱的幫助。並要誠心感謝天津版權代理服務公司的李春香小姐，由於她的協助與支持，本書才得已在台灣地區出版發行。

本教程已歷經三次易稿，但是，由於水平有限，謬誤、膚淺之處一定不少，懇請日語界的專家學者和廣大讀者不吝指正。

高　　寧

緒　論

第一節　關於翻譯的學習與研究

　　如說外語學習的開始就伴隨著翻譯實踐的話，那麼，到高年級後翻譯課的學習則是對以往所學知識——包括外文和母語——的一次總檢查、總提高。如果說外語學習初期的自覺與不自覺的翻譯實踐還局限於對翻譯的感性認識的話，那麼，高年級的翻譯課則是要把翻譯作爲一門科學，使大家對翻譯的認識由感性上升到理性，由不自覺的學習轉變爲自覺的學習，由不系統的學習方式轉變爲系統的、並略帶點研究性質的學習方式。翻譯課的最終目的就是使學生初步具備的翻譯才能發生質的飛躍，成爲一名合格的、優秀的外語工作者。

　　那麼，應該怎樣去學習、研究翻譯呢？翻譯本身又有什麼特點呢？作爲一門科學，它是否擁有自己的體系呢？下面我們從與精讀、語法等課程的對比角度，談幾點看法。

　　首先，我們應該搞清楚的是，翻譯課不同於精讀課，雖然它們之間有著千絲萬縷的聯繫，但是，在課程的性質上卻有著不同的“個性”，不能混爲一談。精讀課的重點是打好學生的日語基礎，進行聽說讀寫四方面的全面訓練，並比較系統地講授語音、語法和詞匯方面的知識。但是，對精讀課而言，翻譯，無論是日譯中，還是中譯日，都不過是其教學的輔助手段，用以幫助學生

完成聽說讀寫諸方面的學習和訓練。

而作為一門科學，翻譯又有它自身的系統性、完整性和科學性。這首先體現在它是建立在宏觀的基礎上的。即翻譯的學習與研究強調從宏觀入手，強調從總體上去把握原文，然後再逐漸過渡到微觀的層次上。它的特點是從大到小、從全局到局部，先見森林，後見樹木。也就是說，翻譯學習與研究的著眼點應該是從全文到段落、從段落到句群、從句群到句子、再從句子到詞組和單詞。這是翻譯學習與研究的科學性的保證，也是實現其系統性和完整性的重要前提。簡言之，此乃翻譯學習與研究的總原則，也是翻譯教材編著的根本方針。然而，在精讀、語法等課型中，作為教學輔助手段的翻譯不可能做到這一點，而且大部分場合違背這個總原則，學生的注意力被過多地放在細枝末節的問題上。

第二，明白了翻譯的總原則、大前提，下一步就是具體的學習、研究問題。怎樣學習、研究翻譯，不僅是學生，而且是翻譯課教師的一項重要工作，同時也是翻譯教程編著的一個關鍵問題。其核心就是建立一個什麼樣的體系。這是精讀課、語法課不可能去考慮的問題。

然而，由於在語言學習的初級階段，翻譯經常成為解難釋疑的重要手段，不僅課文的難點教師經常通過翻譯來了解學生的理解程度，同時，翻譯在詞匯學習、語法學習、句型及慣用語的學習中也充當著特殊的角色、起著發蒙解惑的作用。但是，由於這種做法完全把翻譯當作教學的輔助手段，無形之中會使學生產生一種錯覺，以為翻譯不過是語言學習中的一個工具，沒有內在的

系統性、科學性。因此，有的學生把翻譯理解成語法的詮注、詞彙的釋義，混淆不同學科間的區別，認爲翻譯就是研究"わけ、はず、べき"的翻譯、"ている、てある"的翻譯、"の"的翻譯、"也"的翻譯，"因爲……所以……、不但……而且……"的翻譯以及各種句型、句式的翻譯等等。其實，這些從詞語、語法出發的學習與研究固然是翻譯研究的一部分內容，卻不是主要的部分。如果始終局限於這些微觀問題的學習與研究，則不免有撿了芝麻丟了西瓜之嫌，同時也不可能真正學會翻譯，迅速提高翻譯水平。

因此，具體講授翻譯必須站在較高的層次上，以高屋建瓴之勢，歸納總結一套較完整的、適用面較寬的翻譯體系。在眾多的翻譯體系中，我們認爲以翻譯技巧爲主線的體系比較合理，它既簡潔明了、重點突出，又疏而不漏、易於把握。這一翻譯體系，簡言之，就是"順譯、倒譯、分譯、合譯、意譯、加譯、簡譯、變譯、反譯"。它們既各自獨立又相互貫通，成爲一個完整的體系。利用這個體系去學習、研究或教授翻譯，至少有以下好處：

(1)它保證了從宏觀入手學習、研究翻譯這一總原則的充分體現。因爲上述各種技巧首先是段落、句群和句子的翻譯技巧，然後才是詞語的翻譯技巧。這就保證了體系的科學性。同時，它又不會束縛住人們的手腳，剝奪人們自由施展才能的餘地。因爲它教給人們的與其說是一個個具體的翻譯方法，不如說是在宏觀上教會人們理解、把握翻譯的實質，開闊人們的思路，改變人們的思維方式，從根本上提高翻譯水平。利用它，我們還可以對同一

段譯文進行多角度、多方位的考察與研究。這也是它宏觀性的體現。

　　同時，它也避免了同一翻譯技巧反覆多次出現在同一本教材中的現象。某一技巧，既可以用在超句結構中，又可以用在句子中；既可以用在長句中，又可以用在短句中；既能用在主動句中，又能用在被動句中；甚至還可以用在詞語的翻譯中。相反，如果站在微觀的立場上，以句型、句式或詞語為中心來討論翻譯，往往要開藥方，定出個 ABCD 的譯法來。但是，這些 ABCD 譯法又不可能說全所有語境中某一句型、句式或詞語（包括助詞、助動詞）的譯法，同時，這些 ABCD 的譯法也不可能為某一句型、句式或詞語所專有。結果，難免出現以偏概全、重覆囉嗦的現像。

　　(2)這個體系為翻譯理論的研究開闢了較廣闊的空間。作為一個體系，如果沒有堅實的理論基礎，僅僅局限於翻譯標準的討論，局限於技巧的羅列、講解，也就不成為體系。學習、研究任何一種技巧，必然牽涉到這一技巧賴以生存的深層理論原因。這個體系不僅沒有妨礙人們的理論研究，相反它為人們提供了廣闊的研究空間，並促使人們進行深入的研究。比如學習、研究加譯，就牽涉到加譯的原理、加譯的前提、加譯的原則、加譯的內容、加譯的方法、加譯的得失研究等多項內容。而每一項內容又可以從不同的角度，如語境修辭、文體等進行探討。

　　第三，與精讀課、語法課等相比，翻譯課還有個特點，即它十分重視並強調同源譯文的分析對比研究。這是學習、研究翻譯

時一個必須重視的問題。我國許多著名的學者，如朱光潛先生就十分重視同源譯文的對比分析研究，這是提高翻譯鑒賞力和實際翻譯水平的一個非常有效的辦法。同源譯文的比較是多方面的，不僅包括譯文正誤的分析對比，也包括修辭領域等方面的對比研究。這不僅可以加深對翻譯的感性認識，並使之逐步上升到理性認識，同時又可以激發起學生對翻譯和翻譯研究的興趣。

然而，始終停留在同源譯文的分析對比上，又不免有“紙上得來終覺淺”的危險。更有效的辦法就是自己創造同源譯文，然後再“自我解剖”，進行分析對比。這種做法的最大好處不僅在於可以提高學生的分析、判斷、評價譯文的綜合能力，而且在於可以打破學生的思維定勢。現在很多學生一旦落筆成文，就很難再修改自己的譯文，最多是置換少數詞語。如果拿掉譯文，讓他重譯一遍，往往譯文還是先前的老樣子。因爲他們的思維已經形成定勢，想不到同一原文自己也可以譯作另一副樣子。不打破這種思維定勢，就不可能提高譯文的質量，因爲好的譯文是產生於同源多種譯文之中的。一個人譯出的同源譯文越多，他的思維框框就越少，他的選擇範圍就越大，譯文的最終質量就越高。

第四，除了同源譯文分析研究及創造同源譯文的學習方法外，翻譯課還十分強調單純的從原文到譯文的對照閱讀，因爲這也是培養學生發現問題、解決問題能力的一個很好方法。在進行同源譯文分析研究時，因爲同源譯文自身可以相互成爲對方的參照物，異同點相對比較明顯地擺在學生眼前，容易被發現。當然，要講淸講透同源異種譯文異同點的實質性區別並不容易，尤

其是要辨明它們相互間的微妙而又精細的區別更非易事，但是，由於字面具體文字的不同，人們即使說不清同源異種譯文之間微妙的或並不微妙的區別，一時無法判斷優劣，但是，至少可以感覺到問題的存在。然而，一旦進行單純的對照閱讀，能否對譯文作出正確的評價姑且不說，首先，能否感覺到譯文是否有問題本身就不那麼簡單。它更需要敏銳的觀察問題、分析問題的能力。而進行單純的從原文到譯文的對照閱讀，就是爲了培養和提高這種能力。

但是，需要注意的是，進行對照閱讀時，一定要擺脫譯文對人的引導，不能被譯文牽著走，而應該緊緊抓住原文，從原文的角度來考察、分析、研究譯文，或欣賞或批評。簡言之，就是緊跟原作者，而不能追隨翻譯者。然而，在學生中，有不少人被譯文所左右，從譯文的角度來看原文、來理解原文。他們不是先說原文是什麼意思，而是先說譯文是什麼意思，並由譯文推導出原文的意思，把兩者完全等同起來。這種現象較爲普通，可以算作翻譯研究中的一個誤區，嚴重影響對原文的準確把握，使對照閱讀失去意義、走上歧途。

與對照閱讀相應的一個學習方法是，在進行對照閱讀之前，自己先試譯一遍，然後再與手頭的譯文進行對比，吸取他人的精華，充實、提高自己。重點是理解、其次是表達。

第五，翻譯課與精讀、語法等課程的不同還體現在對譯文語言的高要求上。由於課型的不同，精讀等課程不可能多花時間去提高學生的譯文文字水準。只有翻譯課，不僅需要，而且必須把

學生的語文水平（包括中外文）的提高作為一項重要的教學內容來認真對待。這也是所有翻譯教材不可能不涉及的問題。我們認為語文水平不僅包括體驗現在遣詞造句等方面的文字功底，更包括譯者的邏輯思辨能力。因為一個人的語文水平最終體現的還是他的邏輯思辨能力，比如概念是否準確，條理是否清楚，論據是否有力，結論是否合理等。對普通中國人來說，其外語的邏輯思辨力是由母語決定的；其通過外文所表現出來的最終還是他的母語思辨力。因此，我們強調語文水平的訓練與提高，首先應著重於邏輯思辨力，其次才是遣詞造句的功夫。如果我們把這一點同具體的翻譯實踐結合起來，把翻譯實踐變成訓練、培養邏輯思辨能力的一個手段，使學生變得既敏感又敏銳，善於發現問題，善於解決問題，這樣翻譯就有了最基本的保證。很多不懂外文但中文很好的人往往能發現譯者自己不曾意識到的誤譯，關鍵是在於這些人的中文功底 —— 堅實的邏輯思辨力。因此，要提高語文水平，首先要提高邏輯思辨力。這乃是基礎中的基礎。從這個意義上說，翻譯教材的編著必須充分考慮到這一點，從總體編排、到例句的選擇、講解，都應盡可能地加強對學生邏輯思辨力的訓練與培養。

第二節　關於翻譯標準和翻譯定義

　　如果從嚴復提出"信、達、雅"算起，翻譯標準的研究已經有九十餘年的歷史，然而，九十年後的今天，關於翻譯標準的研

究仍無突破性進展，基本上還是圍繞著"信、達、雅"作文章，或讚賞、或批判、或修正。雖不能說沒有進步，但卻沒有重大突破。九十餘年來，雖然也有多位學者提出過自己的翻譯標準，如"準確、簡明、通順"、"不增、不減、不改"、"信、達、切"、"信、達、優"等，然而，令人遺憾的是沒有哪一個翻譯標準能夠取代嚴復的"信、達、雅"，成爲人們的共識。

海外翻譯界關於翻譯標準的研究同樣如此，許多著名的翻譯理論家提出了自己的見解和主張，如泰特勒的三原則①、奈達的三要求②等，卻沒有哪一家的觀點得到普遍的承認或認可。

人類的翻譯史已有兩千餘年，然而時至今日尚無走遍天涯海角、風行五湖四海、被廣爲接受的翻譯標準，這不能不說是一種遺憾。究其原因，當然是多方面的，其中之一乃緣起於對翻譯本質的認識。查閱我國權威性辭書《辭海》，其"翻譯"定義如下：

把一種語言文字的意義用另一種語言文字表達出來。

日本的《國語大辭典》、美國的《韋氏大辭典》上的翻譯定義雖然在行文用字上不同於《辭海》，但在實質上和《辭海》十分相近。此外，不少國內外學者也曾提出過自己的定義③，但是和《辭海》定義並無明顯的區別。從理論上看，《辭海》的翻譯定義並沒有錯，可以說抓住了翻譯的實質。但是，從對翻譯標準的研究角度來看，它卻阻礙了翻譯標準研究的突破性進展。因爲它規定了研究者的視角，束縛住人們的手腳，把研究納入了一個看似廣闊實則狹小的天地。如果改變視角來認識翻譯，換一個角

度來給翻譯下定義的話，也許情況會有所不同，也許會"柳暗花明又一村"，給翻譯標準的研究帶來轉機，使其走出低谷，進入新的研究時代。

---

①英國泰特勒在《論翻譯的原則》中提出三大原則：

㈠翻譯應該是原著思想內容的完整的再現；

㈡風格和手法應該和原著屬於同一性質；

㈢翻譯應該具備原著所具有的通順。

②美國翻譯理論家奈達曾對《聖經》的翻譯提出過三項要求。(1)傳授知識（informative）；(2)生動得體（expressive）；(3)導致行動（imperative）。另外，他也提出過三項翻譯標準。(1)能使讀者正確理解原文信息，即"忠實原文"；(2)易於理解；(3)形式恰當，吸引讀者。

③如英國卡特福德提出：翻譯是："將一種語言（原文語言）組織成文的材料替換成等值的另一種語言（譯文語言）的成文材料"。前蘇聯學者巴爾胡達羅夫給翻譯下的定義是：翻譯是把一種語言的連貫性話語在保持其內容即意義的情況下改變爲另外一種語言的連貫性話語的過程。

這個新的角度就是同義句。從同義句的角度出發，便可以給翻譯下這樣的定義。

翻譯就是用異種語言文字替代原文語言文字去完成原文同義句的行爲。

這個定義有兩個要點，一個是"同義句"，表示翻譯在實質上不過是同義句的創作；另一個是"用異種語言文字"，表示翻譯又不完全等於同一語言內的同義句創作，因爲它畢竟是用異種語言文字進行的，有自身的特殊性。

從這個角度去看待翻譯、去認識翻譯，比較有利於翻譯標準

的研究，並有可能使翻譯標準的研究走出低谷，取得突破性進展。這主要表現在以下三個方面。

一、開闊視野、擴大研究空間。從同義句的角度看待翻譯，翻譯便不再僅僅是從一種語言到另一種語言之間的語言轉換過程，它同時也是接近於同一語言內部的同義句創作行為。反之，一位原作者，只要他不重抄原文，無論用同種或異種文字創造同義句，他所寫下的，換個角度，便又可以說是譯文。總之，翻譯與同義句之間有一種天然的聯繫，不僅同義句的創作方法和具體的翻譯技巧有著驚人的相似之處，可以相互啟迪，相互借鏡，而且翻譯標準的研究和同義句成立條件的探討也自然地走到了一起。外語工作者不僅可以從兩種語言相互轉換的角度研究翻譯標準，也可以純粹地站在一種語言（比如母語）的立場上進行同義句成立條件的研究，並最終把它和翻譯標準的研究有機地結合起來，使它們相輔相成，互為補充，爭取有所突破。

二、擴大、充實翻譯標準的研究隊伍。迄今為止的翻譯標準研究，主要是由外語工作者承擔，因此研究視角、研究手段較多地帶有外語工作者自身的特點。但是，一旦把翻譯標準和同義句成立條件的研究結合起來，無形之中就大大擴大、充實了研究隊伍，因為一大批以母語為主要研究對象的語言研究工作者、尤其是從事同義句成立條件研究的專家、學者走了進來。雖然他們在無意識中"為他人做嫁衣裳"，卻是一支強有力的研究力量。由於較少受到外語的干擾，他們的研究思路、研究手段和研究角度往往不同於外語工作者，十分值得我們去學習、借鏡、吸收，並

把他們的研究成果同翻譯標準的研究有機地結合起來。

三、可以使翻譯標準的研究和同義句成立條件的探討相互啓迪、相互借鏡、相互促進、相互提高。從同義句的角度看翻譯，可以發現很多以往翻譯標準研究中的"眞空地帶"。反過來，從翻譯標準研究的角度去觀察、分析、從事同義句成立條件的研究，同樣也能發現一些"未開墾的處女地"。因此，翻譯標準研究和同義句成立條件研究的有機結合，必然會有助於各自研究水平的提高。具體地說，有以下兩個方面的內容。

(1)從翻譯研究的角度考察同義句研究，就會發現迄今爲止的同義句研究不重視語境問題。而翻譯研究的一個重要方面就是語境的研究。從翻譯研究的角度看，語境至少可以分爲絕對語境和相對語境。所謂絕對和相對主要取決於原文語境的完整性上。語境完整，原文的意義完全由語境決定的爲絕對語境。自身語境不完整，原文意義需要在對語境進行人爲的想像、補充後才能認定的爲相對語境。如果把這個理論用到同義句研究上，那麼，同義句至少也應該分爲兩大類，一類是廣義同義句，另一類是狹義同義句。所謂廣義同義句，即是相對語境下的同義句，狹義同義句則是指絕對語境下的同義句。然而，需要說明的是，絕對語境下的同義句永遠是同義句，相對語境下的同義句，只要其生存環境——語境一變，就可能立刻喪失做同義句的資格，此乃相對語境的相對之處。人們對某一相對語境既可能進行相同的想像與補充，也可能進行不同的想像與補充，結果就造成了相對語境下句子意義的變化。下面看兩個例子：

例 1　　a. 他現在餓了。

　　　　b. 現在他餓了。

例 2　　a. 這樣的中國人，呸！

　　　　b. 這樣的中國人，呸，呸！

這兩組句子通常分別被認作是同義句組，其實質是人們對a、b句的相對語境進行了相同的想像與補充，使它們具備了互為廣義同義句的前提。去掉這個前提，a、b句就難以同義了。

然而，事實上，例1的a句為拿破崙情婦1806年1月6日下午2點所說的話，文中的“他”指拿破崙。b句為列寧夫人1920年1月7日下午3點所說的話，“他”指列寧。在這樣的絕對語境中，a、b句顯然成不了同義句（狹義）。例2也同樣如此，a句為陳西瀅的話，他所說的“中國人”指反帝志士，b句是魯迅的話，“中國人”則是指反動文人。兩句話完全是兩個意思，不可能成為同義句（狹義）。

例3“我很早就結婚了，婚後我與配偶感情很好，但自從1968年，我有了一個情人，每周的二、四，我都出外與我的情人相會，相會了25年，我和情人彼此都倦了，但我的配偶這麼多年一直守著我、讓著我。所以，從現在開始，我將告別我的情人，與我的配偶長相廝守。”

這一例對說明相對語境和絕對語境也十分典型。從相對語境的角度說，不同的讀者一般會根據其相對完整的語境作出相同或

相近的理解。但是，一旦把這段文字放回到它原來的絕對語境中，人們立刻就會發現原先的理解竟謬之千里。在絕對語境中，"配偶"、"情人"等詞語的意義完全由它自身的語境來決定，再不是普通意義上的"配偶"與"情人"了。其他部分也不需要人為的想像和補充。下面是原文的下一段文字。

這是美籍華裔女作家於梨華 1993 年 7 月告別她執教 25 年的紐約州立大學奧本尼分校時說的一番話，她將教書生涯喻為"情人"，而將寫作視為"配偶"。提早退休，是希望再有 20 個春秋，專心寫作，做自己喜歡做的事情。

由於對語境的忽視，迄今為止的同義句研究中就不可避免地出現了一些問題。有些論著所舉的例句，嚴格地說，特別是從狹義同義句的角度考慮，是難以看作同義句的。如《漢語修辭學》中有這樣一段文字。

例 4 宋人沈括在《夢溪筆談》中寫道："穆（修）張（景）嘗同造朝……適見有奔馬踐死一犬，二人各記其事以較工拙。穆修曰：'馬逸，有黃犬遇蹄而斃。'張景曰：'有犬死於馬下。'"

《唐宋八大家叢話》中記載說：歐陽公在翰林日，與同院出遊，有奔馬斃犬於道。公曰："試書其事。"同院曰："有犬臥通衢，逸馬蹄而死之。"……（歐陽公）曰："逸馬殺犬於道。"

這樣，同一事件便出現了六種表達方式：

有奔馬踐死一犬。

馬逸，有黃犬遇蹄而斃。

有犬死於馬下。

有奔馬斃犬於道。

有犬臥通衢，逸馬蹄而死之。

逸馬殺犬於道。

這六種同義表達形式，誰好誰差，前人爭論不休。

在這樣如此明確的、兩個不同的絕對語境中，前三句和後三句毫不相干。時間、地點完全不同，馬非同一匹馬，犬亦非同一只犬，怎麼可能成爲同義句？若馬、犬有名，想必也不會認可。當然，前三句和後三句本身倒可以互爲同義句，因爲它們分別擁有一個共同的語境。但是，要想讓前三句成爲後三句的同義句，則一定要去掉各自的絕對語境，單獨列出這六個例句，把它們放入一個假定相同的相對語境中。

例5　(1)他看完了這本小說。

　　　(2)他把這本小說看完了。

　　　(3)這本小說被他看完了。

　　　(4)他不得不看完這本小說。

　　　(5)誰說他沒看完這本小說？

這組例句摘自上海教育出版社的《現代漢語》（增訂本）。作者認爲它們是“表達同樣的意思”，然而，無論是作爲廣義同義句，還是作爲狹義同義句，我們都很難想出一個能夠同時容下這五句話的語境。換言之，我們很難把每句話自身的相對語境想像、補充成完全一樣。使五句話互爲同義句。當然，問題主要是出在後兩句話上。

寫到這裏，我們有必要回過頭來重新討論翻譯標準問題，因為這才是我們研究同義句的最終目的。我們有必要從廣義同義句和狹義同義句的角度來觀察、分析、研究翻譯及其標準問題。如果說翻譯是用異種語言文字去完成原文同義句的行為的話，那麼，翻譯對象本身就有一個相對語境和絕對語境問題，翻譯者筆下的文字就有一個是原文的廣義同義句、還是狹義同義句問題。比如翻譯小說，基本上是在絕對語境中進行的，譯文是原文的狹義同義句。但是，翻譯沒有上下文的片言隻語和孤句等卻是在相對語境中進行的，譯文應該說是原文的廣義同義句。如此推論下來，翻譯標準的制定也必須充分考慮到相對語境與絕對語境的問題，提出不同的翻譯標準。因為這兩種語境下的原文在性質上有很大的不同，又各有特點，翻譯手法也不盡相同，不可能共用或完全共用一個翻譯標準。

(2)從同義句成立條件的研究來考察、分析翻譯標準的研究，也會發現其中存在的一些問題。最主要的一點就是過於抽象、籠統，讓人把握不住。比如"信、達、雅"就缺乏客觀的具體內容。結果，本應具體而微、讓人有章可循、有法可依的客觀標準卻帶有較強的主觀任意性，給人空泛、甚至語焉不詳、含混不清的感覺。

然而，同義句成立條件的研究走的卻是另一條路。它比較具體實在、相對容易把握。比如，日本學者宮地裕先生曾提出過兩條成立條件，一為"同一指示對象"，一為"等量要素表現"，並一一加以具體的說明①。傅雨賢先生提出過四條較為具體的原

則②。筆者也曾以語境爲中心，對單句同義句成立條件進行粗淺的探討，深感這方面的探討有助於翻譯標準的研究。

---

①請參閱《文論》。宮地裕著，日本明治書院出版，1980 年。

②(1)成分詞（實詞）相同；

(2)非成分詞（即表示語法關系的虛詞）可以有增、減；

(3)成分詞的排列次序有所不同；

(4)能互相轉換，轉換後意思相同，但效果不完全一致。

例 6　a. 所有的男孩吻一個女孩。

　　　　b. 每一個男孩吻一個女孩。

a、b 兩句很難成爲同義句，因爲兩句表示的不是"同一指示對象"。a 句中只有一個女孩。b 句中則有一群女孩，如果要使它們成爲同義句組，首先要使兩句中的女孩人數相等，成爲"同一指示對象"。如：

a. 所有的男孩都吻了王娟。

b. 每一個男孩都吻了王娟。

下面再看三個例句。

例 7　a. 張萬淸在自己家殺了李花。

　　　　b. 李花在自己家被張萬淸殺了。

例 8　a. 李老太太扶著王老太太。

　　　　b. 王老太太扶著李老太太。

例 9　a. 邵德龍跟恨他的女人結了婚。

　　　　b. 邵德龍跟恨自己的女人結了婚。

例 7 的 a、b 句明顯不是同義句，因為殺人地點不同，兩者不能混為一談。例 8 較難斷定是否為同義句組。因為動詞 "扶" 字的特殊性 —— 既可以用手支持使人不倒，又可以用手支持使自己不倒，所以，人們較難對原文的相對語境進行想像補充以幫助確定句義。自然，也很難判斷 a、b 是否為同義句。其實質，從同義句成立條件的角度講，牽涉到動作的方向性和動作的主被動問題。例 9 的 a、b 句能否成為同義句不僅在於 "他" 和 "自己" 是否為 "同一指示對象"（如把 "他" 想像為另一個人，或把 "自己" 想像為女人本人的話，則不可能同義），而且也取決於主人公邵德龍自己的狀態，即他知道不知道那個女人恨他。如果 a、b 句都知道，則是同義句組；如果 a 句不知道，b 句知道，就是意義相差甚大的兩句話。從同義句的成立條件看，這例牽涉到了 "等量要素表現" 和事物的性態等問題。總而言之，如果從同義句成立條件的研究角度來觀察、分析翻譯標準的研究，那麼可以說還有許許多多的具體工作要做，任重而道遠。同時它又讓人們深深地感到翻譯標準的制定應該盡快地走上具體化、規範化、科學化的道路。對今後的機器翻譯而言，更應如此。

以上主要從三個角度探討了把翻譯標準的研究和同義句成立條件的研究結合起來的意義，並舉例說明了兩者可以相互啟迪、相互借鏡、相互補充。它們確實擁有一個相當廣闊的研究空間，兩者如果能有機地結合到一起，做到你中有我、我中有你，且又

各具自身特色的話，無疑會大大推動翻譯標準和同義句成立條件的研究，使它們"更上一層樓"。

然而，從目前看來，形勢並不樂觀。在同義句研究領域，研究同義手段選擇的學者較多，研究同義句成立條件的學者則屈指可數。這是其一。其二，同義句成立條件的研究目前還局限於單句的範圍內。但是，如果要和翻譯標準的研究結合起來，就必須擴展其研究範圍，把複句也納入進來。其三，目前的研究還處於初步探索階段，各家所提出的成立條件還存在著較為明顯的問題。其四，從哪個角度進行研究最有可能獲得成功，人們尚無把握。有人從語義學角度進行研究，有人從語法學角度進行探索，有人則從修辭和邏輯的角度展開工作。從翻譯的角度看，問題同樣不少。首先要解決與同義句成立條件研究接軌時出現的不同文化、歷史背景的問題。其次，要解決好不同語法體系、不同語言本身所帶來的種種句法、詞法問題。

總之，問題很多，困難也不小，但是，翻譯標準研究和同義句成立條件研究的結合是一條很有希望的研究之路。它很有可能給翻譯標準的研究帶來轉機，使其走出低谷，取得突破性的進展。我們衷心地期待這一天早日到來。

上　編

日　譯　中

第一講　順譯——普通詞語的翻譯㈠

第一節　順譯

所謂順譯，就是在原文詞義、語序和思路的引導下，順水行舟進行翻譯。它的特點為，原文與譯語之間在詞義、句子結構和思維方式上有很多相同、相近或相通之處，不需要作大的調整就能夠順流而下進行雙語同步的語際轉換，而譯文本身亦符合譯語的語法規則和習慣，通暢明瞭。

順譯不同於通常所說的直譯，前者範圍小，後者範圍大。直譯可以包容順譯，但是，順譯又不等同於直譯。直譯既可以理解為翻譯技巧，又可以看作翻譯的方法論。同時，直譯既有被人稱道的一面，又有被斥之為"死譯"、"逐字翻譯"而不屑一顧的一面。順譯則無此嫌。它不過是一種翻譯技巧，而且也要求譯文通順達意。

一

一個句子能否順譯，關鍵在於原文的句法結構與譯文語法結構的異同程度，即兩者間有無相同或相近的句式、句型。有，則能夠順流而下，雙語同步轉換，進行順譯；沒有，則只能另謀他策。如果連著幾個句子中日文的句法結構都相同或相近，便有可能形成句羣或段落的順譯。不過，由於日語謂語殿後，有時又難

以保證絕對的結構對應。

例1　彼は妻をもらうまでの四五年に渡る彼女の家庭との長い争闘を考えた。それから妻と結婚してから、母と妻との間に挟まれた二年間の苦痛な時間を考えた。彼は母が死に、妻と二人になると、急に妻が胸の病気で寝てしまったこの一年間の艱難を思い出した。

譯文：他想到娶妻子之前曾與她的家庭進行了長達四、五年的抗爭。又想到與妻子結婚之後夾在母親和妻子之間的痛苦難熬的兩年工夫。還想起母親去世後總算與妻子兩個人過日子了，妻子卻突然患肺病臥床不起的這一年來的艱難時光。

例2　対岸はまだ眠っているが、こちらの村はもうさめた。うしろの茅舍から煙が立ち上る。今柵を出た家鴨は足跡を霜に印けて、くわっくわっ呼びながら、朝日を砕いて水に飛びこむ。

譯文：對岸尚在沉睡，而這邊的村莊已經醒來。身後的茅舍炊烟升起。家鴨出欄，足跡印在霜地上，呷呷鳴叫著，踏碎朝陽，撲進水裏。

上面兩例基本為順譯。但是，中日文具有結構相同或相近的句型、句式，並不等於譯者一定能順譯成功。順譯的原理對於每個人都是相同的，但是，一個句子能否順譯成功卻又因人而異；異種文字之間是否存在相同或相近的句型、句式是一回事，能否判斷出它們的存在與否又是另一回事；至於用另一種語言表達出原文的信息內容並保持（或基本保持）原文的語序、句子結構的特點則更是另一回事。

例 3　私が皆さんに写真屋を紹介しようとするときに、この写真室なら皆さんに紹介しても悪くないだろうなと考える。こうした場合、「この写真屋がうまいんですが、一度かれの所へ行って写真をとってもらってやってくださいませんか。」こう言います。「とってもらって」というと皆さんがこの写真屋から恩を受けること、「やって」というと写真屋へ恩を施すこと、「くださいませんか」というと私が皆さんから恩を受けることを表すれけでありまして、恩の関係はこのように移動するのであります。

　　讀完此例，初學者覺得引文部分很難順譯下來。可是，如不順譯出來，又無法繼續行文。其實，仔細推敲，還是可以找出相近的句式來翻譯的。

　　譯文：我打算給大家介紹一家照相館，心想把這家介紹給大家准沒錯。於是就會說：“這家照相館不錯，請到他那兒讓他替你們拍張照。”這裏的“替”，意為照相館有恩於大家；“讓”則表明大家施恩於照相館；而“請”卻表示我領大家的情。人情關係就是如此變化。

　　再看一例，譯文也是較為成功的順譯。

　　例 4　彼は妻の寝ている寝台の傍から、泉水の中の鈍い亀の姿を眺めていた。亀が泳ぐと、水面から輝リ返された明るい水影が、乾いた石の上で揺れていた。

　　譯文：他在妻子躺著的床邊望著泉水中遲鈍的烏龜。烏龜一游，水面上反照出來的亮晃晃的水影就在乾巴巴的石頭上晃動。

二

但是，順譯並不是不顧原文信息內容的轉達而簡單地依樣畫葫蘆。不少初學者的一個通病就是，盲目地順竿爬，結果卻栽跟頭，或有損原文信息內容的轉達，或有礙譯文的通順流暢。順譯只是一種翻譯方法、一種翻譯技巧，它的前提是對原文的充分理解。否則，就很難保證順譯不出問題。

例5　代助は嫂の肉薄を恐れた。又三千代の引力を恐れた。避暑にはまだ間があった。凡ての娛楽には興味を失った。読書をしても、自己の影を黒い文字の上に認める事が出来なくなった。

譯文一：代助既害怕嫂嫂的逼迫，又害怕三千代的吸引。離避暑還有一段時間，他對所有的娛樂都失掉興趣了。讀起書來，從黑鴉鴉的文字裏連自己的影像也找不到。

譯文二：代助害怕嫂子的追逼，也害怕三千代的吸引。去避暑爲時尚早，對一切娛樂活動又興味索然。開卷讀書，也不能在白紙黑字裏發現自己的身影了。

這兩個不同版本的譯文的最後一句都令人費解。問題就出在順譯上。其實，最後一句話的意思是，即使是讀書，也很難讀進去，白紙黑字，也猶如過眼雲烟，拴不住他的心。可譯作"……開卷讀書，也無法投入到白紙黑字中去"。

例6　平底及び三角フラスコは加熱、圧力に弱いおら加熱用には使用してはならない。

譯文一：平底及三角燒瓶不耐加熱、重壓，因此，不可用於加熱。

"平底及び三角フラスコ"指的是平底燒瓶和三角燒瓶兩種化學器皿。但是，按上例順譯下來，很使人費解。"平底"是什麼？是另一種器皿呢，還是平底燒瓶的簡稱，抑或與後面的"三角燒瓶"一起表示一個完整的概念，即"平底的三角燒瓶"？總之，譯文含混不清。可重譯爲：

譯文二：平底燒瓶和三角燒瓶不耐加熱、加壓，因此，不可用於加熱。

例7　わたしの父は大酒家の部類だったと思うのだが、酒の上のことだから勘弁しろ、ということを許さなかった。酒の上のことだから勘弁しない。酒中の失策を酒におしつけては、第一、酒が可哀相だ、という理窟であった。

譯文一：我想我父親是酒鬼的一種，但是因爲是酒上的事，請原諒的事又不允許。因爲是酒上的事，不原諒。如果把酒中的失策強加給酒，第一，酒太可憐了。就是這麼一個理由。

譯文是較爲典型的盲目順譯。如果透徹理解原文，再來順譯，結果完全不同。

譯文二：我父親算得上海量，不過，他並不同意"酒後生事，情有可原"的說法。正因爲酒後生事，才不能原諒。他認爲把酒後的失態歸罪於酒，別的不說，酒眞是太倒霉了。

例8　こういう無味乾燥な学者などというものは、大ていが偏屈者であって、且つ皮肉屋である。愛情に騙されることを

怖れ、愛情の傍にある陥穴について、いつも要心ぽくならざるを得ないのが普通である。

　　譯文一：大凡那些從事枯燥無味工作的學者，多半是些古怪而又尖酸的人。通常，他們莫不生怕上了愛情的鈎，因而對於愛情布下的羅網總是要小心地提防。

　　"愛情に騙される"並不是上鈎被愛情本身所騙之意，而是因爲愛情被騙，因爲愛情上當受騙。"愛情の傍にある陥穴"就是"愛情旁邊的陷阱"，並不是"愛情布下的羅網"或愛情本身。此例不該順譯處順譯了，該順譯處卻沒有順譯。

　　譯文二：大凡枯燥無味的學者，多半是古怪而又尖酸的人。他們害怕因愛情上當受騙，所以通常不得不小心提防著與愛情一步之隔的陷阱。

　　以上是從意義表達上談順譯的，下面會兩例談談順譯與譯語的關係。

　　例9　彼は、この自然と対照させて、今さらのように世間の下等さを思い出した。下等な世間に住む人間の不幸は、その下等さに煩わされて、自分もまた下等な言動を余儀なくさせられるところにある。

　　譯文一：與自然風光相對照，他又一次想到人世間竟有多麼下等。生活在下等的人世間的人們的不幸在於，在這種下等的影響下，自己的言行也不得不變得下等了。

　　譯文二：對照自然的景色，他更感到世間的卑俗，和生活於這俗世的人們的不幸——一天到晚被包圍在卑俗的氣氛中，連自

己也不能不做出許多卑俗的行徑。

　　兩個譯文相比，譯文一顯然不如譯文二。譯文一在意思上並沒有錯，譯文也沒有大的語法毛病，但是，譯文卻不順，很彆扭，翻譯腔很深。究其原因有二：一是過份套用原文結構，沒有作適當調整；二是挪用同形漢字詞“下等”，既沒有表達準確原詞含義，又有取巧之嫌。下例的譯文一也有同樣的問題。

　　例 10　“あのね、お祖父様にね。”

　　栗梅の小さな紋附を着た太郎は、突然こう言い出した。考えようとする努力と、笑いたいのをこらえようとする努力とで、えくぼが何度も消えたり出来たりする。——それが馬琴には、おのずから微笑を誘うような気がした。

　　譯文一：穿著土紅色小禮袍的太郎突然說道：

　　“我說呀，爺爺。”

　　他在一個勁兒想事情，同時又竭力憋著笑，所以臉上的酒窩一會兒露出來，一會兒又消失了——馬琴看到他這副樣子，不由得引起微笑。

　　譯文二：“喂，爺爺！”

　　穿著紫褐色禮袍的太郎，突然叫了一聲爺爺。小腦袋好像在想什麼，竭力忍住了笑，臉上小酒窩忽隱忽現，快把馬琴逗樂了。

三

　　然而，一個句子，一個句群、一個句段如果在原文和譯語之間不存在妨礙順譯的因素，是否一定要順譯，還要看場合、內容而定，同時還要考慮許多其他因素，諸如修辭色彩、文體等等。切不可不顧原文信息內容的準確轉達，爲順譯而順譯，追求片面的形式主義。如順譯結果妨礙了對原著的理解，則必須忍痛割愛，另謀良策。換言之，即某一句話，某一段話，如果孤立地去看，順譯在理解與表達上都沒有問題，但是，一旦把它們放進整篇文章，則出現問題，或有礙於原意的準確表達，或導致誤解。這時，就必須放棄順譯，採用其他譯法。

　　例 11　聞きたくない自由など、大山（だいさん）にも箱根にも山中湖にも、いたるところの海辺にも、いわゆる"リゾート（保養地）"には、いっさい存在しないのが日本である。聞きたい人ももちろんいるだろう。しかし、聞きたくない人もいるはずである。いていいのである。だが、いていいはずの人間は、どだい、無視される。

　　聞きたくないという選択は、したがって不可能になる。静かにしていたい、ほっておいてもらいたい、静けさを味わいたい――そんな選択をする自由は、抹殺されていいのだろうか。

　　しかも――

　　わが日本国ほど、自由自由と人々がさけび続ける国はほかにあまりない。どこかが変ではないか。

譯文：無論是在大山、還是在箱根，抑或是在山中湖和各地的海濱，總之，在這些所謂的療養地，是沒有耳根清淨的自由。這，便是日本。當然，世上有愛熱鬧的人，但是，也不乏喜歡清靜的人。他們本來就可以存在的。然而社會卻無視他們的存在。

因此，想耳根清靜是不可能的。想清靜清靜，想請人們別來打擾，想玩味一下清靜的妙趣，難道是奢侈嗎？這種自由難道可以被剝奪嗎？

然而——

和我們日本一樣，人們整天高喊自由的國家並不多見，這不是有點不正常嗎？

譯文的最後一段，孤立地對照原文，可以說文通字順，理解與表達都沒有問題。但是，把它放到整個譯文中，卻恰恰表達了與原文完全相反的意思。原文想說的是日本不正常，譯文卻正好相反。應譯爲："世界上人們整天叫喊自由的國家卻只有我們日本，這難道沒有不正常的地方嗎？"或"世界上卻只有我們日本，人們整天高喊自由，這不是怪事一樁嗎？"

例 12　それまでは、個人として何かを言われればよかったものが、主婦になれば、〇〇さんの奧さんは、という言われ方に変わる。確かに大変なことである、と同時に、素敵なことなのではないだろうか。家庭を守るという事が、変化のないつまらないものだという考え方は、私にはない。私は三浦さんの奧さん、という言い方に誇りすら感じる。

譯文：結婚之前，個人被別人議論點什麼都沒關係，但一旦

成了主婦，就要被人家說某某先生的夫人怎樣怎樣了，這確實是一件大事，同時，不也是一件很好的事嗎？我沒有那種認爲守著家庭是一件沒有變化的、無聊的事兒的想法。我甚至從三浦先生的夫人這個稱呼中感到了榮耀。

這段文字摘自山口百惠的自傳，國內現有的幾個譯本雖有上下之分，但第一句的譯文大同小異，沒有實質性出入。如果單看這一句，譯文也沒有問題。但是結合這段文章來重新審視第一句譯文時，還是能發現它的不妥之處。這裏的“何か”並不直接等同於中文的“什麼”，而是“什麼稱呼”之意。因爲，整段文章談的就是稱謂問題。談稱謂的改變對人心理的影響。所以，這樣深究下來，第一句譯文的不妥也就顯而易見了。問題還是出在順譯上。可改譯爲“以前，我單身，別人稱呼我什麼都沒有關係。可是現在別人一開口，就是某某先生的夫人如何如何。眞是非同小可。……”

總之，作爲一種翻譯方法，順譯“旣可載舟，亦可覆舟”。它可以使譯文更接近原文，更傳神，更體現譯者的語言功力，也可以使譯文與原文貌合神離，經不起推敲。關鍵還是理解。對原文沒有一個透徹的理解，就不可能眞正有順譯的用武之地。

第二節　普通詞語的翻譯㈠

詞語的翻譯辦法很多，諸如順譯、意譯、加譯等。然而，無論採用何種翻譯手段，目的卻只有一個，即準確地轉達原文的信

息內容。要做到這一點，則必須開闊視野，把眼光放到整個文章及其社會背景上，高屋建瓴，準確地把握住詞語在具體語境中的具體意義。然而，在實際翻譯工作中，又經常能發現只見樹木、不見森林，單純依賴辭典，就詞譯詞進行翻譯的現象。其根本原因是視野狹窄，忽視對語境的把握，忽視對詞義的引申、演變等問題的了解，結果不能從大處著眼，小處著筆，正確表達原文的信息內容。下面從順譯的角度探討詞語的翻譯問題。

一

詞語翻譯的常用方法之一，就是沿用辭典釋義或譯詞。然而，這種常見的譯法，卻經常導致誤譯的產生，因為它很容易誘導人們忘記語境的存在，忘記不同的語境中詞義有可能產生變化，結果往往把辭典的釋義、譯詞當作詞義的絕對化身，一律照搬沿用。甚至有人連辭典也不認真查閱，抓住一兩個釋義、譯詞，便萬事大吉。其實，即便是同一詞語，在不同的語境中，往往意義各不相同，稍不留神，就容易張冠李戴，或混為一談。

例1　知りあいになってから一年ほど経って、神坂がある日僕のうちを訪ねてきまして、日本文化社の社長がわからず屋でけちで、仕事が面白くない、腕を振る余地がなくて退屈だから、やめてどこかへ変りたいという相談をもちかけてきました。

譯文：我同神坂認識大約一年後，有一天他到我家來，同我商量，說《日本文化》雜誌社的社長不近情理，又十分吝嗇，他

感到工作無趣，沒有施展才能的餘地，很是厭倦，所以想辭職，換個地方。

例2　わたくしなど、ルーズな人は大まかなもんだと思っていたんですけれど、違うんですのね。ルーズな人ってかえってけちみたいですわ。

譯文：我原以爲辦事馬虎的人是不拘小節的，其實不然，越是馬虎的人越是斤斤計較。

例3　"お前は実にけちなやつだ。けちな奴だということが俺にもだんだんわかってきた。お前は強そうな人間の前へ出たら散々ぺこぺこして、弱いやつの前では威張り散らすようなやつだ。……"

譯文："其實，你是個卑鄙的家伙，這一點我是慢慢明白的。你對強者阿諛奉承，可對弱者卻耀武揚威。……"

例4　そのことがあってからのち、神坂さんは私に対して、とても邪慳になりました。私のすることを一一けちをつけて、私がいない時には大森さんに向ってわたくしの悪口を言って、二人を遠ざけようとなさるんです。

譯文：自那以後，神坂待我非常刻薄，對我做的每件事都要吹毛求疵，趁我不在就在大森面前說我的壞話，企圖離間我們。

例5　九段坂の最寄りにけちなめし屋がある。春の末の夕暮に一人の男が大儀そうに敷居をまたげた。すでた三人の客がある。またランプをつけないので薄暗い土間に居並ぶ人影もおぼろである。

譯文：九段坂附近有一家閒陋的小飯館。春末的一個傍晚，有一個男人拖著疲乏的步子跨進這家飯館的門檻。裏面已經有三個顧客了。油燈還沒點上，暗淡的店堂裏，人影朦朧。

　　“けち”一詞根據日本小學館的《國語大辭典》，共有六個意義。上面五例反映了其中的四個，很顯然，譯者充分注意到了語境的存在，並根據語境正確選擇了譯詞。

二

　　然而，比起根據語境把握多義詞來說，更加重要的、也更加困難的則是對不同語境中同一單義詞的不同處理。詞義雖單一，但是根據語境的不同，詞義在語感、修辭色彩等方面也會發生或多或少、或大或小、或明顯或微妙的變化。如果不注意到這一點，仍舊抱住辭典的釋義、譯詞不放，譯文即便無大錯，也很難充分體現原文的信息內容，做到達意與傳神的完美結合。請看例句。

　　例6　もう掛けるか、もう掛けるかとワクワクしながら観察していますと、その手がとたんにグニャリと平たくなって、するするとポケットに忍びこんだ。次の瞬間、人差指と中指にはさまれて、革の財布が無雑作に引き出されてきたのです。

　　譯文：下手了!?下手了!?我緊張地觀察著。突然，這手一下子放平後，敏捷地伸進了口袋。接著的一瞬間，一只皮夾子被食指和中指輕而易舉地夾了出來。

　　例7　ここ十日ほど仲垣の隔てが出来て、ロクロク話しも

－33－

せなかったから、これも今までならば無論そんなこと考えもせぬにきまっているが、今日はここで何か話さねばならぬような気がした。僕ははじめ無造作に民さんと呼んだけれど、あとは無造作に詞（ことば）が継がない。

　　譯文：這十多天來，自從我們之間築起一堵"牆"之後，我們倆連話也難得說上一句，要是在從前，這種事當然不會去想它。但是今天此時此地，我感到有些話非得向民子傾訴不可。我先隨便地叫了一聲"阿民姐"，但是要說的話卻又一下子說不出來了。

　　例 8　もっとも民子の思いは僕より深かったに相違ない。僕は中学校を卒業するまでにも、四五年間のある体であるに、民子は十七で今年のうちにも縁談の話があって両親からそう言われれば、無雑作に拒むことの出来ない身であるから、行末のことをいろいろ考えて見ると心配の多いわけである。

　　譯文：尤其是民子，一定比我想得更多，等到我中學畢業，還得四、五年時間，然而民子今年已經十七歲了，如果今年有人來求親說媒，民子的父母一經同意，那民子就很難拒絕。一想到這些，以及我們兩人的前途，民子自然會憂心忡忡。

　　例 9　門野は無雑作に出て行った。代助は茶の間から、座敷を通って書斎へ帰った。見ると、きれいに掃除が出来ている。

　　譯文：門野漫不經心地出去了。代助從飯廳穿過客堂，回到了書房。只見房間打掃得很乾淨。

　　例 10　「それで──」と僕は最後に訊ねました。「間代

─34─

の方はいかほどですか。」

「うん。月に五百円もいただくか。」

と不破は無雑作に言いました。金のことなど問題でないという風な言い方でした。

譯文："那麼……"我最後又問了一句，"這房租怎麼算？"

"這個嘛，每月收你五百日元吧。"

不破隨便地說了一句，似乎錢的問題，他毫不在乎。

以上例句表明，即便是單義詞，翻譯時也不能簡單機械地照搬辭典的釋義詞語或譯詞。要根據語境的不同而有所變化，以找出最能準確表達原文的譯詞，否則單義詞的翻譯同樣會出問題。下面是例7、例8的第二種譯文，與第一種譯文相比，"無造作"一詞的翻譯還是有高低之分的。

例7　譯文二：這十天來，我們之間仿佛隔著一道籬笆，不能痛痛快快地說上一句話。要是在過去，當然不會有這種想法，可是今天在這裏，總覺得應該說幾句什麼。我起初漫不經心地叫了一聲民子，可是後來又不能隨心所欲地把話接下去。

例8　譯文二：民子想的肯定比我深刻。我要再讀四五年才中學畢業，而民子已十七了，她擔心說不定年內就會有人來提親，萬一父母讓她出嫁，她又不能隨便加以拒絕，一想到前途莫測就憂心忡忡了。

例7的譯文一的"隨便"、"一下子"準確地勾畫出一個男青年的心態，先是非常地瀟灑，然而小伙子又畢竟是初涉戀河，

話最終憋在肚子裏吐不出來。譯文二的“漫不經心”則有點滿不在乎，不當回事的味道。而“隨心所欲”表示的是，話還是繼續說下去了，只是所言非所思而已。所以，嚴格地說，應算誤譯。例8的譯文一的“很難”給人沉重、無可奈何的感覺；譯文二的“隨便”則多少有點輕鬆的味道，甚至讓人覺得有點回旋的餘地。下面再看一個典型例句。

例11　南アメリカの地形は、北アメリカと似ており、西部の太平洋岸には、高くてけわしいアンデス山脈が火山をともなってほぼ南北にはしり、……

譯文一：南美洲的地形同北美洲相似，在西部的太平洋沿岸，陡峭高聳的安第斯山脈連同火山一起幾乎橫貫南北，……

譯文是較爲典型的順譯。“ともなう”也沿用了辭典的釋義。但是，卻容易給人一種錯覺，似乎在西部的太平洋沿岸，聳立著安第斯山和火山兩列山脈，而事實上只有一列，即安第斯山脈，火山只是分布其間而已。“ともなう”用的雖是本義，翻譯時卻不能簡單地進行語際轉換，必須多加推敲，改變譯法。此例可譯爲：

譯文二：南美洲的地形同北美洲相似，在西部的太平洋沿岸，陡峭高聳、火山錯列的安第斯山脈大致上呈南北走向，……

總之，詞語的翻譯一定要結合具體的語境去考慮詞語的本義、轉義、引申義和詞義演變等問題，確保抓住具體語境中的具體意義，準確無誤地表達出原詞語的信息內容，提高譯文質量。

練習

一、翻譯下列短文，注意打點詞語的譯法

1.縫という娘は、何か云うと、よくってよ、知らないわと答える。そうして日に何遍となくリボンを掛けかえる。近頃はバイオリンの稽古に行く。帰ってくると、鋸の目立ての様な声を出してお浚いをする。ただし人が見ていると決してやらない。室を締め切って、きいきい云わせるのだから、親は可なり上手だと思っている。代助だけが時々そっと戸を明けるので、よくってよ、知らないわと叱られる。

二、對比分析下列譯文

1.代助は机の上の書物を伏せると立ち上がった。椽側のガラス戸を細目に開けた間から暖かい陽気な風が吹きこんできた。そうして鉢植のアマランスの赤い弁をふらふらと揺かした。日は大きな花の上に落ちている。

譯文一：代助把攤開在桌上的書，面朝下地一放，站了起來。宜人的暖風從靠走廊的開著一條縫的玻璃窗吹進來。於是，栽在花盆的莧花的紅色花瓣輕輕搖曳了。陽光落在碩大的花朵上。

譯文二：代助合上桌面上的書站起來。廊緣旁的玻璃窗微微開啓著，和暖的風不斷從隙縫裏吹進來。花盆裏的雁來紅在風中搖曳，太陽照在又大又紅的花瓣上。

2.「壺中の天地」という話が、大むかしの中国にあることは、千重子も知っている。その壺中には、金殿玉楼があり、美

酒や山海の珍味にみちていた。壺中はつまり、俗世間をはなれた、別世界、仙境であった。

譯文一：千重子也知道，從前中國有個故事，叫做“壺中別有天地”。說的是壺中有瓊樓玉宇，到處是美酒和山珍。壺中也就是脫離凡界的另一個世界的仙境。

譯文二：千重子也知道，“壺中別有天地”是中國古代的一個故事。說是壺中有瓊樓玉宇，珍饈美酒，完全是脫離塵世的化外仙境。

3.しかし目の前の蜻蛉の羣は、なにか追ひつめられたもののやうに見える。暮れるに先立って黑ずむ杉林の色にその姿を消されまいとあせってるるもののやうに見える。

譯文一：但是，眼前的一羣蜻蜓，像被什麼東西追逐著，又像急於搶在夜色降臨之前不讓杉林的幽黑抹去它的身影。

譯文二：可是，眼前這羣蜻蜓，好像被什麼追逐似的。仿佛急於趁日落黃昏之前飛走，免得被杉林的幽暗吞沒掉。

4.苗子と秀男とは、いったい、なにを立ち話していたのだろうと、千重子は思った。秀男が苗子を、千重子と見ちがえたのは明らかだが、苗子は秀男に、どう受け答えしたものかと、さぞ困っていたにちがいない。

譯文一：千重子在想：苗子和秀男站在那裏究竟談了些什麼呢？秀男顯然誤將苗子當作千重子，可是苗子又是怎樣同秀男對答的呢？她一定會感到很難以爲情的吧？

譯文二：千重子本來在思忖，苗子究竟同秀男站在那裏說些

什麼。顯然，秀男錯把苗子當成自己了。苗子怎麼應付秀男呢？
眞難爲了她。

三、請用順譯的方法翻譯下列短文

1.これは清兵衛という子供と瓢箪との話である。この出来
事以来清兵衛と瓢箪とは縁が断れてしまったが、間もなく清兵
衛には瓢箪に代わる物ができた。それは絵を描くことで、彼は
かつて瓢箪に熱中したように今はそれに熱中している……

2. 十一月へはいってからは、金光坊には全く日時の観念は
なかった。朝眼覚めると、いつも若い僧の清源を招んで、渡海
の日は今日ではないかと、そんな風に訊いた。そして今日が渡
海の日でないことを知ると、ほっとしたように顔を上げて白い
砂地でできている庭の雑木へ眼を当てた。雑木の青さが眼に滲
み、庭続きといっていい浜の宮の海岸の静かな波の音が耳には
いって来た。

四、改正下列誤譯

1. 彼は又三千代を訪ねた。三千代は前日の如く静（しず
か）に落ち着いていた。微笑と光輝とに満ちていた。春風はゆ
たかに彼女の眉を吹いた。代助は三千代が己（おのれ）をあげ
て自分に信頼している事を知った。

譯文：他又去訪問三千代。三千代像前天一樣儀態安詳，充
滿光輝的面孔上閃著微笑，和煦的春風撫弄著她的眉梢。代助心
裏明白，三千代十分信賴自己，她把一切都給了他。

2. 大宮さん、怒らないでください。私が手紙を書くのに

はずいぶん勇気がいりました。私は何度かきかけてあなたを不愉快におさせしてはすまないと思ってやめたかわかりません。あなたに怒られ、手紙をよこしては困ると、おっしゃられては私は立つ瀬がありません。私はあなたに軽蔑され愛想をつかされることも恐れておりました。ですがもう私はそんなことを心配していられなくなりました。一生のことです。一生のことよりもっと以上のことかも知れません。ともかく手紙をかきます。怒られても、愛想つかされても、この気持でいるよりはましと思います。

譯文：大宮先生，請不要生氣。我寫信需要極大的勇氣。我開始寫了幾次，都讓你不愉快，眞對不起。我不知道我會不會停下。使你發火，如果信寄過去，你爲難的話，如果別人這樣告訴我，我無地自容。我也害怕被你蔑視、被你冷淡，不過，我已經不能再擔心它們了。這是一生的事，也許是比一生還要重要的事。總而言之，我寫信，讓你生氣、被你冷淡，也比現在的心情勝一籌。

3. 三景書房は前から知りあいでしたし、新しく文化雑誌を出す計画があったもんですから、その雑誌の編集長に推薦したわけです。そして神坂の手によって創刊されたのが東西文化という雑誌なんです。それと同時に僕は三景書房の希望にしたがってその雑誌の編集顧問という立場についたわけです。

譯文：三景書房那方面的人與我是舊交，他們計劃新出一種文化雜誌，我就向總編輯推薦了神坂，並由神坂負責創刊了《東

西文化》雜誌。同時，我也應三景書房的邀請擔任了該雜誌的編輯顧問。

4. 史記・漢書その他古代中国の諸文献に見える異民族についての記録に、居住形態について城郭の有無の記述を伴うことは、古代中国人の基本的な居住形態としての都市観の反映であろう。

譯文：在《史記》、《漢書》及其他中國古代各種文獻有關異民族的記載裏，對於居住形式是按照有無城郭而記述的。這就反映了作爲古代中國人基本居住形式的城市觀。

第二講　倒譯——特殊詞語的翻譯㈠

第一節　倒譯

翻譯中的變序，通常叫作倒譯，即顛倒原文語序進行翻譯。倒譯的原因，分析起來，大致可以分爲三類：一是句法上的原因；二是修辭上的原因；三是習慣上的原因。至於具體的變序類型，又可分爲詞語變序、句內變序、句外變序、句內句外同時變序以及段落變序等。

一、變序原因

㈠句法上的原因。中日文屬於不同的語法體系，雖同用漢字，但是語法差異巨大。這不僅體現在詞法上，同時也體現在句法上，具體地說就是語序。在有賓語的句子中，這種差異格外明顯。中文是主—謂—賓，日文是主—賓—謂。這個基本語序的不同，自然帶來了謂語和賓語各自修飾語語序的不同。把基本語序擴大，中文就成了主語—狀語—謂語—定語—賓語，日文則是主語—定語—賓語—狀語—謂語。因此，翻譯中時常不得不變序，否則譯文或成病句，或洋腔洋調，甚至讀者不知所云。變序時，不僅要改變謂語和賓語的語序，同時還要改變相應的定語和狀語的語序。

例1　西に傾きかかった太陽は、①この小丘裾遠く拡がった

有明の入江の上に、②長く曲折しつつはるか水平線の両端に消え入る白い砂丘の上に今は力なくその光リを投げていた。

　　譯文一：西斜的太陽，在小山丘脚下遠遠擴展開來的有明海海灣上，在漫長曲折的遙遠的水平線兩端消失掉的白色沙丘上，如今毫無氣力地放出些光亮。

　　譯文二：西斜的太陽無力地照射著在小山崗遠處山嘴伸展開來的有明海海灣，照射著曲曲彎彎、隱隱約約地延伸在遠處水平線上的白色沙丘。

　　這例由於中日文的句法差異，譯文二改變了原文的語序，進行了倒譯。原文結構是，主語＋兩個通過格助詞“に”表示的地點狀語（即標有①、②的底線部分）＋狀語“今は力なく”＋賓語“その光リ”＋謂語“投げていた”。譯文很難維持原序，首先動賓結構的語序必須改變，其他部分也應作相應的調整。如按照原序譯成譯文一，中文的語法結構雖無大毛病，但是，全句的意思與原句相差甚遠。原文不是說太陽在什麼地方放光，而是說太陽把光芒灑在什麼地方，所以必須把“その光リを投げていた”整個地搬到前面，緊挨著主語，表達出“太陽把光芒灑在……”的意思。同時又由於“今は力なく”是修飾謂語的狀語，所以也必須隨同其主人一起前移。

　　例2　彼女は、五六日前に読み了った藤村の“春”を思い出した。単純なかの女の頭には、自分の夫の天分を疑うて見ることなどは知らずに、自分の夫のことをその小説のなかの一人が、①自分の目の前へ——生活の隣へ、②その本のなかから抜

け出して来たかのようにも思って見た……。

　　譯文：她想到了那本五六天之前讀完的小說——藤村的《春》。她的思想單純，沒有對自己丈夫的天資表示過什麼懷疑。她感到自己的丈夫是那部小說中的人物——②他從書本裏跑出來，①來到自己的眼前，來到自己的生活裏。

　　這例除了動賓結構的變序外，還有定語與狀語的變序問題。定語變序是“単純なかの女の頭”部分。按中文語法，代詞和其他詞類同時充當定語時，代詞一般居首。因此，中譯時至少要變成“她單純的頭腦”。上例譯文從修辭角度考慮進行了更大幅度的變序。狀語變序部分如底線①、②所示。在日語裏，句子成份主要靠助詞表示，而中文更多的是依賴語序。所以，日語的語序比較靈活。在這例中，由於助詞的作用，表示到達地點的①放在前面，而把出發地點②放到後面。然而，中文卻較難這樣表達前後關係，即使倒裝也很勉強。所以，最簡單的辦法就是變序——倒譯。

　　例3　三月半ば過ぎの日曜日のてとである。昼過ぎ由木修が難波の駅に着いた時、すでに光恵は先に来ていた。朝から曇っていて彼女の何時になく着物を着けた身体がコートの緑の色を構内の外れの薄明リの中で放つように、高い円屋根の下に浮き出ていた。

　　這例更加複雜。第三句中日文在句法上的差異很大，無法找出對應的句式以維持原序。即便譯成“早晨開始陰天有雲，她與往常不同，穿著和服的身體在車站盡頭昏暗的光線中襯托著外套

的綠色，在高高的圓屋頂下，顯得特別醒目"，也已經變序多處，同時譯文詞語搭配不當，如"身體……襯托著……綠色"一句。此外，句義也發生了變化。"醒目"的根本原因是外套的綠色與昏暗的天空所形成的色彩對比，因此"醒目"的與其說是女主人公的身體，不如說是外套的顏色更貼切。但是，這層意思卻被削弱了。如果採用變序手段進行翻譯，效果大不一樣。

譯文：三月過半的一個星期日，打早晨起就陰沉沉的。過晌，由本修抵達難波車站時，光惠已先到了。車站內一邊高高的圓屋頂下，昏暗中浮現著她的身影，與往常不同，她今天穿了一身和服，外加一件外套，外套的綠顏色相當醒目。

（二）修辭上的原因。比起因句法原因的變序來說，因修辭原因進行倒譯的情況更多。這種變序賴以生存的基礎，無疑是中文裏亦存在著多種形成同義句組的手段，其中包括變序。沒有這個基礎，因修辭需要而採取倒譯的做法也很難行得通。

例4　老訓導は重ねてすすめず、あわてて村上浪六や菊地幽芳などもう私の前では三度目の古い文芸談の方へ話を移して、しばらくもじもじしていたが、やがて読む気もないらしい書物を二冊私の書棚から抜き出すと、これ借りますよとたち上リ、再び防空頭巾を被って風のように風の中へ出て行った。

譯文一：老教師不再勸說，急忙把村上浪六和菊地幽芳等在我面前提過三次的毫無新意的文藝評論納入話題，好一會兒扭扭捏捏，然後把根本不會去讀的兩本書從我書架中抽出，說要借一下，就站起身，重新戴上防空頭巾，一陣風似地走進大風裏。

譯文二：老教師再也不勸說，連忙改變話題，談起村上浪六、菊池幽芳等老作家來，這一番文藝評論我已經聆聽過三次。他顯得坐立不安，過了一會兒從我書架裏抽出兩本書，雖然看樣子無心思讀，可是他卻說借去看看，就站了起來，重新戴上防空頭巾，一陣風似地頂著冷風出去了。

對比兩個譯文，優劣顯而易見。譯文一除了改變部分動賓結構的語序外，基本維持原序，但效果卻不理想、生硬、翻譯腔濃厚，有種讓人喘不過氣來的感覺。譯文二大膽變序，卻文通字順並且更加切近原文。

例5　秋が来に。

うすい青空が高く晴れわたり、そこへ羽毛をプッと吹き散らしたように、軽い綿雲が一面に浮かんでいる。そういう空模様の日が毎日つづいた。

譯文：秋在來了

淡淡的藍天一晴萬里，顯得更高；①輕輕的彩雲漫空飄舞，②仿佛是一口氣把羽毛吹遍了雲霄。這樣的天氣，持續多日。

這例當然也可以把①、②兩部分顛倒過來，還原成原序，但是在中文裏，雖無不可，卻顯得不自然，甚至有點突兀的感覺。

例6　「何がおかしんだい？家のお上さんは三毛を忘れて来たって、①気違いのようになっているんじゃないか。②三毛が殺されたらどうしようって、泣き通しに泣いているんじゃないか？わたしもそれが可哀そうだから、雨の中をわざわざ帰って来たんじゃないか？──」

譯文：“笑什麼？老板娘發覺拉下了三毛，怕它被人打死，急得直哭，差一點發瘋了。我心裏過意不去，所以冒著大雨跑回來的呀！……”

譯者顯然是從表達效果著眼，進行倒譯的。我們可以把前一半按原序譯出，與上面的譯文進行比較。“笑什麼？老板娘發現拉下了三毛，差一點發瘋了，三毛被殺了怎麼辦呢，她一直在哭喊著。”前者先因後果，層層推進。先“怕它被人打死”，所以“急得直哭”，以至於“差一點發瘋了。層次非常清楚。後者則是，“發現拉下了三毛”，立刻“差一點發瘋”，而“發瘋”又具體地表現在“三毛被殺了怎麼辦呢”的哭喊聲中。兩種譯法視角不同，效果也有所不同。

㈢習慣上的原因。所謂習慣上的原因，是指維持原序的翻譯雖不影響閱讀與理解，在句法與修辭上也沒有大問題，但是卻不符合中國人的語言表達習慣，使人覺得彆扭，不自然甚至生硬。

例7　このたび私は、市民の皆さまの絶大なるご支持を得て市長となりました。これからは、住みよいZ市をめざし、粉骨砕身、ご期待にこたえたいと存じます。

譯文：這次承蒙市民們的極大支持，在下榮任一市之長。今後爲把Z市建成生活樂園，在下一定不惜粉身碎骨，以不辜負大家的厚望。

原文中的“粉骨碎身”，譯者進行了倒譯，因爲中文習慣上只說“粉身碎骨”，雖然兩者意思上並無出入，與此相似的還有以下詞語。

日語　　　　中文
正正堂堂　　堂堂正正
一木一草　　一草一木
東西南北　　東南西北
意馬心猿　　心猿意馬

但是，需要注意的是，下列詞語的中譯嚴格地說不算是變序。

日語　　中文
素朴　　樸素
段階　　階段
制限　　限制
売買　　買賣
平和　　和平
言語　　語言

因為中文裏並沒有"素樸、段階、制限、賣買"的說法，所以這類由中國傳入日本卻被改造的詞語的翻譯，與其說是倒譯，不如說是還原。而"和平"和"語言"也不是"平和"和"言語"的簡單變序。中文裏本身就有"平和"、"言語"兩詞，但是它們與"和平"和"語言"意義相差很大，很難算是同義詞，因此，也不存在倒譯的問題。

值得注意的是日語的"東西南北"一詞，在中文裏通常是說"東南西北"，但是，如果再加入一個方位詞"中"，卻不說"東南西北中"，而說"東西南北中"。也許是"東西南北"這

種對稱排列方式更易於接納"中"字吧。中央電視臺有一個綜藝節目，就叫"東西南北中"。不過，"心猿意馬"在中文裏倒可以反過來說成"意馬心猿"。

二、變序類型

以上考察、研究了變序的三大原因，下面我們對具體變序類型作個簡要的考察。

第一是詞語的變序。如上面提到的"一木一草"等。這類詞語並不多，出現頻率相對較低。

第二是句內變序。句內變序，顧名思義，就是變序僅僅發生在一個句子的內部。

例8　彼女はすぐ笑いを止めた。そしてその笑いは彼女の少し大きく開いた両眼の中へ集められるかのようにすぐに消えた。①が彼女の不可思議な心を外にもらすように思える②光にうるんだ眼がそこにあった。

譯文：她很快止住了微笑，那笑意仿佛被斂入她稍稍見大的雙眼中去似的一下子消失了。而這雙發亮的眼睛充滿著柔意，像在流露她那捉摸不透的心。

例9　或る日北山年夫が三階の階段を上っていると、堀川倉子が①その中段はどのところで、②腰をかがめて、立ちどまっているのに出会った。

譯文：有一天，北山年夫上樓，看見堀川倉子正彎腰站在三樓樓梯上。

這例也是句內變序，與上例不同的是，它突破了逗號的限制。

如果考察一下上節所列舉的例句，不難發現其中例1、例2、例4、例5也都是句內變序，只是變序幅度大小略有不同。

第三是句外變序。句外變序，即跨句子的變序，如上節的例6就是典型的句外變序，譯文改變了原來的句子與句子的順序。此外，還有句子的某些成份前置或後移到其他句子中的情況，這也是跨句子的變序，如例3，就把第二句的"朝から曇っていて"移到了第一句中，譯成"三月過半的一個星期日，打早晨起就陰沉沉的"，實現了跨句變序。再如：

例10　新しく出来た高速道路が森の向こうを通っていて、車が頻繁に往き来している騒音はほとんど這い上って来ない。

玩具のような自動車が音もなく走っているのを眺めるのも悪くはなかった。

①「めいつらは何だってあんなふうに忙しく走り回るんだろう」

②笹野はベッドの上に半身を起こし、車の流れを眺めながらそんなことを思った。

譯文：森林公園的背後是新建的高速公路，車輛穿梭不停，但是卻幾乎聽不到噪音。

看看那些小得像玩具一樣的汽車無聲地疾馳，亦是樁樂事。

笹野坐在床上，望著遠處的車流，不覺想到：

"那些傢伙跑來跑去忙些什麼呀？"

這一例如底線如示，也是較典型的句外變序。但是，如把①②看成段落，也可稱作段落變序。

第四是句內句外同時變序。既是句內句外同時變序，原文至少是兩句以上，否則無法進行這種交叉變序。

例 11　清吉は自分の心のなかに②行き来するさまざまな人──男や女の影をたくさん、つぎつぎに見つづけて行った。①清吉の心は一つの十字街であって、それらの影はそれぞれの方向へ歩き去った。すべて皆、過去のものである。清吉の新らしかるべき未来を暗示するものは一つもなかった。

譯文一：清吉不停地審視起自己的內心世界。他的心猶如一個十字街口，形形色色的男男女女從中穿梭而過，奔向各自的去處。然而，這一切不過是往事的再現，無法暗示清吉是否會有嶄新的未來。

原文中劃單底線的為句內變序，劃雙底線的為句外變序，二者有機的結合構成了譯文。先說審視自己的心，再說自己的心像什麼，接著說在自己的心上看到了什麼，層層推進，絲毫不亂，十分符合中國人的思維習慣。如果不進行句內外變序，當然可以行文，但表達效果卻欠佳。

譯文二：清吉把自己心上來來往往的各色各樣的人物──男的女的的影子一個一個地看過。清吉的心是一條十字街，那些影子朝著各自的方向走去。所有的一切都是過去的事情，能夠預示清吉嶄新未來的東西一個也沒有。

很顯然，"清吉的心是一條十字街"一句破壞了前後文的連

貫，有當中橫插一杠的感覺。最後兩句的譯文也給人突兀之感，與前文銜接得不緊，容易造成理解上與前文脫節。從整個表達效果說，譯文二不如譯文一。

總之，變序只是手段，準確轉達原文的信息內容才是目的。為了目的，可以"不擇手段"，這就是翻譯哲學。倒譯只不過是眾多手段中的一種，然而嫻熟地掌握並運用這一手段無疑會有助於提高譯文質量。

第二節　特殊詞語的翻譯㈠

特殊詞語，主要包括專有名詞、諺語、成語等。下面分別進行簡要說明。

一、專有名詞

專有名詞的特點之一就是，它所表示的事物往往是世上獨一無二的，與普通名詞相比，它缺乏對事物的概括力，詞語之間也不能進行任意的重新組合。它只能表示"與眾不同"的自我，反映不了事物的共性。因此，在大多數情況下，順譯即可，或套用原漢字，或按音譯字，不做很多人為的變動。但應注意以下幾個問題。

㈠原文為漢字詞語的，一般可以直接轉用。但是，需要注意中日兩國漢字的細微差別。比較容易疏忽的是中日簡繁體字轉換問題。如"森鷗外"譯成"森歐外"，日本人是頗有意見的，因

為"鷗"並不是"歐"的繁體字。"楳垣鄉子"也不宜譯成"梅垣鄉子"。"楳"雖為"梅"的繁體字,但在日語裏,"楳垣"為一個姓氏,不宜改動。

㈡日本人獨創的漢字詞中譯時,一般應加注,否則,容易產生原文與譯文脫節、兩者互不相干的假象。如:

阿倍仲麿 → 阿倍仲麻呂　　注:原文為日語漢字"麿"。

杢太郎 → 工木太郎　　注:原文為日語漢字"杢"。

不過,有人直接把"近衛文麿"、"辻邦生"譯成"近衛文麿"、"辻邦生",並用進中學課本。"辻"字現已收進中文,沿用無妨,但"麿"字尚未吸收進中文,照搬則欠妥。

另,"横浜"一般按習慣譯成"横濱",不譯成"横浜"。這是因為"浜"為日語簡化字,其繁體字為"濱",而"濱"的中文繁體字則為"濱",所以"横浜"中譯成"横濱"。

㈢人名、地名中漢字假名並用的,或完全用假名書寫的,如"三浦つとむ、平林たい子、なだいなだ"等中譯時,一般配譯漢字後加注。所配漢字應避開褒貶色彩強烈、筆劃繁雜、生僻難認和容易望文生義的詞語。英、法、德、義等文字的專有名詞為了統一譯名用字,避免一人兩名之類的現象出現,國家制訂了《譯音表》,但是目前尚沒有日語假名的漢字配譯表。

森田たま → 森田　珠

宮沢りえ → 宮澤理惠

郷ひろみ → 郷　弘美

土井たか子 → 土井多賀子

不過，近兩年，也出現了把專有名詞中的假名部分進行音譯的現象。如：

吉本ばなな→ 吉本芭娜娜

もり絵 → 茉莉繪

中島まみ→ 中島麻彌

竹田さおり→ 竹田沙歐里

ヤマハ（山葉）→ 雅馬哈

㈣要注意尊重習慣譯法。不少譯名，雖經不起推敲，但已約定俗成，只好維持現狀。

読売新聞 → 讀賣新聞

埼玉県 → 埼玉縣

通産省 → 通產省

不過，那些還未被廣泛認可的專有名詞則不宜套用日語漢字。

蔵相　　 → 藏相　　　　　（×）→ 大藏大臣（✓）

內相　　 → 內相　　　　　（×）→ 內務大臣（✓）

英和辞典 → 英和辭典　　　（×）→ 英日辭典（✓）

竹取物語 → 竹取物語　　　（△）→ 伐竹傳奇（✓）

寺子屋　 → 寺子屋　　　　（×）→ 私塾館（✓）

㈤當專有名詞為外來語時，譯法之一就是音譯，按音譯字。

例１　デンマーク王室の居城であるアマリエンボー宮殿の前を通り、ゲフィオンの噴水を過ぎると海辺に出る。

岸辺の岩の上に“人魚姫の像”があった。

アンデルヤンの童話"人魚姫"に基づいて、デンマークの彫刻家エドハルド・エリクセンが愛する妻をモデルに制作したと言われる高さ約80センチの人魚姫は、海に背を向けながらも、わずかに首をひねって視線を海に向けているようだ。

譯文："我從丹麥王宮阿美林堡的門前走過，繞過杰芬噴泉，來到海邊。

海濱的一塊巨石上的銅像便是"美人魚"。據說這是丹麥雕塑家愛德華德・艾里克森根據安徒生童話，用愛妻作模特兒雕鑄的。美人魚高約80釐米，背對大海，卻又微微側過頭來，似乎在向大海眺望。

這段文章中的外來語專有名詞基本上音譯成中文。但是，中文譯名必須遵守名隨原主的原則，與其他語種的譯名保持一致。一個簡單而又保險的做法是，查出外來語的原文書寫形式，再通過原書寫形式去查閱國內出版的專業辭書或英漢類權威辭書。如上例中的專有名詞"アマリエンボー"等就是通過查閱《世界地名辭典》、《外國城市》、《美術家辭典》等來確定譯名的。

另，歐文略語和用羅馬字母書寫的日語詞語也要遵守名隨原主的原則，不可簡單地照搬略語或日譯。

MITI→MITI（×）→通產省（通產省）（△）→國際貿易和工業部（✓）

WHO→WHO（×）→世界保健機關（世界保健機關）（×）→世界衛生組織（✓）

GATT→GATT（△）→關於關稅和貿易的一般協定（関税

と貿易に関する一般協定）（×）→ 關稅和貿易總協定（✓）

　　NHK→NHK（△）→ 日本放送協會（日本放送協會）
（△）→ 日本廣播協會（✓）

　　HINO→HINO（×）→ひの→ 日野（✓）

　　TOYOTA→TOYOTA（×）→とよた→ 豐田（✓）

　㈥外國國名、地名、人名，除本身用漢字的以外，現代日語
一般都用片假名書寫。但是，早年的日語文獻資料中，用漢字書
寫的國名、地名、人名比比皆是，中譯時尤其需要注意，不能簡
單地照搬漢字，應該用國內統一的標準譯名翻譯。

　　亜米利加（アメリカ）→ 亞米利加（×）→ 美國（✓）

　　巴奈馬（パナマ）→ 巴奈馬（×）→ 巴拿馬（✓）

　　伯国（ブラジル）→ 伯國（×）→ 巴西（✓）

　　哈賓（ハルピン）→ 哈賓（×）→ 哈爾濱（✓）

　　巴里（パリ）→ 巴里（×）→ 巴黎（✓）

　　布哇（ハワイ）→ 布哇（×）→ 夏威夷（✓）

　　我義的（ゲーテ）→ 我義的（×）→ 歌德（✓）

　　希傑爾（ヘーゲル）→ 希傑爾（×）→ 黑格爾（✓）

　　格倫母斯（コロンブス）→ 格倫母斯（×）→ 哥倫布
（✓）

　　西土尼（シドニー）→ 西土尼（×）→ 悉尼（✓）

　　白耳義（ベルギー）→ 白耳義（×）→ 比利時

　　韓図（カント）→ 韓圖（×）→ 康德

練習

一、對比分析下列譯文

1. 右側の堀川倉子は、その日空色の線のはいった幾らか明るい色調の春のスーツに着換えて、それが夕暮の光のまだ残っている駅前の広場の中に柔らかくとけるように見えたが、……

譯文一：右側的堀川倉子在那一天換上了天青色條紋的，多少帶有一些明快色調的春裝。那時，火車站前的廣場還沐浴在夕陽裏，而倉子衣服的色調也仿佛柔和地溶了進去。

譯文二：右邊的堀川倉子，那一天換上了色彩比較鮮艷的春裝。是一身天藍色密紋的西服。在站前廣場的夕陽殘照中顯得那麼柔和。

譯文三：走在右面的是堀川倉子，那天她換了身春裝，穿的是一套天藍色的條紋西式衣裙，色彩明麗。在夕陽殘照下的站前廣場上，顯得十分柔和而協調。

2. 彼女は廊下を一つへだてて、彼の事務室の向い側にある八千代新興産業会社にいた。両側に同じ形の事務所のならんでいる長い廊下は暗く、彼が彼女に出会ったり、すれちがったりする時間は、ごく短いものであったので、彼は彼女の顔をこまかく観察するというようなことは出来なかったが……

譯文一：倉子在"八千代新興產業公司"上班，就在北山年夫辦公室的對過，中間只隔一條走廊。長長的走廊很是陰暗。兩側排列著式樣相同的辦公室。北山和她有時相遇，有時擦肩而過；因時間短促，沒能仔細地觀察她的臉龐。

譯文二：倉子供職的八千代新興產業公司，就在北山辦公室的對面，中間隔著一條走廊。走廊又長又暗，兩邊全是辦公室，格局都一式一樣。北山跟她有時在走廊裏相遇，有時擦肩而過，短暫的一瞬間，根本沒法仔細打量過她的面孔。

　　譯文三：她在八千代新興產業公司工作，辦公室和北山的門對門，中間的那條走廊又暗又長，兩邊的辦公室一模一樣。他們時常在這裏相遇，但是，在迎面相錯的那一瞬間，北山根本不可能仔細觀察她的容顏。

　　譯文四：他的辦公室在倉子的八千代新興產業公司的對面，中間只有一廊之隔。他經常在這條又暗又長，兩邊全是布局相同的辦公室的走廊裏碰見她，有時和她迎面相錯，不過，一瞥之間，他無法細細端詳她的面容。

　　3.ユーキッタン、ユーキッタンと、三十九歳の老婆は油で透き通るように黒くなった系車を、朝早くから夜更けまで、ただでさえ短い睡眠をいっそう切りつめて、人間の皮をかぶった機械のように踏み続ける。胃袋の恰好した油壺に、一日二回うどんのような油を入れて、その機械を休ませないという目的のためだけに。

　　譯文一：吱一嗒，吱一嗒。三十九歲的"老太婆"起早摸黑不停地紡紗。紡車黑油油的，顯得烏亮烏亮。"老太婆"把僅有的一點睡眠時間再一次壓縮，整天踩著紡車。油壺形狀的胃袋裏一天加兩次油——麵條，目的只是讓她那披著人皮的機器不至於停止運轉。

譯文二：悠——咔嗒，悠——咔嗒，三十九歲的老太婆一再擠掉本已少得可憐的睡眠時間，從早到晚不停地踏動著那架烏黑透亮的紡車，簡直猶如一部披著人皮的機器。僅僅爲了不讓她這架機器停止運轉，一天兩次給油壺狀的胃袋裏加一點油——諸如麵條之類的東西。

4. 以前祐三は富士子を戦争のなかに置き去りにしたやうに、今度は富士子を時間の行手に流し落せるだらうか、といふやうな下心が、再会したばかりでもう萌さぬではなかった。しかも先きの戦争の場合は、暴風が二人を吹き離したやうな形ですんだし、清算といふ言葉に祐三は興奮してさへるたが、今はともすると自分のこうかつな打算が見えるのだった。

譯文一：剛剛見面，祐三心裏就萌生了這樣的念頭：像過去把富士子抛擲在戰爭中那樣，在今後某個時間的轉折點把富士子遺棄掉。過去那場戰爭的風暴把他們二人吹散開，目前祐三老在自己的心裏打著狡猾的如意算盤，每逢想到和過去一刀兩斷這句話，就感到興奮。

譯文二：上次祐三在戰爭中遺棄了富士子，這次也同樣，雖剛剛相逢，心裏未嘗不打算讓時間的洪流把富士子衝走。那次是戰爭的狂飆吹散了兩人，從而了結彼此的緣分。提起"了結"這個詞兒，盡管祐三還有些激動，可是現在往往也能看出他自己的狡猾和自私。

5.ある日小雨が降った。其時彼は外套も雨具も着けずに、ただ傘を差した丈で、何時もの通りを本郷の方へ例刻に歩いて

いた。

譯文一：有一天，下著小雨。當時他既沒有穿外套，也沒有帶雨衣，只是撐著一把傘，沿著常走的街道，定時向本鄉走去。

譯文二：有一天，下著小雨。他在跟往常差不多的時間裏，沿著那條經常走的路朝本鄉方向走去。當時他既沒有穿外套，也沒有穿雨衣，只是打著一把傘。

二、翻譯下列短文，注意帶點詞語的翻譯

1.「駅長さんずいぶん厚着に見えますわ。弟の手紙には、まだチョッキも着ていないようなことを書いてありましたけれど。」

「私は着物を四枚重ねた。若い者は寒いと酒ばかり飲んでいるよ。それでごろごろあすこにぶっ倒れてるのさ、風邪をひいてね。」

2.その夜、笹野はなかなか寝つかれなかった。やっと、うとうとしたと思うと、誰かが部屋に忍びこんで来るような気配におびやかされて眼をさましてしまうのだ。

3."のり巻はありませんか"

"ああ今日はできないよ"肥ったすし屋の主は、鮨を握りながら、尚ジロジロと小僧を見ていた。

小僧は少し思い切った調子で、こんな事は初めてじゃないと云うように、勢よく手をのばし、三つ程並んでいる鮪の鮨の一つを摘んだ。ところが、なぜか小僧は勢よくのばした割にその手をひく時、妙にちゅうちょした。

「一つ六銭だよ」と主が云った。

小僧は落とすように黙ってその鮨を又台のうえへ置いた。

4. 客は加減をしてぶらぶらと歩いている。その二三間後から秤を乗せた小さい手車を挽いた仙吉がついて行く。

5. 失踪の前の晩、不破数馬はすこし酔って僕の部屋にやってきて、壁にかかっている僕の画を批評したり、あやしげな画論をはいたりしていましたが、やがてもじもじしながら、部屋代の前納という形でもいいから二千円ばかり貸して慾しいと切り出した。

6. 私は追川初の一生の犠牲のうつくしさに、酔わされるなら酔ってしまおうと思う。騙されるなら騙されようと思う。僕の人生観が、こんなにも一変したんだ。騙されるのがこわくって、酔っぽらうのがこわくて、どうして人間の愛情がわかろうか。僕はそんなにまで考えさせられている。

7. ソ連・フィンランド経由という、ヨーロッパ渡航の最も安いコースを選んだのだ。ストックホルムが最初の目的地だった。最後の目標はグラナダである。スペインのアンダルシア地方にある古い街だ。

8. [ローマ数字]

……

表し方は多少複雑で、次の原則による。

（一）アルファベットのI・V・X・L・C・D・Mをそれぞれ一・五・十・五十・百・五百・千にあて、大きな数から順

に、二二〇〇ならMMCCと必要な数だけ並べていく。

　（二）より小さい数字が先におかれた場合にはそれだけ減算する。九〇〇はCM、四はIV、九はIXなど。

　例えば、一九八八はMCMLXXXVIIIである。

第三講 分譯與合譯

——特殊詞語的翻譯㈡

第一節 分譯與合譯

一

關於分譯、合譯的定義，按目前通行的說法，就是拆句和並句。拆句是把原文的一個句子譯成兩個或兩個以上的句子；並句則是把原文兩個或兩個以上的句子譯成一個句子。在書面上，分、合譯的標志都是句號。然而，這樣的定義，有欠全面，分、合譯的標志也不全是句號。事實上，一句之內的分譯、合譯現象也是十分常見的，尤其是句內分譯。這種句內進行的分、合譯的標志不是句號，通常是逗號，有時也用分號、頓號、破折號和括號等。因此在考察、研究分、合譯時，一定要注意這兩種不同性質的分、合譯形式，擴大視野，開闊思路，既見樹木，又見森林，不僅把注意力放在通常所說的並句、拆句上，同時也充分顧及到一句之內的結構安排與調整。

從這個視角出發，我們把一句之內的分、分譯稱為"逗號分譯"、"逗號合譯"；與之相對應的、一分為二和合二為一式的句子層次上的分、合譯則稱作"句號分譯"、"句號合譯"。

例1　四日程してから、代助は又父の命令で、高木の出立

を新橋まで見送った。其日は眠い所を無理に早く起されて、寐足らない頭を風に吹かした所為か、ステーションに着く頃、髪の毛の中に風邪を引いた様な気がした。

譯文一：大概是四天之後吧，高木他們登程回去，代助尊循父命，全家一起送至新橋。這天一清早，代助在睡夢中被強行叫起來，大概是因爲半睡不醒的腦袋被風吹了的緣故吧，到達車站的時候，覺得頭髮根裏都著了風寒。

譯文二：四天之後，代助遵照父親之命，把高木送到新橋。那天，他從床上被喊醒，頭腦昏昏沉沉的，經風一吹，到了車站才覺得感冒了。

這兩個譯文各有特色，從分、合譯的角度看，兩個譯文分別進行了“逗號分譯”。譯文一把“高木の出立”單列出來，成一小句；譯文二則把“寐足らない頭を風に吹かした所爲か”從中間斷開，加上逗號。此外，譯文二又把“ステーションに着く頃”後的逗號去掉，與後文並成一個小句。無疑這些都是譯者從表達效果出發所做的變動。

例2　そしてその彼女のことを考えるとき、彼女のこの平凡な言葉の內にある彼女の心の存在が彼の胸を突き刺し彼は自分があらゆる苦しみを受けるに価すると考えるのだった。

譯文：她的話，語語平常，卻句句都有著一顆赤誠的心在。北山每一想起她來，心裏便感到痛悔，覺得應該去承受一切磨難。

原文是一個長句。中間只有一個逗號。譯文譯成兩句，同時

進行了多處"逗號分譯"，使譯文通順流暢。此外，譯者還改變原文句首短語的位置，進行了倒譯。

例3　こんどの事作で一番大きい打撃を受けたのは、当然なことではあるが、栄叡であった。計画が挫折したということより、将来の見透しが利かなくなったということが、彼の気持を暗く絶望的なものにしていた。

譯文：這次事件，受打擊最大的當然是榮睿，不但計劃受挫，而且覺得前途更加渺茫，使他的精神陷入黑暗絕望的境地。

譯文從總體上看，是句號合譯，二句並一句。細分析，原文第一句的譯文卻又是逗號分、合譯並用，即在"事件で"後加入逗號，但卻抹掉了原來的兩個逗號。當然，原文也可以按原標點翻譯，如"在這次事件中受打擊最大的，不消說，是榮睿"。

例4　①美那子はぬれた指先を白い前掛けでふくと②階段を上り、この家で応接室以外では、ひとまだけ洋室になっている③夫の書斎へとはいって行った。

譯文：美那子用白圍裙擦乾了手指，上樓走進丈夫的書房。她家除了客廳，唯有這一間是西式的。

從總體上看，譯文是句號分譯，但是底線①②兩部分卻被逗號分開，底線②和③又合二為一，是典型的句內合譯，因為原文本是一句話。整個譯文是先進行逗號分、合譯，然後再進行句號分譯。

強調逗號分、合譯，同強調句號分、合譯一樣，都是為了更好地翻譯原文，所以，不僅應該注意句號分、合譯的存在，而且

也應該重視逗號分、合譯的學習和運用。

二

　　翻譯研究中有一個普遍現象，即談長句翻譯時沒有不談到分譯的；談分譯時沒有不談到長句的，似乎兩者已成連理，密不可分。其實，事實並不盡然。很多短句也可分譯，同時很多長句也可以不分譯，按照原文的句勢，一氣譯成。只是長句分譯頻率較高而已。那麼分譯的原理究竟是什麼呢？請看幾類不同的例句。

　　例 5　この追川初に、一人の妙齢の娘があるという話は、研究所の伝説として古く知られていたが、少くとも現在の所員で、その娘の存在を確めたことのあるものは誰もなかった。

　　譯文：就是這位追川女士，居然有一位妙齡女兒。本來這件研究所裏的奇聞，早就傳揚開了。但是直到今天，所裏也沒有一個人能夠弄清，追川女士是否眞的有這麼一位女兒。

　　例 6　彼はその時壁の後から、①助ければ助けることの出来る炭坑夫の②一度聞いたら心に縫いこまれでもするように、決て忘れることの出来ない、救いを求める声を“ハッキリ”聞いた。

　　譯文：當時他清楚地聽到了從牆後傳來的求救聲音。這個聲音發自一位要救的話還救得出的礦工。這個聲音，你只要聽到一次就會深深地嵌進你的心窩，叫你再也忘不了。

　　例 7　そして彼を信じきリ、彼にすべてをあたえた彼女の愛を、①それがあまりにもたやすく彼にもたらされたが故に、

かえって彼がその後の生涯のうちに二度と得ることの出来ぬほ
どの②値打のあるものだとは見分けることが出来なかったので
ある。

　　譯文：她信賴他，把一切都奉獻給了他。然而，他也正因為
輕而易舉地得到了她的愛，反而不知珍惜。那是他終生再也得不
到的無價之寶。

　　例8　話しているうちに、私は腹の底から、今の日本にお
ける日本語教育の貧しさに悲しみと怒りがこみあげてきた。

　　譯文：說著說著，我不由地從心底裏感到一陣悲哀和憤怒。
如今日本國內的日語教學簡直太糟糕了。

　　例9　①抱きあって再会を喜んでいる外国人の姿には、き
わめて自然な人間の感情が現わされている。しかし、②感情を
外にあらわに出さずに、静かに心の中に包んで行動すること を
美しいと見てきた日本の　統の世界では、西欧のあいさつの仕
方は、“映画のようだねえ”とおばあさんに眺められてしまう
のである。

　　譯文：外國人喜歡用擁抱來表示重逢的喜悅。他們的這種舉
止是人類感情的自然流露。但是，日本是個傳統的社會。人們感
情不外露，喜歡悄悄地藏在心底。他們認為這樣去為人處事是一
種美。所以，西方人的問候方式，在老太太眼裏，“就像電影一
樣了。”

　　例10　まだおかもとに住んでいたじぶんのあるとしの九
月のことであった。あまり天気のいい日だったので、ゆうこく、

といっても三時すこし過ぎたころからふとおもいたってそこら
を歩いて来たくなった。遠はしりをするには時間がおそいし近
いところはたいがい知ってしまったしどこぞ二三時間で行って
こられる恰好な散策地でわれもひともちょっと考えつかないよ
うなわすれられた場所はないものかとしあんしたすえにいつか
らかいちど水無瀬の宮へ行ってみようと思いながらついおりが
なくてすごしていたことにこころづいた。

　譯文：那還是我住在岡本那些歲月中一個九月裏的故事。有
一天，天氣晴朗，黃昏時分，其實也就剛過三點，我突然起興想
去附近走一圈。遠游，時間已晚，近處我又比較熟悉，於是，我
搜索枯腸想找一處常人一時想不到、兩三個小時便能來回的地方
散散步。最後，我忽然想起自己一直想去可至今沒有機會光顧的
水無瀨宮。

　如果進行句子分析的話，例 5 是表示轉折關係的偏正複句，
前一分句中又含有一個定語從句。例 6 擁有一個長長的定語從
句，從句又可以分解爲兩個小句子。例 7 是個比較複雜的多重複
句，句中套句子。主句如雙底線所示，從句如單底線所示。第一
分句①又是第二分句②的定語從句，同時它自身是一個表示因果
關係的偏正複句。例 8 是單句。例 9 裏含有兩個動賓詞組作定
語。例 10 內含兩個複句。雖然各句結構大相徑庭，但是，它們
的譯文有一個共同之處，就是都進行了句號分譯。仔細分析研
究，不難發現，所謂句號分譯就是從原文中找出或化解出兩對或
兩對以上的主謂結構，使它們分別獨立，成爲新的句子。一句譯

兩句，需要兩對主謂語；譯成三句，就要有三對主謂語。簡言之，句號分譯主要存在於以下幾種情況中。

1. 原文是聯合複句或偏正複句時，易於分譯，因為原文裏已含有兩對或兩對以上的主謂結構，如例5、例7、例10。

2. 如果原文中有主謂結構充當句子成份，即含有中文所說的句子形式時，也比較容易分譯，因為有時可以讓主謂結構從原文中獨立出來，成為新句子。如例5中的定語從句"この追川初に、一人の妙齡の娘がある"。再如例6，只是它的定語從句中的主謂結構是隱現的，主語沒有出現，需要在分析時進行補充。例9的②也是如此。

3. 原文雖不是複句，也不含有句子形式，但是卻隱含著邏輯主謂關係時，有時可以把它化解成顯現的主謂結構，讓它獨立成句。這種情況較多地出現在以動賓結構或動詞、形容詞、形容動詞充當定語的時候，因為這時被修飾的中心詞往往是它們的邏輯主語，易於化解成新句子的主謂語，如例9的①。

4. 有時名詞充當定語時，修飾語與被修飾語之間也存在著邏輯主謂關係，可以把它們化解出來，如例8的"日本語教育の貧しさ"和例9的"日本の伝統の世界では"。

需要注意的是，上述原則僅僅是從句法分析的角度進行考察的結果，並不能概括句號分譯的所有情況。有些句號分譯是超越句子結構的，雖然也是一句變兩句，但卻不是拆句的結果。

例11　或る夜、庭の樹立がざわめいて、見ると、静かな雨が野面を、丘を、樹を仄白く煙らせて、それらの上にふりそ

そいでいた。

　　譯文一：一天夜裏，院子裏的樹木發出了沙沙的響聲。原來是下雨了。只見雨水靜靜地灑到田野上、山丘上和樹木上，仿佛給它們籠罩上了白濛濛的烟霧。

　　原文是一個複句，譯文卻是三句。第一句明顯是從原文中獨立出來的。第二句"原來是下雨了"卻是譯者根據語境加譯出來的。當然也可以不這麼譯，如譯成：

　　譯文二：有一天夜裏，院子裏的樹木沙沙作響。向外看去，只見細雨霏霏，原野、山崗、樹木全都籠罩在白濛濛的雨霧之中。

　　那麼，與之相對應的合譯①又如何呢？簡單地說，就是要把原文中兩句或更多句子的主謂語化解開，或形成複句，或形成包孕句，或形成連謂結構、兼語結構，使它們變成一個句子。這是合譯的原理，也是合譯的前提。

----

　　①這裏指句號合譯。

　　例12　彼は歌や発句が作れないとは思っていない。だから勿論その方面の理解にも、乏しくないという自信がある。が、彼はそう云う種類の芸術には、昔から一種の軽蔑を持っていた。何故かと云うと、歌にしても、発句にしても、彼の全部をその中に注ぎこむ為には、余りに形式が小さすぎる。だから如何に巧みに詠みこなしてあっても、一句一首の中に表現された

ものは、抒情なり、叙景なり、僅かに彼の作品の何行かを充す
だけの資格しかない。そういう芸術は、彼にとって、第二流の
芸術である。

　譯文一：他並不認爲自己不會做和歌、俳句。當然，他自信
對這方面還是懂得不少的。但是他一向看不起這一類的藝術。因
爲不論和歌還是俳句，篇幅都太小了，不足以容納他的全部構
思。抒情也好，叙景也好，一首和歌或俳句不論作得多麼出色，
把它的思想內容塡在他的作品裏也僅僅是寥寥數行而已。對他來
說，這樣的藝術是第二流的。

　譯文二：他不認爲自己不能寫短歌和發句，‖自信對此道也
不乏了解，|可是他對這藝術形式一向輕視，‖以爲把全部精力
費在這種寫作上，未免大才小用，‖‖不管一句一行表現得多麼出
色，抒情也罷，寫景也罷，‖‖‖只夠充當他小說中的幾行，‖‖終
究是第二流的藝術。

　對比這兩個譯文，可以加深對句號合譯的理解。原文共由 6
個句子組成，其中第四、第五句爲複句。譯文一不增不減也譯爲
6 句，譯文二卻合併成一句。問題的關鍵顯然是句子結構安排問
題。在譯文一裏，第一、二、三句的主語都是“他”（彼），第
四、五、六、句的主語則各不相同。第四句爲“篇幅”（形
式），第五句爲“一首和歌或俳句”（一句一首の中に表現され
たもの），第六句爲“藝術”（芸術）。譯文二的譯者卻設法讓
“他”（彼）統率 6 個句子，組成多重複句。譯者的高妙之處就
在於把原文第四、五、六句用“以爲”兩字串起來，變成“他”

的思維內容。這個思維內容本身不再是 3 個獨立的單句，而是一個表示因果關係的複合句。換言之，即譯文把本來獨立的 3 個句子通過其內在的邏輯關係使它們重新組合起來。全句的層次關係如譯文二中所示。

這個例句的分析說明兩個問題。一、句號合譯的關鍵是安排主謂結構；二、合譯也並非是短句翻譯的專利技巧，只要有必要，複雜長句組成的句群、段落也可以合併成一句。

例 13　メロスは激怒した。かの邪知暴虐の王を除かなければならぬと決意した。メロスには、政治がわからぬ。メロスは村の牧人である。笛を吹き、羊と遊んで暮らしてきた。けれども、邪惡に対しては、人一倍に敏感であった。

譯文：梅洛斯憤怒了，他決心除掉邪惡的暴君。他不懂政治，他只是村裏的牧羊人，吹著竹笛與羊群嬉戲爲生，但是，對於邪惡，他卻敏感過人。

例 14　「他殺ですって？」

①桑木博士は眼を丸くした。それからそばにいた若い医局員と顔を見合わせた。

「何か証拠でもあるんですか」

②そう言った時、桑木博士の顔には明らかに困惑の色が浮かんでいた。

譯文：“謀殺？”

桑木博士瞪大眼睛，看看旁邊的醫療部年輕辦事員，滿臉疑惑地問：

"有什麽證據嗎？"

　　這例是跨越中間句子的合譯，即把①②兩部分合爲一句，同時又形成了倒譯。

三

　　以上從語法的角度討論了句號分、合譯的原理。但是，原文能不能進行分、合處理和需要不需要分、合處理畢竟是兩回事。關鍵是看譯者對兩種語言的認識與把握程度。不同的譯者，對同一原文，可能處理得極其不同。此外，中國人和日本人對句子認識的不同除了表現的句法上外，還體現在對事物的認識上。日本人認爲分開爲好、不宜放在一句中說的事物，中國人可能卻認爲非放在一起不可，否則就有一句話說一半的感覺。同樣，中國人認爲不宜放到一處、歸爲一談的事物，日本人卻認爲分開來說，無疑於棒打鴛鴦。這也是造成句號分、合譯技巧產生的一個重要原因。

　　例 15　その立派な車の正面に小さく嵌めこんである楕円形の鏡を、清吉は何気なく見出して、それから、またくしゃくしゃしている自分の目を手の甲で拭いてから、物珍らしげに自分の顔をじっと見た──頬の嶮しく痩せているその鏡中の小さく映った顔が酔いざめで青くなっているのを。

　　譯文一：清吉無意之中發現這部高級轎車的正面嵌有一面橢圓形的鏡子。於是，他就用手背擦擦依舊發澀的眼睛，十分新奇地盯著自己的臉看。他的臉頰消瘦得怕人，映在鏡子中，只有一

點點大。爛醉初醒後的清吉，臉上一片蒼白。

譯文二：清吉無意中發現這部漂亮轎車的正面嵌著一面橢圓形小鏡子，就用手背擦擦仍舊發澀的眼睛，新奇地盯著自己的臉看──映在鏡子中的臉龐瘦小得雙頰干癟，酒氣一退，滿臉發青。

原文是長句，兩個譯文處理不同，譯文一進行分譯，譯成 4 句。譯文二則維持原狀，依舊是一個句子。譯法不同，表達效果自然不一樣，相比之下譯文二顯得緊湊有力一些。譯文一多少有點鬆散的感覺。

例 16　その女はおきんという名であった。そうして、村の桶屋の万平の妻であった。年はそのころ三十五六であった。あるいはもっと若かったかも知れない。しかし、正直にいえば醜い女であったから、実際、幾つであろうともそれがあまり重大な問題ではなかった。おきんは色が黒かった。その顔の形が栗に似ていた。平たい、ひしゃげた顔で、頭が大きくって頤がなかった。よく太っていた。

譯文一：這個婦女叫阿金。是本村桶匠萬平的妻子。年紀約莫三十五六歲，也許更年輕些。但是，說句老實話，她是個醜陋的女人，實際年齡究竟有多大，都是無關重要的問題。阿金膚色黝黑。她的臉形像栗子。頭大臉扁，胖得幾乎沒有下巴頦兒。

譯文二：這個女人叫阿琴，是村裏的木桶匠萬平的妻子，當時大約有三十五、六歲，或許還要年輕些也說不定。不過說老實話，她長得很醜，所以實際上有多少歲數並不重要。阿琴的皮膚

黝黑，臉型像栗子，面部又平又扁，大大的腦袋，幾乎沒有下顎，身體又肥又胖。

　　這兩種版本譯文的不同在於合譯。原文由9句組成，譯文一譯成7句，譯文二譯成3句。顯然兩位譯者對句子的理解與把握很不一樣。以效果上看，譯文二更順一些。第一句以"阿琴"作主語，統領下文。原文第6句起譯成複句，各分句之間關係密切，都是談阿琴的長相，所以，併成一句效果不錯。

　　下面再看兩例句號分、合譯併用的例句。

　　例17　そんな風の中を時代遅れの防空頭巾を被って訪れて来た客も、頭巾を脱げば師走の顔であった。青白い浮腫がむくみ、あおぐろい隈がまわりに目立つ充血した眼を不安そうにしょばつかせて、「ちょっと現下の世相を……」語リに来たにしては、妙にソワソワと落ち着きがない。

　　譯文一：一位客人頂著這種冷風上我家來。他戴著過時的防空頭巾，脫下頭巾，一副面孔竟像寒冬臘月似的，蒼白浮腫，兩眼布滿血絲，眼窩發黑。他心情不安地眨巴著眼睛說了一聲："我想跟你談談當今的世態……"

　　此例原文的第一個逗號在譯文中成了句號，原文的第一個句號卻成了逗號，原文的"充血した眼"處又一斷為二。很顯然，這是譯者在排除異自、合併同類，按照中國人的思維習慣重新組織句子。先提來客，後講長相，再說來客的行為舉止。當然，按原文句讀翻譯亦未嘗不可，但多多少少有點彆扭、不自然。如下面的譯文二。

譯文二：頂著大風，戴著過時的防空頭巾來訪的客人，摘下頭巾，露出凍僵了的面容。他臉色蒼白，浮腫，眼圈發青，眨巴著充血十分明顯的眼睛說"想來談談眼下的時事"，不過，卻顯得異常的不安。

例 18　夏から秋にかけては恐ろしいほど早く日が経った。金光坊は毎日のように今日は何日かと傍にいる者に訊ね、返事を聞くたびにそんなことがあろうかと思った。金光坊は相変らず読経三昧に日を送っていた。立秋からあとは一日の時間が信じられぬ早さで飛んで行った。朝も晩も一緒にやって来るように思われた。

譯文：從夏到秋的日子過得可怕的快，金光和尚每天向旁邊的人問，今天是幾時啦。一聽到回答心裏就想，哪有那麼快的。他依然每天埋頭念經過日子。立秋以後，每天每天過得飛一般快，簡直叫人難以相信，好象早晨夜晚都是一起到來似的。

這一例的分、合併用也能看出譯者對原文的獨特處理。原文第一個句號被變成逗號，使譯文每一句變成因果複句。因為日子過得快，以至於天天問時間。原文第二句前一半併入前一句，後一半獨立出來，自成一句。這樣改變了原文的層次，強調了"思った"的內容。最後兩句的合譯也改變了作者的思路，譯文的三個小分句，環環相扣，一氣呵成，表達了一個完整的意思。

下例的兩個譯文都進行了逗號分譯和句號分譯，但是，效果卻相差較大。

例 19　しかし静かななかに一人坐ってゐては、呼ばなくて

も駒子も来さうなものだと、心待ちするよりしかたがなかった
が、ハイキングの女学生達の若若しく騒ぐ声が聞えてゐるうち
に眠らうと思って、島村は早くから寝た。

譯文一：但是，在寂靜中獨自呆坐，只好期待著駒子會不邀
自來，此外別無他法。聽著徒步旅行的女學生天眞活潑的嬉戲打
鬧聲，島村不知不覺間覺得昏昏欲睡，於是便早早入睡了。

譯文二：寂靜中，獨自枯坐，只好心裏盼著駒子能不招自
來。一群來郊遊的女學生，年輕活潑，嬉鬧之聲，不絕於耳，聽
著聽著竟睡意朦朧起來，島村便早早睡下了。

總之，分譯和合譯，不僅會改變原文的句法結構，而且也多
多少少會改變原文的語義層次、感情色彩和文體特徵等。因此，
採用分、合譯手法，不僅要顧及到中日文的句法特點，更要顧及
到原文信息內容的準確轉達，不能爲形式而損害意義的表達。

四

在這一節裏，主要考察標點符號在分、合譯中的運用。這裏
所說的標點符號，除了逗號、句號外還包括分號、冒號、破折
號、括號等。在中文裏，分號主要用於分句之間的停頓，不能表
示一個句子的完結。冒號則兼有逗號、分號和句號的功能，但
是，只有當它用在句末時，才相當於句號。破折號或表示對前文
的注釋，或表示意思的躍進，破折號後的文字也是正文的一部
分，一般它不能當作句號使用。括號也是起注釋作用的，表示附
帶說明，括號裏的話一般不念出來。但是，如果破折號和括號前

已有其他標點符號，則它們有時可以單獨起句。因此，除句號外，其他標點符號一般不能成爲句號分譯的手段，最多用它們進行逗號分譯；相反，這些標點符號倒是進行合譯——包括逗號合譯和句號合譯的理想武器。

例20　一たい物事につうて他人に述べるような意見を持っているためには自分自身しっかりした理想を抱懐している人か、でなければごく浅薄なものの見方で満足して結論する人か、この二通りだけであるが、清吉はもう今は何にも理想らしいものは持てなくなってしまっているくせに、それだのに物事をそう上の面だけ見てはっきりした意見を押し立てらほどの浅薄でもなかった——少なくとも男女関係のことについてはことにそうであった。

譯文：人無非有兩種，一種人內心充實，理想堅定，遇事能發表自己的見解；另一種人，對事物的看法極其淺薄，然而卻自以爲是，愛下結論。如今，清吉身上已不復存在所謂理想了，然而他也沒有淺薄到凡事只浮光掠影，就固執已見的程度。至少在男女關係方面，他更是如此。

原文是一個長句，譯者譯成三句。其中第二句是把破折號化爲句號得來的。值得注意的是，譯文到“愛下結論”爲止是一句話，其中冒號表示下文爲分說，分號表示句子的層次，兩者都沒有斷句的功能。原文的破折號是把它前後兩部分連成一句的標號，取消它，就意味著斷句。

例21　彼の家庭には犬がいる。猫がいる。一たん愛する

となると、程度を忘れて溺愛せずにはいられない/ 彼の性質が、やがて彼等の家庭の習慣になって、彼も彼の妻も人に物言うように、犬と猫とに言いかけるのが常であった……。

譯文：他的家中有狗，也有貓。他有時心裏喜歡起來，會忘乎所以地表現出極度的溺愛來。他的這種舉止不久便成了他家庭中的一種習慣——他和他的妻子常常會像對人說話似地去同狗和貓講話……

這也是一例句號分、合譯並用的例句。原文第一、二句併成一句，第三句進行了分譯，從斜線處把句子一分爲二。譯文最後一句，如把破折號改成句號，則成兩句。現在的破折號如同一根紐帶，把前後兩部分拴到了一起。

例 22　また、自分の顔を手鏡のなかにながめた。奇怪なことを発見した。自分の顔は鏡に写してでなければ見えない。自分の顔だけは自分に見えないのだ。……

最も自分のものである自分の顔は、どうやら他人に見せるためのものであるらしかった。それは愛に似てゐるだらうか。

譯文：接著她又從手鏡裏端詳了自己的臉龐。京子發現了一椿奇怪的事：自己的臉龐不用鏡子照就看不到。唯獨自己的臉龐是自己看不到的。……

本來百分之百屬於自己的臉龐，卻反而成了給別人看的東西。這一點，也許與愛情很相似吧。

這一例是合譯，但不是通過逗號，而是通過冒號，使後一句成爲前一句的說明。

最後，需要說明的是，不是所有的日本人都認眞對待標點符號的使用，有些人，包括部分作家，都相當隨便。所以，研究分、合譯一定要充分注意例句的規範性問題。

第二節　特殊詞語的翻譯㈡

二、諺語、慣用語的翻譯

諺語、慣用語的譯法很多，其中之一便是順譯，順著其思路譯成中文。諺語、慣用語在不影響意義表達的前提下應堅持順譯優先原則，以保持原文的特色和風格，再現原文的思維方式。

例1　「お宅は、ご主人が建築のお仕事をなさっていらっしゃるから、おうちの修理なんてお手のものでしょう。」

「それが、紺屋の白袴でね、棚ひとつ吊っちゃくれないのよ。」

此例中的"紺屋の白袴"，很多學生譯爲"自顧不暇"，亦有學生譯爲"賣扇的手扇涼""賣席的睡土炕"、"賣油娘子水梳頭"、"匠人屋下沒凳坐"等等，拘泥於中文的俗語、諺語圈子，不敢突破。其實，按原文思路把它順譯成"染坊師傅穿白褲"，既準確無誤，又形象生動，可謂事半功倍。此外，"お手のもの"譯成"舉手之勞"遠比"輕而易舉"更貼近原文。

又如"ほれた目にはあばたもえくぼ"這句諺語，一般譯作"情人眼裏出西施"，但有人順著原文思路譯爲"情侶看麻臉，滿面是酒窩"，確實是更加貼切，不失原文的風味。

再如"目糞鼻糞をわらう"一般譯爲"五十步笑百步"或"烏鴉笑豬黑、禿子笑和尙"、"半斤八兩"。其實不如譯成"眼屎鼻屎本同根，相譏還爲一家人"，還可算原汁原味。

特殊詞語中不宜順譯或無法順譯的往往採用意譯或音意混譯等辦法來翻譯。如：

青天白日　晴空萬里、正大光明、淸白無辜

八方美人　八面玲瓏

敵は本能寺にあり　聲東擊西

畳の上の水練　紙上談兵

首を切る　解僱

目をしばしばさせる　發困、想睡覺

指をくわえる　想要

但是，特別需要注意以下兩點。

a. 準確理解詞語的全部意義，不能望文生義，隨手塗鴉。如日語的"落花流水"，就沒有現代中文中的一敗塗地、大勢已去等意。相反，它表示的是，男女情投意合，心心相印。同樣"千軍萬馬"既可表示很多的意思，又有身經百戰、社會經驗豐富、善於隨機應變等意。"八方美人"則帶有貶意色彩。

b. 注意慣用語的類別。有些慣用語表面上可以順譯，其實卻不能順譯，如上面所舉"目をしばしばさせる"、"指をくわえる"等。如果順譯，則謬之千裏。因爲日語慣用語可分三大類：一類爲詞語之間相互膠著，產生一個有別於普通詞語組合時的新意，如"足をあらう"，這類詞語已經抽象化，不可拆開理

解，日本學者稱之爲“比喩型慣用語”；第二類爲慣用語的意義
與字面詞義緊密結合，可以把它們還原成普通詞語來考慮慣用語
的意義，如“首を縦に振る”，詞義爲“同意、贊成”，但它是
來源於“點頭”這一具體動作，詞的抽象意義建立在詞面意義
上，兩者沒有脫節，有著必然的聯繫；第三類介於兩者之間，時
而爲第一類，時而又爲第二類，如“聴衆の前で汗をかく思いだ
った”中的“汗をかく”，它的抽象意義是“害羞”，而詞語本
身既可理解爲眞的出汗，又可理解爲是一種比喩。

　　第一類例：身を粉にする

　　　　　　　蚤の夫婦

　　第二類例：目を三角にする

　　　　　　　小指を立てる

　　第三類例：身を沈める（海に身を沈めた）

　　　　　　　　　　　　（遊廓に身を沈めた）

　　　　　　　目をつぶる（80で目をつぶる）

　　　　　　　　　　　　（目をつぶって買う）

　　慣用語中的第二、第三類，翻譯時尤需注意。相同的非語言
行爲在中日文中往往引申出不同的抽象意義。

　　例2　こういうことがあるから、高いのに眼をつぶって乾
燥機も買ってあったのだ。

　　譯文：因此，雖然烘乾機昂貴，但還是咬牙買了下來。

　　例3　警察がどうしてここのところに気がつかなかったの
か、ふしぎですね、と法医学者は首をかしげていた。

譯文：法醫學專家歪著腦袋尋思：警察怎麼不曾注意到這一點呢？真是怪事。

日本人從"目をつぶる"這一非語言行為中感覺到的是"下決心"，但是，如果譯成"閉著眼睛"，則有"瞎買、亂買"之嫌。例3同樣如此，中國人從歪著腦袋這一行為中，往往難以體會到原文有"思考"的意思。因此，翻譯時需要把這層意思譯出來。下面再舉一典型例句。

例4　去年、日本記者クラブ賞をうけたのは須田栄だった。
⋯⋯

結婚生活約六十年の老夫婦にとって、はれやかな表彰式は一つの峠だった。峠を登りきった時点から、須田夫人の病状が悪化して行く。

⋯⋯

この五月、妻に手をかけるまでは、八十代の現役記者だった。

手をかける"一般辭典解釋為"費事、費力氣、嘔心瀝血"，把它當作"比喻型慣用語"。其實，在例4中，"手をかける"是第二類慣用語，它的字面意義不可忽視。在這裏就是"把手放到妻子身上"，引申一下，即為掐死夫人之意。如果誤譯，譯文意思正好與原文相反。1983年5月，須田事件曾轟動整個日本。

譯文：去年，須田榮榮獲日本記者俱樂部獎。⋯⋯

對結婚近六十年的老夫婦來說，盛大的頒獎儀式無疑是人生

的一個頂峰。然而，從登上頂峰之日起，須田夫人的病情逐漸惡化。

……

今年5月，這位八十多歲的老人竟然掐死了夫人。然而，事件發生之前，他還是一位在崗記者。

練習

一、翻譯下列短文

1.入院四日目の夜、笹野はテレビで深夜劇場を見ていた。大して面白くもないチャンバラ映画だったが、眠気がやって来ないので、ベッドに横になりながらイアホーンをさしこみ、画面を漠然と眺めていた。

　もちろん、テレビは病室に備えつけてあるわけではなく、病院側の許可を得た上で自宅から持って来させたものである。

　2.そうして二三時間も眠って、ふと私が眼をさましますと主人はいつのまにか起き上って、机にむかって校正をしたり編集プランを練ったりしていたことがたびたびございました。夜中の二時、三時という時分です。他人はみなその家庭で安らかに眠っている夜半にひとり仕事に没頭している主人の後姿を見ながら、私は本当に泣けてなりませんでした。

　3.あわただしく、玄関をあける音が聞えて、私はその音で、眼をさましましたが、それは泥酔の夫の、深夜の帰宅にきまっているのでございますから、そのまま黙って寝ていました。

　4.そうしてこの子は、しょっちゅう、おなかをこわしたり、

熱を出したり、夫はほとんど家に落ちついていることはなく、子供のことなど何と思っているのやら、坊やが熱を出しまして、と私が言っても、あ、そう、お医者に連れて行ったらいいでしょう、と言って、いそがしげに二重廻しを羽織ってどこかへ出掛けてしまいます。

　5.たった一つ澄江だけが清吉の心の十字街のなかに未来の道を向いてぼんやりと佇んでいる……。しかしそれをよく見つめているとそれは澄江ではなくやっぱりお京——その十字街を過去の方へしくしく泣きながら歩み去ったな京の姿になって来る。

　6. 父母は姫君を寵愛した。しかしやはり昔風に、進んでは誰にもめあわせなかった。誰か言い寄る人があればと、心待ちに待つばかりだった。

　7. 男は乳母の言葉通りやさしい心の持ち主だった。顔かたちもさすがにみやびていた。その上姫君の美しさに、何もかも忘れている事は、殆ど誰の目にも明らかだった。姫君も勿論この男に、悪い心は持たなかった。時には頼もうと思う事もあった。

　8. 十二三の少女が頬を真赤に上気させてすたすた歩いている。肩で刻むように息をしながら眼がきらきら光っている。しかし彼女は桃色の洋服を着ている。靴下が足首のあたりまでずり落ちてしまっている。そして靴を履いていない。

　9.「チェッ！」

勘三は舌打ちして馭者台に帰った。ついぞ見慣れない高貴に美しい少女は海岸の別荘にでも来ているのだろうと思って勘三は少し遠慮していたのだが、三度も飛び下りてもつかまらないから腹が立ったのだ。もう一里もこの少女は馬車にぶら下って来ているのだった。それがいまいましいばかりに勘三は大変愛する馬を鞭打つてさえ走ったのだった。

10. 大体、旅行 というものは 三 つのたのしみがあると 思う。第一に、旅行前の計画をあれこれ立てては崩すたのしさ、次は勿論、本番の旅行そのもの、そして最後に、帰ってからの回想のたのしさ。この三つがそろってこそ本当の旅の味わいがあると確信するが、たいていの人はサンドイッチの真中のハムだけを抜き出して食べたらおしまいで、前後をはさむ食パンの滋味あふるるおいしさを忘れるようである。

二、對比分析下列譯文

1.この国では木の葉が落ちて風が冷たくなるころ、寒々と曇リ日が続く。雪催ひである。遠近の高い山が白くなる。これを嶽迴リといふ。また海のあるところは海が鳴リ、山の深いところは山が鳴る。遠雷のやうである。これを胴鳴リといふ。嶽迴リを見、胴鳴リを聞いて、雪が遠くないことを知る。

譯文一：在這北國，每到落葉飄零、寒風蕭瑟的時節，天空老是冷瑟瑟，陰沉沉的。那就是快要下雪了。遠近的高山都變成一片茫茫的白色，這叫做“嶽回”。另外，近海處可以聽見海在

呼嘯，深山裏則可以聽到山在嗚咽，這自然的交響猶如遠處傳來的悶雷，這叫做“胴鳴”。觀“嶽回”，聽“胴鳴”，就知道快要下雪了。

譯文二：這一帶，一到葉落風寒，便連日陰天，冷颼颼的。這是下雪的兆頭。遠近的高山白濛濛一片，這叫作“山戴帽”。近海的地方，會有海嘯；山深之處，則有山鳴，遠遠的如同雷聲。這便是“地打雷”。但凡看見“山戴帽”或聽見“地打雷”的，便可知道大雪將臨。

2. 見ればお増はもうぼろぼろ涙をこぼしている。一体お増はごく人のよい親切な女で、僕と民子が目の前で仲よい風をすると、嫉妬心を起こすけれど、もとより執念深い性でないから、民子が一人になれば民子と仲がよく、僕が一人になれば僕を大騒ぎするのである。

譯文一：一看，阿增已經淚流滿面。原來阿增這個姑娘待人眞親切，雖然她看到我和民子關系密切，不免眼紅；但從本質上說，她並不記仇，剩下民子一個人的時候，她同民子就相處得很好；當我變得孤單的時候，她又爲我著急起來。

譯文二：一看，阿增已撲簌簌地在流淚了，阿增畢竟是一個心地善良爲人極好的姑娘。我和民子在她面前表現親密時，她會妒嫉，但她是一轉瞬就忘，是個並不記恨的人。所以當民子孤單可憐時，她就跟民子很好，當我一個人時，她就喋喋不休地說個沒完。

3. 千金を子に譲らんより一芸を教えよ。

譯文一：百萬家財不如一技在身。

譯文二：留子千金莫如教子一技。

4. 一つよければ又二つ

譯文一：得隴望蜀

譯文二：得寸進尺

譯文三：得一望二

譯文四：人心不足蛇吞象

5. 泣き面に蜂

譯文一：禍不單行

譯文二：雪上加霜

譯文三：牆倒眾人推

譯文四：馬蜂偏咬傷心人

譯文五：破船又遇頂頭風

6. 二兎を追う者は一兎をも得ず

譯文一：一事無成

譯文二：雞飛蛋打

譯文三：逐二兎者不得其一

第四講 意譯——普通詞語的翻譯(二)

第一節 意 譯

意譯，就是擺脫原文表面結構形式的約束進行翻譯。它追求的不是雙語在詞義、句子結構、思維方式上的表面對應或一致，而是譯文與原文在內容實質上的相近或相同。意譯的特點，傅雷曾概括爲"重神似而不重形似"。

之所以如此，主要有兩個原因。其一，雙語在語言結構等方面差異較大，無法追求形似。其二，有時雙語的語言結構形式雖不防礙譯文追求形似，但是，從切近原文內容實質的角度說，又很難做到形神兼備，不如捨其形而求其神。

意譯有高低兩個層次，即達意與傳神。傳神是意譯的最高目標，達意則是意譯的最低要求。兩者既獨立，又統一。達意是傳神的基礎，傳神則是達意的飛躍。傳神則一定達意，達意時卻未必傳神。兩者的有機結合無疑是意譯問題研究的一個重大課題。下面從達意與傳神的角度討論句子的意譯問題。

一、達意

從翻譯的角度，尤其是從意譯的角度說，一篇譯文的最低要求就是達意，即把原文的信息內容準確地轉述出來。要求雖然不高，做到卻很不容易。首先它要求譯者充分徹底地理解、吃透原

文，其中包括對原文詞法、句法意義的準確掌握。其次，還要求譯者對原文的語言環境、原文的社會背景等內容有一定程度的了解。此外，它還要求譯者的母語水平達到較高的水準，避免表達能力低於理解能力的現象出現。這三點既是對譯者的要求，同時也是誤譯產生的三個最主要原因。下面逐一進行論證。

㈠對原文內容的理解

例 1　海面にはだんだん白帆（しらほ）が増していった。海際の白い道が日増しに賑やかになつてきこ。ある日、彼のところへ、知人から思わぬスイートピーの花束が岬を迴つて届けられた。

譯文一：海面上白帆逐漸增多。沿海的白色道路日益喧鬧。有一天，突然繞過岬角寄來了朋友送的一束香豌豆花。

譯文的後一半顯然有問題。句子缺乏主語。寄花人和送花的朋友是什麼關係？寄花難道還需要“繞過岬角”？很顯然，譯者沒有理解原文。其實，分析原文，無非有這麼幾個要素：朋友給他寄來一束花，並且是他意想不到的香豌豆花，而朋友住在海角的另一邊，所以花寄到他這裏自然要繞過海角。

譯文二：……有一天，朋友從海角那邊寄來一束令他不勝驚喜的香豌豆花。

例 2　未亡人堀川倉子の顔のなかには、一種苦しげな表情があつた。もちろん彼女の顔は、日本の女がときた持っている、あの幾らか冷やかな輪郭の線の中に柔らかい肉感をとじこめているというような所謂近づきがたい高雅な美を形づくって

いる種類のものではなかったが、それは、また、その眼や鼻や口のどれか一つが全体の諧調を破ることによって魅惑をつくリ出しているというような種類のものでもなかった。

譯文一：死了丈夫的堀川倉子，臉上常帶著憂戚的神情。有些日本女人，姿容端莊嫵媚，美得高雅絕倫，令人不可仰攀；堀川倉子當然不屬於這種類型。而且，也不同於眉眼口鼻雖然不大勻稱，卻反而顯得更加標致的那種。

譯文二：寡婦堀川倉子的臉上，總有一絲淒苦的表情。當然，她的臉既不像日本婦女常有的那樣：冷落的面孔中深鎖著嬌姿媚態，即所謂可望而不可及的那種端莊典雅之美；並且也不是由於五官哪個部位俊逸非凡，產生了艷麗絕倫之美。

這段原文比較難懂，其中定語冗長複雜，容易把人搞糊塗，需要反覆閱讀，才能搞清句子成份間的相互關係，明白句義。原文第二句的第一分句，即“もちろん彼女の顔は……種類のものではなかったが”，譯文一採用意譯手法，譯文二基本上採用了順譯手法。但是，兩個譯文都沒有把原意表達清楚，特別是“あの幾らか冷やかな輪郭の線の中に柔らかい肉感をとじこめている”部分。“姿容端莊嫵媚”不能完全表達這層意思；“冷落的面孔中深鎖著嬌姿媚態”也離原文有一定距離。原文的關鍵詞語是“冷やか”和“肉感”，不把這兩個意思表達出來，自然會和原文有距離。此外，“近づきがたい”譯文一、二分別譯爲“不可仰攀”、“可望不可及”，都是從審美者角度著筆的，並帶有自嘆不如、退避三舍的語感。其實，原文的語感正好相反。不是

人們自己覺得“不可仰攀”，而是這種女人的表情神態讓人們覺得不可能高攀。第二句的後半句，譯文一基本順譯，譯文二採取了正反表達的意譯手法，但效果都不理想。細究起來，“眉眼口鼻雖不大勻稱”譯過了，“五官哪個部位俊逸非凡”則譯反了。

譯文三：寡婦堀川倉子的臉上總有一抹淒苦的表情。當然，她的面容並非像某些日本女人，冷艷高雅，拒人以千里之外；也不像那些因為某個部位破壞了五官的協調卻又別具魅力的女人。

例 3　その顔は顔そのものとしては、どちらかと言えば普通にととのった、流通性のある美しさに属するものにすぎなかったが、確かにその顔の中には、生命の伸長を中途で何ものかのために無理強いに奪い取られて、そのために、どこか歪んでいるといったようなものがあって、それが、その顔に、異常と言えるほどのエネルギーにみちた美を与えているのであった。

譯文一：總而言之，她的面孔只不過長得普通而已，貌雖美，但並不出眾。然而，不知怎的，她年輕的生命，彷彿突然遭到什麼意外的變故，臉上總好似有些愁眉不展的樣子。這恰好給她平添無限的風韻，別具魅力。

譯文二：而這張臉，只不過是作為一張臉來說，樣樣不缺，屬於那種司空見慣了的平庸之美罷了。的確，她的那張臉上透露出：旺盛的生命力曾經橫遭一場暴力的摧殘，因此，總像什麼地方留下了一點傷痕，這給她的那張臉賦予了異常動人的美。

這段原文緊接上例。對比第一分句的譯法，可以發現譯文一基本符合原意。深究起來，又有譯過頭之嫌。因為“貌雖美，但

並不出眾"給人的感覺是，堀川倉子還是個漂亮女人，只不過不是特別漂亮而已。譯文二則有誤譯處，"普通にととのった"並不是"樣樣不缺"的意思。後面的"平庸之美"也譯過頭了。其次"どこか歪んでいるといったようなものがあって"也譯得不夠理想，"臉上總好似有些愁眉不展的樣子"譯輕了，譯文二則沒有把握好原文的虛實程度，"總像什麼地方留下一點傷痕"，太實了一點。此外"生命の伸長を……無理強いに奪い取られて"，譯文一的處理削弱了原文被動態的意義，"變故"則有點"自然災害"的語感。

譯文三：總之，她相貌平平，但又不失普通婦女的美。然而，她的臉上有一股被扭曲的神情，似乎她在生活的道路上曾遭受過劫難。不過，這種神情，卻給她平添了無限的活力和美。

例 4　このような苦しい経験を筆者らはもっているが、多くの臨床医も同様であろうと考える。このようなケースを少なくしようという努力を積み重ねることにより、現在の放射線診断学、内視鏡診断学が形造られたものであり、……

譯文一：作者等具有這樣痛苦的經驗，許多臨床醫生大概也有同樣的經驗。爲要減少這種情況，通過反覆努力，形成了目前的放射線診斷學和內窺診斷學。

此譯文給人的感覺是，爲減少"このようなケース"，作者開始創設兩門新的診斷學，目標十分明確。譯文中的"通過反覆努力"一語只是強調研究工作的艱辛。然而，原文並不是這個意思。原文是說，爲了減少這種情況，作者做了大量的努力。努力

的結果便是產生了新的診斷學。換言之，新的診斷學是作者多方摸索、努力的自然結果，而不是一開始就有的設想。在此例理解中，"……ことにより"的語法意義沒有抓準確。

譯文二：筆者曾有這樣的痛苦體驗，許多臨床醫生大概也有同樣的體驗吧。爲了減少這種情況，我們反覆努力，結果由此形成了目前的放射線診斷學和內窺診斷學。

㈡對原文語法意義的理解。誤譯的另一個重要原因就是不理解原文語法意義，包括把握不準句子結構，不理解格助詞、助動詞的語法意義，不區別自他動詞的詞性特點等項內容。翻譯雖然不等同於語法分析，但是，沒有較強的語法分析能力，就不可能完全正確地把握住原文的信息內容及其內涵。因爲有一部分信息內容及其內涵不是通過語境，也不是通過詞匯，而是通過語法現象體現出來的。所以，只要譯者對原文裏出現的語法現象有一處理解錯誤，往往就會使譯文出現或大或小的問題。對原文語法意義的理解在翻譯中顯然佔有舉足輕重的地位。美國翻譯理論家奈達也曾經說過"語法分析是翻譯過程中極其重要的一環"。

例 5　六助も新子をきらいではない。しかし「好きです……好きなんだわ……」と宣言される覚えは毛頭ないはずだった……

譯文一：六助也並不是不喜歡新子。但是，說什麼"愛你，我愛你呀"，這又有點過於輕率。

譯者顯然忽視了原文中的被動態和女性用語"わ"。如果注意到其中一點，就不至於把說話人譯反。

譯文二：六助也不是不喜歡新子。但是他一點也不記得新子
對他說過"我愛你，我愛你呀"。

　　譯文二說話者是譯對了，但是，譯文容易產生歧義，讓人以
爲六助徹底忘了新子的愛情表白。然而，原文並不是這個意思。
原文是個表示否定的存在句，否定的是"（新子に）……宣言さ
れる覚え"，即新子並沒有對他表白過愛情。換言之，就是他記
得新子不曾對他表白過愛情。因此，如果譯文二的歧義不能通過
上下文加以澄清，原文就應重譯，如譯作"他一點兒也沒有記
錯，新子並沒有對他說過'我愛你，我愛你呀'"。

　　例 6　日本の支配階級は、この危険をのがれるために国内
的には治安維持法などによる人民弾圧を強め、対外的には、中
国をはじめとするアジア侵略に軍国主義の牙をむき出した。

　　譯文一：日本統治階級爲了逃避此種危機，在國內，依靠治
安維持法等反動法令，加強對人民的鎮壓；在國外，暴露出首先
侵略中國，進一步侵略整個亞洲的軍國主義的兇惡面目。

　　"……をはじめとする"這一句型的意義顯然沒有吃透。它
只有主次之分，沒有先後之分。在這裏，即爲中國是日本軍國主
義者的侵略重點。

　　譯文二：……對內，依靠治安維持法加強對人民的鎮壓；對
外暴露出他們侵略中國及整個亞洲的軍國主義的兇惡面目。

　　例 7　地上は暖かくなったのに、井戸水は、たった一度だ
けれど、地上とは逆に冷たくなつているのです。

　　譯文一：地上已經暖和了，可是井水卻反而變冷了，儘管水

溫只下降了一度。

此例比較微妙。問題出在“たった一度だけれど”上。整句主語爲“井戶水”，謂語爲“冷たくなっているのです”。如果去掉“たった一度だけれど”，全句的意思爲“地上變暖了，井水卻變冷了”。冷到什麼程度？“たった一度だけれど”，但是，這個“たった一度”不是和它本來的水溫相比，而是和“地上”相比。如果把“たった一度だけれど”放到“地上とは”的後面，句義非但沒有改變，而且變得一目了然，它指的是與地面的溫差。

譯文二：地上已經暖和了，可是井水卻反而變冷了，雖然溫差只有一度。

語法分析雖然是翻譯過程中極其重要的一環，但是又不可以不顧內容的表達而一味拘泥於語法分析，把翻譯和語法等同起來。

翻譯並不是語法的詮注，兩者雖然密切相關，但研究重點又各不相同。

例8　電車が遅れているようだけれども、もう来るでしょう。

此例摘自日本語法學家金田一春彥的著作《日本語の特質》。從語法上說，“もう来るでしよう”省略了主語，應爲“彼”或“彼女”、“彼ら”等。因此，有人主張譯爲“電車看來晚點了，不過他（或她、他們）大概馬上會來的”。

如果他改乘其他交通工具趕到，這麼譯自然不錯。但是，如

果沒有這個特殊的語境，如果他就在這趟晚點的電車上，這樣譯顯然有問題。因爲"馬上會來的"還是電車，譯文不能偷換主語。其實，即便是原文，也不宜補上主句主語"彼"或"彼女"。說主句省略主語，不過是純粹的語法分析，只可意會，不可"筆"傳。所以，此例還是簡單地譯成"電車好像晚點了，不過很快就會來吧"較好。

㈢對原文背景的了解。誤譯的另一個原因是知識面的狹窄。往往會因爲缺乏與原文有關的某種知識而無法著筆，或照葫蘆畫瓢一誤千里。所以，對翻譯工作而言，博聞強識和臨陣磨槍都很重要。同時，譯者一定要"顧全大局"，不能從局部到局部，"就句論句"地進行翻譯，而忘記原文特定的背景。

例9　"野坂天狗"出馬

鞍馬天狗のおじさんはやはり野坂昭如さんだった。やはりというのは一週間前に発売された前号の週刊朝日に載った千葉督太郎さんのイラストである。風車を背負った田中角栄めがけて、白馬に乗った鞍馬天狗が「杉作ッ待ってろよ」と叫んで打ち進む。その覆面の中の顔は、まぎれもなく野坂さんだった。

這段文字摘自《朝日新聞》談的是 1983 年日本議員選舉。文字較難，如果缺乏有關知識，很難動筆翻譯。比如，不知道"鞍馬天狗"的意思，就很難理解"その覆面の中の顔"，也理解不了插畫的內容，爲什麼"鞍馬天狗"追趕著田中角榮，嘴裏卻喊著另一個人的名字，等等。所以，這時必須臨時抱佛腳，去查閱資料，弄明白之後再來翻譯。否則，一定漏洞百出，讓人摸

不著頭腦。

譯文："野坂騎士"出山

鞍馬山蒙面騎士果然是野坂昭如。之所以說"果然"，是因為上周 11 月 25 日《朝日周刊》上千葉督太郎的一幅畫。騎著白馬的鞍馬山蒙面騎士衝著背著氣球的田中角榮策馬狂奔，嘴裏卻大喊著他童腳兒的名字，"杉作，等一等"。毫無疑問那蒙面布後的面孔一定是野坂昭如。

例 10　出来ることならばここで一つ料簡を叩き直して、今後も東西文化をつづけてやれるようにと、そこはもちろん考えていたのですが、というのもここで神坂が東西文化をだめになるようでは、共犯としての僕の道徳的責任は僕が負わなくてはならない。使いこみに荷担したことは三景書房の社長に謝まらなくてはならない。それを何とかして、しなくてもすむようにもしたかったのです。

譯文一：當然，也考慮到可能的話，詢問一下他的想法，讓他繼續在《東西文化》幹下去。因為，神坂給《東西文化》造成麻煩，我應負起作為同案犯的道德責任，就侵吞公款一事向三景書房的社長謝罪。無論如何得解決這事。

這段譯文有四處錯誤。第一處"料簡を叩き直して"大概是由於譯者不慎造成。第二處"東西文化をつづけてやれる"和第三處"東西文化をだめになる"主要為譯者"就句論句"翻譯的結果。小說裏已經說明神坂是由"我"推薦給三景書房，讓他創辦並做了新雜誌《東西文化》的主編，但他卻侵吞公款。所以

"東西文化をつづけてやれる"就是把《東西文化》辦下去的意思，而不是所謂"繼續在《東西文化》幹下去"。否則，"東西文化をだめになる"就不好理解。如果不在《東西文化》幹下去，就是給《東西文化》造成麻煩，那麼，這位侵吞公款的神坂留下來就能說是沒給《東西文化》添麻煩？這樣譯顯然於事於理說不過去。相反，如果抓住原文總的背景、脈絡、人際關係，從全局考慮這兩句話，譯文大概不至於錯得這麼厲害。當然，如果從語法結果上分析原文，也可能發現問題。兩處"東西文化"後都是格助詞"を"，而不是"で"和"に"。"を"的語法意義自然有別於"で"、"に"等格助詞。第四處誤譯爲原文最後一句，關鍵是沒有明白代詞"それ"的指代內容。"それ"指代的是"謝まる"一事。

譯文二：當然，我也想到了，如果可能的話，我要讓他改掉一些壞毛病，今後好繼續把《東西文化》辦下去。要是神坂把《東西文化》搞砸了，我這個同案犯就必須負起道德責任，就必須就捲入侵吞公款一事向三景書房的經理賠罪。所以，我當然要想點辦法免去此舉讓事情過去。

㈣母語水平造成的誤譯。有一部分誤譯的產生不是由於理解有問題，而是由於母語表達能力有問題。對原文理解了，卻無法正確地用母語轉述出來。母語表達能力不僅僅指遣詞造句的能力，也包括一個人的邏輯思辨能力和形像思維能力等內容。因爲一個人的文字不僅能反映他語言水平本身的高低，更能反映出他觀察能力、思辨能力和知識水平的高低。所以，要消除因母語造

成的誤譯，關鍵是提高自己邏輯思維、形像思維能力，提高自己的總體知識水平，此外，還要不斷加強語言文字訓練。

例 11　あなたたちは女になれなかった。だから男のように生きていらっしゃい。私は女になれました。ですから私は女になりました。

譯文一：你們不能成為女人，就像男人一樣生活下去。我能成為女人，所以我變成了一個女人。

這例摘自武者小路實篤的小說《友情》，是一段嘲諷女權主義者的文字。譯者明白文中的"あなたたち"為女人，也明白兩個"なれました"都是由なる"變來的可能動詞。但是，卻無法用中文正確表達出業已明白的內容，結果，譯文邏輯混亂，令人莫名其妙。殊不知人間塵寰，由不得自己隨心所欲變來變去的首先就是自身的性別。

譯文二：你們做不了真正的女人，就像男人那樣去生活吧。我是真正的女人，所以，我就像個女人。

例 12　ある人が"読書はつねにめぐりあいである"という意味のことを書いていますが、これはなかなかおもしろい言葉です。

ここで「めぐりあい」といっているのは、思いがけないときに思いがけない人に出会うという意味です。

譯文一：有人寫道："讀書常是人的邂逅而遇"。這句話非常有意思。

在這裏所說的"邂逅而遇"，就是指人的不期而遇。

這例誤譯的原因是中文選詞不當。譯者以爲選用"邂逅而遇"和"不期而遇"這兩個成語，可以簡潔地表達原意。然而，正因爲譯者中文水平不高，沒有吃透這兩個成語的意思，結果反而使譯文背離原文，出現誤譯。這兩個成語的一個共同特點是，它們都是指熟人、朋友"沒有事先約定而出乎意外地碰上"。然而，就作者和讀者而言，一般情況下，他們不可能是熟人或朋友。

譯文二：有人說"讀書常使人相識"。這句話很耐人尋味。

所謂"人相識"，這裏就是指讀者與作者的萍水相逢。

如果有較強的母語表達能力，不僅可以避免或減少這類心中明白卻詞不達意的誤譯，有時甚至可以幫助譯者審查譯文。一般說來，如果能從母語角度發現譯文令人費解或文理不通，絕大多數情況下是對原文的理解出現了問題。

例 13　ふだん商っているものについて、とりわけ力をこめて、ある期間安くたくさん買ってもらおうとすれば、お祭りの名をつけることが效果的であると考えられているらしい。

譯文一：對於日常所經營的商品，特別是要集中精力在某一時期內廉價抛售的話，似乎以爲常上節日的名稱就能暢銷。

此譯文最後一句意思含混不清，讓人不得要領。既然是"日常所經營的商品"，那麼跟節日又有什麼關係？是不是利用節日促銷？如果是利用節日促銷，那麼就不能說"帶上節日的名稱"，因爲中文沒有這種說法。產生疑問，就有可能發現問題所在。退一步說，即便一時找不出誤譯的症結，也可以去查閱資

料，反覆研究原文或直接請教別人，使誤譯得以糾正。此例原文後半句的意思是，爲了促銷，人爲地制造一個"節日"，如"啤酒節"、"服裝節"、"書市"等。

譯文二：有人認爲，對於日常所經營的商品，特別是要想集中精力在某一時期內廉價拋售的話，舉辦商品節，很有效果。

例 14 「たけむすめ」が、わが国の「竹取物語」によく似ていることは、誰しも気づくところだが、特に難題の內容がそっくりである。違う点は、「竹取」の場合は、どうしても日本の民衆の着想とは思われないのに反して、「たけむすめ」の方は、人々の生活に極めて身近である。

譯文一：任何人都可以看出，《斑竹姑娘》和我國的《竹取物語》十分相似。特別是內容的難解之處完全一致。所不同的是，《竹取》這個故事怎麼樣也不能認爲是日本人民的構思，與此相反，《斑竹姑娘》卻和人們的生活極其接近。

譯者自己分別給《斑竹姑娘》和《竹取物語》加了一條注。前者爲"少年兒童出版社出版的《金玉鳳凰》中的故事之一"，後者爲"日本最早的故事書"。顯然，《斑竹姑娘》是篇淺顯易懂的神話故事《竹取物語》也不可能深奧難懂，否則，是談不上兩篇故事在內容上的相似與否問題。其實"難題の內容"就是"難題的內容"，它指的是女主人給求婚者出的難題。此外，"《竹取》這個故事怎麼樣也不能認爲是日本人民的構思"的譯法也讓人疑慮頓生，難道《竹取物語》是由外國人構思，日本人執筆寫成的嗎？其實，作者想說的是，《竹取物語》中所描寫的

月仙公主下凡人間的故事跟日本人通常對月亮的想像有較大差異。因為在日本人的想像中，月亮上只有玉兔，而沒有人的存在。總而言之，如果有較高的中文水平，即便外語水平略遜一籌，有時也能從中文角度發現譯文的問題，水平越高，發現得越快，越準確。

譯文二：任何人都可以看出，《斑竹姑娘》和我國的《伐竹傳奇》十分相似，特別是女主人公出的難題完全一致。所不同的是，《伐竹傳奇》怎麼也不像日本人想像力的產物，而《斑竹姑娘》卻和人們的生活極其接近。

綜上所述，達意絕非易事。即使不考慮譯文與原文在語言結構上的相似或相近，有時也難以做到達意。妨礙影響譯文達意的因素很多，其中最主要的恐怕是以上所列舉的幾種。所以，要消除誤譯，必須提高總體學識水平，其中包括雙語水平。否則，很難有實質性進步。

二、達意與傳神

達意與傳神是意譯的兩個方面，同時又是不同的兩個層次。達意是傳神的基礎，傳神是達意的飛躍。

我們判斷譯文是否達意，最根本的、最重要的參照物就是原文。離開原文，是無法討論譯文的達意問題。但是，對同一原文，不同的譯者自然會有不同的譯文。這便是同源異種譯文的由來。除去明顯的誤譯外，不少譯文從達意的角度說，往往是殊途同歸、異曲同工。這不僅是由譯者的學識水平相近所形成的，同

時也跟翻譯自身的特性密切相關。因爲，從某個角度說，翻譯就是用異種文字完成的原文的同義句。既然是同義句，即便是原作者，只要他不重抄原文，無論是用同種文字還是異種文字，都不可能寫出與原文毫爽不差的同義句。所以，所謂的達意又是辯證的，既絕對又相對，它有一個偏差範圍。在這個偏差範圍之內的譯文一，一般很難算是誤譯。然而，這個偏差範圍目前尙沒有一個具體的"正負數值"，因爲翻譯工作是抽象的腦力勞動，較難就其標準進行實驗室式的測試和推算，結果，導致了偏差範圍的不穩定性和可變性。換言之，處在偏差範圍之內的譯文，從某種意義上說，就是處在達意與不達意之中，既可視爲正與誤的"中間狀態"，又可視爲正與誤的"臨界狀態"。這個"偏差範圍"和"中間狀態"、"臨界狀態"即是討論、研究達意時所不可忽視的問題，更是討論、研究傳神問題的基礎。離開這個基礎，便無法去談譯文的傳神問題。因爲談論譯文傳神與否的前提正是進行同源譯文的分析對比。否則，也就無所謂傳神與否的問題。但是，相比之下，如果某個譯文比較傳神，那麼它的同源譯文即使不算誤譯，也一定進入了"中間狀態"或"臨界狀態"，因爲傳神的譯文也一定更加達意、更加忠實於原文。當然，同源譯文既可顯現於文字，又可以隱現於腹中；它既可以是譯者最終決定譯文的對比參照物，又可以是人們評價譯文優劣的重要依據。

總之，達意與傳神本身就是辯證的，兩者之間沒有不可逾越的鴻溝。它們雖有層次之分，卻是"你中有我，我中有你"，很難截然分開，簡言之，低層次上的傳神即爲達意，高層次上的達

意即爲傳神。

例 15　おきんの方はよく遊びに来た。秋の夜長になるに從うて、いろいろと畑で出来るものを手にさげては、おきんはふりつづく秋雨のなかを、遊びに来た。そうして何かと話していた。おきんはなかなか話好きらしかった。

譯文一：阿金卻經常來串門。隨著秋天夜長，她長裏提著地裏長出來的各種東西，在連綿秋雨中上我家來玩，並且總愛說些什麼。看樣子阿金很健談。

譯文二：阿琴卻是經常來我們家的。秋季夜長後，阿琴會提著種種農產品，冒著連綿不斷的秋雨來串門，並總有話說。她好像很愛攀談。

很明顯，原文中“いろいろと畑で出来るもの”這一短語，兩個譯文的處理很不一樣。譯文一順譯成“地裏長出來的各種東西”，譯文二意譯爲“種種農產品”。二者雖然同義，但仔細推敲起來，譯文一離原文更近一點，因爲“種種農產品”雖然也是“地裏長出來的東西”，但是並不一定是取自女主人公家的地裏，它也可能是家裏儲存的或現買來的。譯文一則明確無誤地暗示，女主人公是摘下她自己地裏長的東西去串門的。

例 16　元禄花見踊の遊女らしいのが、舞殿の階をおりたところで、あひびきの男と別れて立ち去る、その裾を砂利に曳いてゆくのを見ると、祐三はふと哀愁を感じた。

……その裾は日本の美女の肌のやうに、日本の女の艶めかしい運命のやうに──惜しげもなく土の上を曳きずってゆくの

がいたいたしく美しかった。

　譯文一：一個像是跳元祿賞花舞的藝妓，從舞殿的台階上走下來，同幽會的情人依依惜別。祐三目睹她那衣裳下襬拖在碎石地上遠去的情形，心頭驀地湧上一陣哀愁。

　……這下襬酷似日本美女的肌膚，也像日本女性的妖艷的命運——她毫不珍惜地把它拖曳在泥土上，漸漸遠去，艷美得帶上幾許凄涼。

　譯文二：在元祿賞花舞這個節目裏，仕女們從神樂殿的台階上走下來，同幽會的情人依依惜別。長裙曳地，拖在細沙塵土上。祐三看到這裏，猝然間一股哀愁襲上心頭。

　……這下襬如同日本美女的肌膚，也好似她們風流薄幸的命運，在泥地裏拖曳而過，毫不足惜，實在令人心痛，又煞是優美動人。

　此例摘自日本著名作家川端康成的小說《重逢》。兩個譯文可比之處較多，其中最有意義的便是對整段文字的不同把握。譯文二把"遊女"譯成"仕女們"，並非筆誤，而是譯者認為這一段文字所表現的不僅僅是藝妓們的命運，而且包括全日本婦女的命運，所以，譯文二又把"艷めかしい運命"譯為"風流薄幸的命運"，從而悲嘆、"心痛"起整個日本婦女的命運。她們的命運如同衣服的下襬"在泥地裏拖曳而過"，卻"毫不足惜"。沒有人，包括婦女自己去珍惜她們的生命。譯文一則把視角放在藝妓身上，遣詞造句多從藝妓的角度出發。然而，把"艷めかしい"譯為"妖艷"來描述整個日本婦女，細究起來，有點欠妥。

最後一句又有點藝妓自己糟蹋自己的意味。總之，結合整篇小說來看，應該說譯文二更準確地表達了原作者的思想感情。

例17 「あなたは非常に幸福だったそうですね。」或る日彼はきいてみた。

「ええ、ほんとうに幸福でしたの。」と彼女は答えた。そしてはっきりした口調でこうつけ加えた。「あたし、主人を、ほんとに幸福にしてあげたとはっきり言いきることが出来ますの。その点、主人が死にましても、あたしには何の思いのこすこともないのよ。すっかりすべてのことをしてあげたんですもの。もちろんあたしも、その間は、じつに幸福だったんですの。」

譯文一：有一天他問倉子："您好像很幸福？"

倉子回答說："是啊，我太幸福啦！"接著又斬釘截鐵地強調："我可以毫不猶豫地說，我使我的丈夫生活得很幸福。所以，我丈夫雖然死了，我心裏沒有留下半點遺憾。一切該作的，我都作到了。還用說麼，那時候我也是非常幸福的。"

譯文二："聽說從前你很幸福。"有一天北山試探地問。

"嗯，是很幸福來著。"她回答說，接著又直截了當地補充道，"說老實話，我確實使我丈夫生活得很幸福。他死了，我覺得問心無愧，沒有什麼可抱憾的。為他，我該做的，全做了。當然，那一陣子我自己也非常幸福。"

這兩個譯文同樣也有多處可以進行比較。其中最微妙、最重要的就是"あたしには何の思いのこすこともないのよ"一句的

譯文。譯文一爲"我心裏沒有留下半點遺憾"。譯文二爲"我覺得問心無愧，沒有什麼可抱憾的"。譯文一是從正面考慮問題，從現在看過去，"一切該作的，我都作到了"，於是，她沒有半點遺憾，於是，她從正面肯定自己，於是，她自我滿足了。譯文二則是從反面考慮問題，從過去看現在，從反省的角度看自己是否做過對不起丈夫，現在想起來禁不住要自責的事情。她通過否定之否定來肯定自己，來寬慰自己。表面上看，兩個譯文的差別不大，其實女主人公的心態卻迥然不同，微妙而又深刻。

上面的兩個例句也許過於微妙、複雜，很難斷然分出上下優劣。下面我們再看一個相對明瞭的例句。

例 18　祐三が富士子と再会したのは日本の降伏から二月余り後だった。時といふものも喪亡してしまったやうな時で、多くの人人は国家と個人の過去と現在と未来とが解体して錯乱する渦巻に溺れてみるやうな時だった。

譯文一：祐三與富士子重逢，是在日本投降兩個多月以後的事。那時候，時間概念似乎已經消失，許多人都沉溺在國家與個人的過去、現在和未來已經顛倒錯亂的漩渦之中。

譯文二：祐三遇見富士子的那天，日本投降已有兩個多月。那時節，時間這個概念已經淡薄得近於無，國家與個人的過去、現在和未來，也都支離破碎，顛倒錯亂，不成統屬。許多人便在時間的漩渦裏載沉載浮。

如果沒有譯文二，也許會覺得譯文一比較令人滿意。但是，有了譯文二，兩者再一對比，上下之分還是立刻顯現出來。譯文

二說"時間這個概念已經淡薄得近於無",可是人們仍"在時間的漩渦裏載沉載浮"。表面上看,譯文似有矛盾,其實,是譯得恰到好處。兩個"時間"一實一虛,再加上後面的"載沉載浮"四個字,把人們渾渾噩噩、打發時光的情景刻畫得躍然紙上。此外,"解体して錯乱する"譯爲"支離破碎、顚倒錯亂、不成統屬"也更加切近原文,表達得既充分又準確。相比之下,譯文一就略遜風騷。細究起來,"沉溺"一詞也欠妥當,主觀色彩過強,有點"執迷不悟"的意味,不能準確反映出戰後人們百般無奈、追不得已的心境。

第二節　普通詞語的翻譯㈡

在這一節裏,我們著重討論詞語的意譯問題。

一、達意與詞語的基本意義

就詞語翻譯而言,最最基礎的,又最最重要的就是理解並把握住詞語的最基本的意義。做不到這一點,譯文必錯無疑。

例 1　日本人ならだれもがお世話になっている「割りばし」。しかし、使われれば、捨てられる「割りばし」。

譯文一:只要是日本人,無人不受"簡易木筷"之惠,而用過後又都不再使用這種"簡易木筷"。

很顯然,譯者沒有吃透"捨てられる"的意思。"捨てられる"無論怎麼轉義,在這段文章中也不會變成"不再使用"之

意。“簡木筷”就是一次性筷子，它的一次性是指具體的每雙筷子的使用命。“捨てられる”在這裏用的是它的本義，“被扔、被丟掉”的意思。上面的譯人則很容易讓人產生誤解，以爲“一次性”體現在用膳筷子種類的選擇上。

譯文二：只要是日本人，無人不受“一次性筷子”之惠。然而“一次性筷子”啓用後便遭丟棄。

例2　最近の日本語の特色は、カタカナことばのはんらんだといわれている。かつて日本語の中にはんらんしていた漢語は、今では外来語にその席を譲ってしまった。

譯文一：一般都認爲，濫用片假名書寫的詞匯是當今日語的特點。曾經充斥於日語中的漢語詞匯，現在已由外來語取而代之了。

讀完譯文一，不懂日文的人恐怕會以爲，“曾經充斥於日語中的漢語詞匯”如今已不復存在，“由外來語取而代之了”。然而、初通日語的人也知道這是不可能的。問題出於對原文中“漢語”一詞的理解上，原文中的“漢語”不是指所有的漢語詞匯。根據上下文，它只是指漢語詞匯中被濫用成災的那一部分。“その席”自然也就是這部分詞匯的位子。

譯文二：有人認爲當今日語的特點是片假名詞匯的泛濫。那些曾一度在日語裏濫用成災的漢語詞匯，如今已讓位於外來語。

下面再看一例。

例3　季節によって温度、日射、降水量などが大きく変わる台湾においては、第二期作の気候環境に合った品種を養成

し、第一、第二期作と別々の品種を栽培する必要性が強調され
だしている。

　譯文一：在因季節不同而氣溫、日照、降水量等有很大變化
的台灣，現在主張需要培育適合於二季稻氣候環境的品種，並栽
培分別適合於一、二季稻的品種。

　　這例的問題出在"別々"上。即然"需要培育適合於二季稻
氣候環境的品種"，也就是說適合於二季稻的品種還沒有問世，
那麼又怎麼可能同時"栽培分別適合於一、二季稻的品種"呢？
譯者在譯文後解釋說"別々"是副詞，在這裏加 'の' 作定語，
意思是 '分別的'、'各別的'，等於 'それぞれの"。其實"別
々"並不等於"それぞれ"。"それぞれ"是由代詞"それ"重
疊而成，它有分別指代前文詞語的功能。"別々"則和前文詞語
沒有必然的指代關係。因此，原文的意思是，一、二季稻要播種
不同的品種，但是，所謂不同的品種不等於"分別適合於一、二
季稻的品種"。兩者不是一回事。當然，經過人們的努力，它們
終究又會變成一回事。

　譯文二：現在有人開始強調，在因季節不同而氣溫、日照、
降水量等有很大變化的台灣，需要培育適合於二季稻氣候環境的
品種，一、二季稻應分別播種不同的品種。

　例4　その事件の詳細は、別著に書いたので省略するが、
要約すれば、十月二十四日に、陸海軍の兵を動かして、首相官
邸を急襲し、首相若槻礼次郎以下の閣僚を斬殺し、軍部中心の
內閣を組織する。

譯文：事件的詳情，本人的另一本拙著裏有記載，這裏只作個簡要概述。中堅將校曾計劃10月24日動用陸海軍士兵，襲擊首相官邸，殺死若槻禮次郎首相以下的內閣大臣，組成以軍部為中心的內閣。

這例的錯誤出在"以下"上。日語裏的"以下"有時包括它前面的數量詞或名詞。這裏"以下"，包括首相本人，意即："殺死若槻禮次郎首相及其內閣大臣"。

二、達意與詞義引申

在具體語境中詞義的引申、變化的現像比較常見。這時，如果仍拘泥於辭典的釋義，譯文是很難做到達意的。所以既要考慮詞語的本義，又要結合語境考慮詞語的引申義，才能比較好地把握原文的信息內容，進行翻譯。

例5　彼女はあの日無分別にも、一匹の猫を救うために、新公に体を任そうとした。その動機は何だったか、──彼女はそれを知らなかった。新公はまたそういう羽目にも、彼女が投げ出した体には、指さえ触れることを肯じなかった。

譯文：那天為救一隻貓的命，她不知輕重竟打算順從老新。到底是什麼動機，自己也說不上來。可是老新在那樣的時候，對於她已經躺倒的身體，卻連指頭也沒碰一碰。

此例摘自芥川龍之介的小說《阿富的貞操》。"投げ出す"根據小說內容譯作"躺倒"是比較貼切的。如果不充分領會"投げ出す"此時此地的引申義，譯作"豁出去"、"扔過來"，反

倒有損於原文信息內容的表達。

例 6　乳母はけなげにも姫君のために、骨身を惜まず働き続けた。が、家に持ち伝えた螺鈿の手筥や白がねの香炉は、何時か一つずつ失われて行った。と同時に召使いの男女も、誰からか暇をとり始めた。姫君にも暮らしの辛い事は、だんだんはっきりわかるようになった。

此例中的"失う"辭書釋義爲"失去、丟失、失掉、喪失"，但是，如果仍按照它的本義來翻譯，則會完全詞不達意，變成家中不斷失竊。其實，"失う"在這裏已經引申爲"變賣"。另，"暇をとる"的本義是請假，這裏也轉義爲"告辭"、"辭職"。

譯文：乳母忠心耿耿，爲了公主，不惜拼命勞碌，可是家裏傳下來的螺甸嵌鑲的手箱、白金的香爐，都一件件地變賣了。男女下人，也開始一個個告辭而去。公主終於漸漸明白了生計的艱難。

例 7　姫君はもう泣き伏していた。たとい恋しいとは思わぬまでも、頼みにした男と別れるのは、言葉には尽せない悲しさだった。男は姫君の背を撫でては、いろいろ慰めたり励ましたりした。が、これも二言目には、涙に声を曇らせるのだった。

此例與上兩例不同。上兩例中的"投げ出す"、"失う"用的是詞語的引申義，此例中的"二言目"作爲一個獨立的詞語，基本義和引申義都很難表達出原文的意思。"二言目"一般辭書

的釋義爲"口頭禪"。這裏顯然不是這個意思，也不是由此引申出來的其他意思，如"俗話、廢話、粗話"等。但是，如果從語法角度把它看成"二言"加"目"，還它本來面目，反而更加切近原文。

譯文：公主已經哭倒了。即使談不上什麼愛情，總是一個依靠終身的男人，一旦分手，這悲哀也不是言語能形容的了。男子撫摸著公主的背脊，再三安慰她，鼓勵她，然而，一言未盡，自己也聲淚俱下。

例8　母がしばらくしてからぼくのほうに顔をねじり向けた唇が暗紅色である。ぼくは黙って母の希望どおりに布団を足で押しかぶせてやった。親切さはない。母は「ありがとう」と後頭部でいった。……余計なことをするからだ、ぼくは母の後頭部に目でいってやった。

一個人除非有特異功能，否則是不可能用後腦勺說話的。那麼"後后頭部でいった"是什麼意思呢？其實，在這個語境裏，就是轉回臉去後腦勺衝著人說話。

譯文：過一會兒，母親轉過臉來朝著我，她的嘴脣發紫。我依著母親的要求，默默地用腳把被子給她蓋上。我沒有一點熱情。母親把頭轉了回去，說了聲"謝謝"。……誰叫你多事的！我朝母親的後腦勺瞪了一眼。

三、達意與傳神

做到了達意，接下來便是傳神的問題。如果說達意尚可以原

文爲標準進行判斷、評價的話，傳神卻沒有一個較客觀的審視標準。由於人的學識水平、審美標準等方面的差異，令眾人都拍案叫絕的傳神譯文並不多見。往往是在某些人眼裏譯文達到了出神入化的境地，另一些人卻未必覺得怎麼樣，甚至持有異議。但是，就譯者本人來說，他至少可以在自己的能力範圍內追求譯文的傳神。

例9　小供のうちから日本在来の芝居を見慣れた代助は、無論梅子と同じ様に、単純なる芸術の鑑賞家であった。……だから梅子とは大いに話が合った。時々顔を見合して、黒人（くろうと）の様な批評を加えて、互に感心していた。

譯文一：代助從小看慣了日本的傳統戲劇，他和梅子一樣，都是單純的藝術鑑賞家。……因此，代助和梅子不斷交談著，有時臉對臉互相瞧瞧，像內行一樣評論幾句，對對方的話表示佩服。

譯文二：代助從童年時代起就經常去看日本的傳統戲劇，所以他同梅子一樣，無疑都是純粹的藝術鑑賞家。……所以代助同梅子談得很投機，不時互相對視一下，發表一些行家才說得出來的評論，覺得英雄所見略同。

兩個譯文可比之處較多，尤其是"感心"這一詞語的不同處理。從達意角度說，兩個譯文都沒有問題，但是，相比之下，譯文二更加傳神。"覺得英雄所見略同"不僅抬高了對方也抬高了自己，並且還有兩人志趣相投等語感。譯文一則缺乏這層意思。

例10　戦後、最も有名な証人は、ロッキード事件に関し

て、衆議院予算委員会に召喚された、国際興業社主・小佐野賢治だろう。核心に触れる質問にはすべて「記憶にございません」と答え、その年の流行語にもなったほどだ。

　「わかりません」では偽証になるケースもあるが、彼の答えならば全く問題がない。行為のよしあしは別として、歴史に残る名（迷）答弁だ。

　這段原文理解起來並不難，翻譯起來卻不很容易，尤其是對"名（迷）答弁"和"記憶にございません"的處理。當然，從達意的角度看，"名（迷）答弁"一詞的翻譯並不困難，可以加注說明在日語中"名"和"迷"是諧音字，讓讀者明白小佐野賢治的回答既是一個讓人捉摸不透的謎，同時又是一個由此出名的證詞。但是，這樣處理卻很難傳神，原文的味道沒有表達出來。所以，應該考慮怎樣從傳神的角度去接近原文。下面的譯文雖非無懈可擊，卻已經向傳神邁進了一步。"記憶にございません"是這段文章的"詩眼"，如果處理不好，必將影響全文。如譯作"忘記了"、"記不清"，既沒有達意，更談不上傳神。譯作"沒有印象"，稍好點，但還沒到位。其實，譯作"記憶空白"比較貼切，既達意，又把小佐野賢治推脫、逃避責任的狡詐心態作了較爲準確的轉述。

　譯文：戰後，最出名的證人，當數因洛克希德事件被傳喚到衆議院預算委員會的國際興業公司老板小佐野賢治。提問一涉及到事件的核心，他一律回答"記憶空白"。這句證詞後來竟成爲當年的流行語。

如果回答"不知道"，在有些場合中就是作偽證。然而，他的回答卻毫無問題。這種做法的好壞先另當別論，這個回答卻是千古一謎的名證詞。

總之，達意與傳神，既是意譯的兩個方面，又是意譯的兩個層次。做到了傳神，就一定做到了達意。做到達意卻未必能做到傳神。兩者既獨立，又統一，而它們的完美結合才是翻譯工作者追求的最高目標。

練習

一、分析對比下列譯文

1. 先を書きつづける前に、昨日書いたところを一通り読み返すのが、彼の昔からの習慣である。……

するとなぜか書いてあることが、自分の心もちとぴったり来ない。字と字との間に、不純な雑音が潜んでいて、それが全体の調和を至るところで破っている。

譯文一：他一向有個習慣，總是把頭一天寫的部分通讀一遍再往下寫。……

不知怎地，文章和他的心情不那麼吻合。字裏行間蘊含著不純的雜音，處處破壞全文的協調。

譯文二：在繼續寫下去以前，又重讀一遍昨天寫好的部分，這是他的老習慣。……

可是，不知什麼緣故，越看越不對勁，有不少疙裏疙瘩的地方，處處破壞小說的整體節奏。

2. 時として、己を見失いそうになる世界で、生きていた

私。華やかさと、人々の蜜のような言葉で自分自身を勘違いしてしまいそうな中で、自然、いろいろな物に対する価値観も変わってくる。周りの人が、何かしてくれてあたり前、あなたのファンです、応援しています——そう言われてあたり前、こんなふうにだけは、絶対に思わない自分でいよう。心に誓ったはばなのに、やはりそちらへ流されてしまいそうな自分が怖かった。まして私は女である。

譯文一：我有時候生活在幾乎要看不出自己的世界裏。由於置身於花團錦簇和人們的甜言蜜語幾乎要使自己看錯自己的環境之中，對各種事物的估價自然也會發生變化。認爲周圍的人爲我做點什麼是應該的，認爲人家說"我是百惠迷，我聲援你"是應該的——我絕不想成爲這樣一個人。我儘管警惕過自己，卻總難免隨波逐流，這太可怕了。何況我是一個女人。

譯文二：我有時生活在極易迷失自己的世界裏，五光十色的生活和人們的甜言蜜語又容易使自己看不清自己，於是自然而然地改變對各種事物的看法。周圍的人幫你做點什麼，那是應該的，他們是你的影迷。他們在輔助你——啊，我絕不能坦然地聽下這些話，覺得理所應當。我曾在心中發過誓，然而還是差點陷進去。我眞怕，何況我還是個女人呢。

3. 二人のしぐさは夫婦じみてるたけれども、男は明らかに病人だった。病人相手ではつい男女の隔てがゆるみ、まめまめしく世話すればするほど、夫婦じみて見えるものだ。実際また自分より年上の男をいたはる女の幼い母ぶりは、遠目に夫婦

とも思はれよう。

譯文一：兩人的舉動很像夫妻，男的顯然是個病號。陪伴病人，無形中就會不注意男女的界限，侍侯得越殷勤，看起來就越像夫妻。一個女人像慈母般地照拂比自己歲數大的男人，老遠看上去，免不了會被人看做是夫妻。

譯文二：兩人的舉止雖然形同夫妻，但是，男的顯然是個病人。同生病的人相處，男女間的拘謹便易於消除，照料得越是周到，看著便越像夫妻。事實上，一個女人照顧比自己年長的男子，儼然一副小母親的樣子，別人看著不免會把他們當成夫妻。

4.そのうち妻の母が病気になりました。医者に見せるととうていなおらないという診断でした。私は力の及ぶかぎり懇切に看護をしてやりました。これは病人自身のためでもありますし、また愛する妻のためでもありましたが、もっと大きな意味からいうと、ついに人間のためでした。……

母の亡くなったあと、私はできるだけ妻を親切に取り扱ってやりました。ただ当人を愛していたからばかりではありません。私の親切には個人を離れてもっと広い背景があったようです。ちょうど妻の母の看護をしたと同じ意味で、私の心は動いたらしいのです。妻は満足らしく見えました。けれどもその満足のうちには、私を理解しえないために起こるぼんやりした希薄な点がどこかに含まれているようでした。しかし妻が私を理解しえたにしたところで、この物足りなさは増すとも減る気づかいはなかったのです。女には大きな人道の立場から来る愛情

よりも、多少義理をはずれても自分だけに集注される親切をうれしがる性質が、男よりも強いように思われますから。

譯文一：過了不久，妻的母親病了。請來醫生診斷，說好不了啦。我爲她做了盡心竭力的護理。這不僅是爲了病人本人，也是爲了我的愛妻，但從更高的意義上來說，終歸還是爲了人。……

母親故去以後，我盡量對妻做出溫存的樣子。這不僅僅是出於對她本人的愛。在我那溫情中，好像拋開個人還有更爲廣闊的背景。我那顆跳動著的心，仿佛是在同看護妻的母親時的心情一樣。看來妻是滿意了。但是，由於她不能理解我，那滿意之中又總像含有淡淡的疑云。然而我並不擔心在她理解我這一點上，這種不足的情緒是會增加還是會減少。因爲我認爲比起來自偉大的人道立場上的愛來，女人更喜歡男人專注於自己的親切。即使這多少有些不近情理，這種天性看來女人比男人更強。

譯文二：不久，妻的母親病了。請醫生一看，診斷出是不治之症。我在我力所能及的範圍內親切地看護她。這樣做，是爲了病人本身，也是爲了心愛的妻，而在更大的意義上說，畢竟是爲了人類。……

岳母死後，我盡可能親切地對待妻，這不單是由於愛她本人，我的親切好像還有超越她個人的更廣大的背景。正如看護妻的母親一樣，我的心仿佛是在同樣意義下活動的。妻顯得很滿意，但在這滿意中，不曉得哪兒好像還包含著一種由於不能理解我而產生的模糊、淡薄的地方。即使妻能理解我，這個缺憾也是

有增無減的，因為我覺得女人具有一種比男人強烈的天性，女人對僅僅集注在自身的親切，盡管他多少有些不合情理，比起來自偉大的人道立場的愛情，好像更加喜歡。

譯文三：這時岳母病倒了，請醫生檢查後診斷說已無法治癒了。我竭盡全力溫存地看護病人。這既是為了病人本身，也是為了我的愛妻，從更深刻的意義上講，是為了人。……

岳母死後，我盡量對妻子溫存體貼，這不光是出於對她的愛。拋開個人不論，我的溫情後面還有更廣闊的背景。就同照顧岳母時的意義一樣，我的心活動了。妻子顯得很滿意，但在滿意的神色裏，總像是包含著一種因為不能理解我而產生的茫然。但是就算妻子理解了我，這種不足之感既不會增加也不會減少。因為對於女人來說，來自莊嚴的人道主義立場的愛情，倒不如即便多少背離情理、只要能傾注於自己一身的溫情更能使他們高興，這種心理似乎女人比男人更強。

5.私は未亡人に会って来意を告げました。未亡人は私の身元やら学校やら専門やらについていろいろ質問しました。そうしてこれなら大丈夫だというところをどこかに握ったのでしょう、いつでも引っ越して来てさしつかえないという挨拶を即座に与えてくれました。未亡人は正しい人でした、またはっきりした人でした。私は軍人の細君というものはみんなこんなものかと思って感服しました。感服もしたが、驚きもしました。この気性でどこが寂しいのだろうと疑いもしました。

譯文一：我見到那位孀婦，說明了來意。她問了我的身世、

學校、專業等等許多問題，然後，可能有了足以放心的把握了吧，當時她就對我說，什麼時候搬來都可以。這位孀婦眞是個正直而爽快的人。我欽佩地想：軍人的妻子都是這樣的麼？我又欽佩又驚訝，簡直猜不透，這樣性格的人怎麼還會寂寞。

譯文二：我會見了那寡婦，告訴了來意。那寡婦就我的出身、學校、專攻學科等等，仔仔細細地盤問了一遍。接著，大概已經在什麼地方掌握到"這就靠得住了"吧，當場給我一個答覆：請搬來吧，遲點早點都沒有關係。那寡婦是個正派人，又是個爽快的人。我想，所謂軍人的太太，都是這樣的人嗎？心裏對她很佩服。一邊佩服，一邊又驚奇。我還懷疑憑著這種性情，會感到寂寞呢。

6. 千重子が実子ではないと、父と母から、はじめて打ちあけられた時、千重子はまったく、その実感がなかった。中学にはいったころだった千重子は、自分がなにか親の気に入らぬところがあって、そんなことを言われるのかと、疑ってみたほどだった。

譯文一：父母第一次坦白告訴千重子她不是親生女兒時，千重子完全沒有那種感覺。千重子剛上中學的時候，她甚至曾經懷疑過：是不是自己做了什麼令父母不滿意的事，父母才這樣說的。

譯文二：第一次聽到父母告訴她，說她不是他們的親生女兒，千重子絲毫也不當眞。那時千重子正在念中學，甚至懷疑自己有什麼地方不討父母喜歡，他們才故意這麼說的。

二、改正下列誤譯

1. 眼鏡が出来るまで一週間かかるということで、前金を納めて昭子は、がっくりと肩を落としていた。女にとって眼鏡をかけるというのは由由しい事態である。

譯文：眼鏡需要一星期才能配好，昭子預付了款項，感到一下子鬆了一口氣，對女人來說，戴上眼鏡是一件討厭的事情。

2.このニュー スバリュー というのがなかなかくせ者で、まあなんということなしに共通のものさしや尺度があるようなものですが、同一の事実に対しても、人おのおの同じように感じとり、同一に判断するものとはかぎりません。

譯文：此種所謂新聞價值，是一個很難衡量的問題。雖然似乎有不約而同的標準與尺度，然而，即使對於同一件事實，人們各自的感受和判斷也未必相同。

3. 子供にだっていろいろわかっていることもあれば、こわいもの見たさで鋭敏になっていることもあるのだ。それを知って大人は案外びっくりするのだ。

譯文：即使還是小孩子，由於有過不平常的遭遇，也許懂得很多，頭腦分外的聰明，說出話來連大人都吃驚。

4. 彼らの日常の会話の中には会社員だの官吏だの学校の教師に比べて自我だの人間だの個性だの独創だのという言葉がはんらんしすぎているのであったが、それはことばの上だけの存在であり、あり金をはたいて女を口説いて宿酔の苦痛が人間の悩みだというような馬鹿馬鹿しいものなのだった。

譯文：在他們的日常生活中，比起公司職員、官吏或學校教師來，像自我、人、個性、獨創等等詞彙是夠泛濫的了。但這些只是作爲詞彙而存在，他們認爲這是愚蠢的，猶如花光手頭所有的錢去玩女人，把宿醉的痛苦當作人間的苦惱那樣。

5.「だが、頑固で人情の遠いのは、君のおっ母さんばかりではないよ。あの研究所にいるものは、みんなそうだ、そういう僕だって一方の大将だよ。——女は女から失格した奴ばかりさ。」

譯文："不過，冷酷的不單是你媽媽。研究所裏的人都是如此，我還是一員大將哩。女人究竟是女人，全是些舊腦筋。"

三、解釋下列短文

1.もう僕らの憎み合い、嫌がらせのし合いは、すでに業の域に達していて、他人の言葉が耳に入る段階をはるかに通り過ぎているのです。

2.彼は彼女のその顔にまっすぐ眼を据えていた。……この顔の向うには、たしかに戦争のもたらした苦しみの一つがあると彼は思った。彼は如何にしても、彼女のその苦しみの中にはいって行きたいと思るのだった。もしも彼のような人間の中にも、なお、いくらかでも真実とまことが残っているとするならば、それを彼女の苦しみにふれさせたいと思うのだった。……そのようた二つの人間の心と心とが面と向って互いの苦しみを渡し合うことがあるならば、そのように、二人の人間が互いの生存の秘密を交換し合うということがあるならば、そのように

二人の男と女とが、互いの真実を示し合うということができるならば……それこそ、人生は、新しい意味をもつだろう。

3. そういう追川初にしても、父のない子の襟子を産んでいるのである。……襟子が現在二十一歳とすると、追川初が二十三の時の子供でもあろうか。然し、今の研究所には、詳しく二十年前の消息に通じているものは、誰もおらないのである。襟子はどうして生れたか。誰によって生まされたか。これは謎である。……追川初にとって恐らく一世一代の情事であったろう。が、何も知らぬはずの世間が、やはりいろいろと、取沙汰をしたことはした。一人の律儀で男嫌いのようにさえ見える女が、思いもよらぬ時に、ひょっくり娘を生んで、生むとまた、すぐもとの通りの謹厳な孤独を守り出したのである。

4. ともあれ、一切の愛情に溺れまいと決心をさだめていた二桐が、こんなにも他愛なく、襟子のことで一杯になったのはなぜであろうか。彼女と何か話したはとは、きまって、もっと話がしていたいような未練がのこるのも不思議だった。一体二桐は、襟子のどこに惹きつけられ出したのであろうか。顔であろうか。声であろうか。その理知的でいて、ファナチックな官能を思わせるからだつきであらうか。無邪気のようでいて、どことなく匂うとうな色気であろうか。

5. 襟子の父は、風のように来て、風のように見先ったどこかの風来坊である。私は騙まされて、そのおかげで、美しい娘を授かったのだ。私はすべてをあきらめて、黙って娘を育てて

来た……

　6. 思いがけず九月上旬に一週間の休暇をとれることとなったので、ちゅうちょなく北海道をえらんだ。

　……

　まず案内書を熟読玩味して、それらの本に多くの頁が割かれている処をすべて除外した。ということは観光地を一切避けるということである。

　近郊への吟行の際でも、電車の中にポスターの下っている処は避けた方が賢明で、そのポスターこそ俗化をみずから示す危険マークである。

　7. 三月の声を聞くと、自然は正直なもので、目に見えて春めいてくる。秋枯れの草花を、いくらかでも冬の間の保温にと、そのままにしておいたのが、急にむさくるしくなった。取りのけると、その下に新しい芽がニョキニョキと土の中から出ている。あるべき所に、あるべき生命が、約束をたがえず登場してくれるのは、やはりうれしい。

　8. （あまりにも社会に密着し、これと歩みをともにする大学は、社会とともに栄え、これとともに亡びる。安直に役立つ大学は役には立たない。……）

　ところで、他面、大学の研究も、まさに安易な実用の否定のうえに成り立つものであった。それが何をまねこうとも、「真理はまさに真理のために」探究をつづけることが長く大学の伝統であった。

‥‥‥‥

　とはいうものの、今日の大学の真理の探究は、無目的でも無制限でもない。1956 年、カナダのパグウォッシュに集まった世界の代表的科学者、哲学者たちが、科学の発展とともに平和の実現をねがったように、大学の研究も究極は人類の平和と自由を求める。

第五講　加譯——數量詞的翻譯

第一節　加　　譯

加譯，就是把原文的隱含意義或句子成份等內容用顯現的語言表達出來。表面上，它可以使譯文中多出一些原文中本"沒有"的字句，但是在句義轉達上，卻並非添枝加葉。

從廣義上說，加譯是意譯的一種表現形式，是意譯在翻譯中的具體運用，只是它較多地使用了添詞加句的手法，所以一般被稱作加譯，以示與意譯的區別和自己的獨立性。

加譯的目的是爲了更加切近原文，更加準確地表達原文的信息內容，它不能脫離原文本身的約束而胡編亂造，否則，就不能成爲翻譯學中所說的加譯。下面從三個方面對加譯進行探討。

一、加譯的前提與原則

加譯的前提是原文比較隱晦，如果按字面意義翻譯出來，很難讀懂或很難抓住原文的內容實質，有時甚至讓人不知所云。這時，譯者要爲讀者著想，把難理解之處深入淺出、"添枝加葉"地翻譯出來，而不拘泥於表面詞語的對應或一致。加譯時必須遵守的原則是，譯文中多出來的"枝葉"必須在意義上有根有據，不能是水中浮萍、空中樓閣，切不可不顧原文的意義任意添詞加句。

例 1　良秀の娘は……やさしくその猿を抱き上げて、若殿様の御前に小腰をかがめながら「恐れながら畜生でございます。どうか御勘弁遊ばしまし」と、涼しい声で申上げました。

……

「何でかばう。その猿は柑子盗人だぞ」

「畜生でございますから、……」

娘はもう一度繰返しましたが、やがて寂しそうにほほ笑みますと、

「それに良秀と申しますと、父が御折檻を受けますようで、どうも唯見てはおられませぬ」と、思い切ったように申すのでございます。

譯文：良秀的女兒輕輕地把猴兒抱了起來，向小公子彎了彎腰，柔和地說：“饒了它吧，它是畜生嘛！”

……

“不行，它偷了我的橘子！”

“畜生呀，不懂事嘛……”

女兒又求著情，接著悲切切地一笑，口氣堅決地說道：

“它叫良秀，和我父親同名，父親遭難，做女兒的怎能袖手旁觀呢！”

這例選自芥川龍之介的《地獄變》。譯文中共有四處加譯。除第一處“不懂事嘛”尚無十分的必要，其餘三處都恰到好處。“它”的加譯主要是從語法角度考慮的，點明主語。後一處加譯“和我父親同名”如果略去，會讓人莫名其妙，百思不解。正因

爲有了這筆起畫龍點睛的加譯，讀者才明白了小猴良秀、畫家良秀和良秀女兒三者的關係，明白了良秀女兒說話的由來。然而，這句加譯並非譯者杜撰出來的，原文就含有這層意思，只是在日語裏不需言明，日本人就可以理解。同時，又由於這一處的加譯，最後一處“做女兒的”加譯也就顯得合情合理，順理成章。

例 2　誠太郎と云う子は近頃ベースボールに熱中している。代助が行って時々球を投げてやる事がある。

譯文一：誠太郎這孩子近來迷上了棒球，代助回家時，時常扔幾個球給他。

這段原文，對日本人來說，是不會有理解障礙的，因爲棒球是他們的國球，他們不缺乏這方面的知識。但是，如果照葫蘆畫瓢譯成中文，恐怕會引起讀者“消化不良”。代助是扔球給誠太郎，但又不是普通意義上的扔，而是當投手，所以誠太郎才會高興，因爲他練了擊球。

譯文二：男孩子誠太郎近來對棒球著了迷。代助去父親家時總要當投手讓他練擊球。

例 3　「おしん」の視聴率は最高の時が六二・九％に達した。タロジロが出てくる「南極物語」は、配給収入が五十二億円を超えて、記録を更新した。

譯文：《阿 Xin①》的收視率最高時達 62.9％，以兩只小狗大魯、二魯爲主角的《南極故事》的票房收入超過 52 億日元，創歷史新記錄。

①作者用假名而不用漢字，是因爲對"おしん"寄予無限深情。"しん"既可以是"辛抱"的"辛"字，又可以是"眞"或"心"字。同時，也可以看作是相信人的"信"、前進的"進"、永遠創新的"新"和"芯の強い"的"芯"。故譯作"阿 Xin"爲好。

"タロジロ"對日本人來說是已知信息，但是對外國人來說，則猶如陌生的天外來客，不多介紹一句，讀者難免如墜霧裏。

此外，加譯時還有一種情況需要多加注意，即原文的隱含意義只適合意會，不適合言傳。這時，翻譯尤需多加斟酌，靈活處理。

例4　"あい"に始まって「をんな」に終わるのは戰前の辞書、「あい」に始まって「わんりょく」に終わるのが戰後の辞書である、といったのは高見順だ。むろん文学的な表現だろう。こんど刊行される"広辞苑"（第三版）は「あ」で始まって「んとす」で終わっている。はなはだ散文的である。

譯文：高見順說戰前的辭典以"ai"（愛情）開始，"onna"（女人）結束；戰後的辭典以"ai"（愛情）開始，"wanryoku"（暴力）結束。眞是頗具文學色彩。最近即將發行的《廣辭苑》（第三版）則以"a"（起始）開頭，"n-to-su"（打算）結束，又很有點務實的味道。

這段原文運用了日語諧音效果，其中部分加引號的詞語含義亦在似有似無之間，不宜言傳只可意會。但是，作爲譯文，無法再保持原文的這一特點，只好丟卒保車，把只宜意會的東西言傳

出來。比如，嚴格地說，"あい"未必就是表示"愛情"之意的 "あい"，"あ"也不一定就是"起始"的意思。但是，如不這 麼加譯出來，又無法與"文字的な表現"和"はなはだ"散文 的"相呼應，使讀者理解這段文字的意思和幽默。再者，原文讓 讀者去意會的大致上也正是譯文的意思。

　　例 5　家電業界では「冷蔵庫の日」（毎年夏至）などのよ うに製品にちなんだ日を記念日としキャンペーンを展開してい る。「掃除機」（ゴミゼロで五月三〇日）、「洗濯機」（水の 日で八月一日）、「換気（扇）」（イイ空気で一一月九日）。 このほかさまざまなイベントも展開中。

　　譯文：家電行業給許多商品制定節日，進行促銷宣傳，如把 "冰箱節"定在夏至，把 5 月 30 日定爲"吸塵器節"，因爲"5 月 30 日"在日語裏可以與"無垃圾"一語諧音。8 月 1 日是水 節，所以與"洗衣機節"結緣。11 月 9 日，被選爲"換氣扇 節"，這是因爲在文字遊戲中它可以被戲讀成"新鮮空氣"。除 此之外，家電業還進行其他各種各樣的促銷活動。

　　這例由於原文的特殊性，加譯之多幾乎快變成了講解說明。 但是，儘管如此，譯文仍未做到十全十美，因爲懂日語的讀者會 不滿意這樣的譯法。他們想明白"5 月 30 日"跟"無垃圾"到 底是怎樣聯繫到一起的，"11 月 9 日"在文字遊戲中又怎樣變 成了"新鮮空氣"。考慮到這一點，似乎宜改變譯法或進行二次 加譯，即在上面譯文的基礎上，再加注釋，如在"諧音"一語後 加星號，文後加注，"即把 5 月 30 日念成 5・30（ゴ・ミゼ

ロ）。"同樣"11 月 9 日"後加星號加注，"把 11 月 9 日變形爲 11・9 月（イイ・クツキ），讓它近似 'いい 空氣' 的發音"。

二、加譯的得與失

一般情況下，需要把原文中隱晦的、需要譯者補充說明的地方通過加譯方法譯得淺顯易懂。但是，這並不意味著要把原文中所要隱晦的文字都譯得一目了然。尤其是這種隱晦並不是由於兩種文字本身的差異造成的時候，加譯一定要愼重。否則，很容易破壞作者的本來意圖。

例 6　もちろん、「すきやき」一つ取りあげても、日本人が五人寄ればそれぞれが家庭で覚えた「すきやき」の作り方をするだろうから、完全な型の「すきやき」はどこにもないのかもしれない。どんなに変形したものでも、それがにせものであっても、その人たちがそれを信じそれに喜びを見出しているなら、余計なおっせかいをする必要はないという考え方もできる。しかし、しかしである。どうもそこにひっかかってしまうのだ。

譯文：當然，即便舉一個"隨意燒"的例子，日本人也可能是五個人五個樣，因爲家家吃法不同。或許根本就不存在絕對的標準吃法。所以，即便離譜走樣，即便是徒有虛名，只要他們認定是"隨意燒"，並能從中獲得樂趣的話，就沒有必要多嘴多舌。雖然我也認識到了這一點，但是，但是，我不能不表明自己

的看法。我鑽進了牛角尖。

原文明顯是欲言又止，譯文卻畫蛇添足，不如刪去，倒能更好地體現作者克制不住卻又不得不自持的複雜心情。

例7　秋末のことで、水は痩せ、涸れに、涸れて、いわゆる全石の川床の真中を流れて行く。川床は峰と峰との谷間をくねって、先下リになっておるから、遠くまで流れの末が見える。ちょうど川の末に一高峰が立ち塞がって、遠くから見ると川はその峰に吸いこまれるかのように思われ、また山が、「ここにいなさい、里に出てなんになる、いなさい、いなさい」と水の流れを抱き止めるようにも思われる。

譯文：時值秋末，河水瘦縮。近乎乾涸的細流，打亂石中間穿行。河床蜿蜒於高山深谷之間，曲折而下。遠處可以看到流水的盡頭。恰巧有一座高山當河而立，堵塞了河水的通路。遠遠望去，仿佛河水已被山峰吸入體內，又好像遠山極力抱住水流，規勸道：“就停在這兒吧，流進村莊有什麼好？停下吧，停下吧。”

從總體上說，這段譯文相當精釆。但是，美中不足的是，譯文中多了一處不必要的加譯，即“堵塞了河水的通路”一句。首先，前文已說“可以看到流水的盡頭”，所以也就無所謂“堵塞通路”的問題。其次，文章重點要表現的是後面的兩個比喻，這句加譯卻當中橫插一棒，頗有拆散鴛鴦之嫌。再次，河水本是堵塞不住的，最多是遇山改道。所以，加譯的句子在邏輯上也欠周密。總之，此例中的加譯是失大於得。

下面再換一個角度談談加譯的得失問題。請看例句。

例 8　代助はやがて書斎へ帰って、手紙を二三本書いた。一本は朝鮮の統監府に居る友人宛で、先達て送ってくれた高麗焼の礼状である。一本は法蘭西に居る姉婿宛で、タナグラの安いのを見付けてくれという依頼である。

譯文一：不一會兒，代助回到書齋，寫了兩封信，一封是給在朝鮮統監府任職的朋友的，感謝對方上回贈送的高麗陶瓷；一封是寄給法國的姐夫的，請他代購一件價錢便宜的塔那格拉①手工藝品。

譯文二：代助待了一會兒之後，回到書房寫了兩三封信，有一封是寄給一個在朝鮮的統監府②做事的朋友的，信內向地方上次饋贈了高麗燒③一事表示謝意。另一封是寄給住在法國的姐丈的，請對方代爲採購一件較便宜的塔納格拉④。

----

①Tanagra，希臘古城。

②統監府是 1905 年至 1910 年間，日本爲控制朝鮮而設在朝鮮京城的政府機構。

③高麗燒是朝鮮在高麗時代所製陶器的總稱。從桃山時代開始，日本就喜愛用高麗燒作茶碗。

④塔納格拉是古代希臘的城市名，這裏是指從該城的古墳中出土的陶偶。這種陶偶是古希臘末期的一種赤土制成的小的風俗玩偶，公元前三世紀從塔納格拉的古墳中出土，故有此名。陶偶以造型自然而極富魅力聞名，也是研究古希臘的美術資料。

這兩個譯文的最大不同之處在於加注部分。譯文一只有"夕

ナグラ"有注；譯文二則加注了三處，即統監府、高麗燒和塔納格拉。相比之下，譯文二周到許多，免去了不少讀者的查找考證之苦。同時，從翻譯角度而言，由於譯文二的加注，譯文更加準確，更加切近原文。如原文的"高麗燒"，一般特指朝鮮高麗時代以及李朝時代的陶器。如不加注，沒有專門知識的讀者很可能誤解爲現代的或普通的朝鮮陶器，因爲中國人習慣上多沿用"高麗"一語指稱朝鮮。"タナグラ"兩個譯文處理不同，譯文一加譯兩次，一次是以注的形式出現，另一次直接出現在文中，即"手工藝品"四字。譯文二只有注。根據《國語大辭典》和集英社《日本文學全集》第46卷《夏目漱石》(二)的原注看，譯文二的處理是正確的。譯文一的兩個加譯部分有欠妥當，其中注釋部分過於簡略，沒有說到點子上，加譯部分"手工藝品"多餘，並且改變了原意，使"タナグラ"變成塔那格拉城的普通手工藝品，而不是專指歷史上的古陶偶。其實，"タナグラ"既是城市的名字，又是陶偶的名字，它已成爲一個專有名詞，不能泛指塔那格拉城的其他手工藝品。從這個意義上說，譯文一的加譯有欠周到。

三、加譯內容和加譯方法

加譯內容並無定規，從句子成份上說，可以加譯主語、謂語、賓語、補語、狀語等；從詞性上說，可以加譯名詞、代詞、形容詞、副詞、數詞、動詞等；從語言單位上說，既可加譯詞素、詞、詞組、短語，也可加譯句子甚至句群、段落。關鍵要看

是否加譯得恰到好處，能否做到錦上添花，而不是畫蛇添足。

　　例 9　「惠子の行った方角が悪いので、旅先で事故にでも遭うんじゃないかと心配で、食事もさっぱりですよ。」

　　「今どき方角だなんて。惠子は元気で帰ってきますよ。杞憂ですよ。お母さん。」

　　譯文：“惠子出門的方向不吉利，我眞擔心她在旅途中出事，連飯一口也沒吃。”

　　“現在還談什麼方向，惠子肯定會平安無事回家的。媽媽，您可是杞人憂天啊。”

　　其實，“杞憂”的譯文與其說是加譯，不如說是還原更恰當。這類來源於中國卻遭日本人剪裁需要我們重新“添枝加葉”的詞語還有“濫吹、成竹、法三章、綠林、敬遠、蛇足、而立、墨守、漁夫の利”等等。另外，需要注意的是，這類詞語中有些已經變義，不能再還原成中文。如“完璧”一詞雖來源於“完璧歸趙”，但在日文裏已很少用作此義，不能再簡單地還原成中文成語。同樣“馬鹿”也不能再還原成“指鹿爲馬”。“庖丁”也不再是“庖丁解牛”之意。日文的“破鏡”在中文裏卻難接“重圓”。中文的“青梅竹馬”指異性，日語的“竹馬”則不分男女，而且多指男人之間的知已。

　　例 10　私には何も申し上げることはございません。何一つ私は知りません。知らなかったと言っては妻としては無責任のようにお考えかもわかりませんが、事實私は何も知りませんでした。信じられません。神坂はそういう人ではないというこ

とだけは信じております。六年間一緒に暮して来ましたが、そういう人格的なことについては一度も疑いをもったことはございません。

譯文：我沒什麼可說的，我什麼也不知道。我這樣說，你們也許會認爲我沒有盡到做妻子的責任，可我確實是什麼也不知道，什麼也不能相信，我只相信神坂不是你們所說的那種人。我同他一起生活了六年，有關他的人格我一次也沒有懷疑過。

這一例加譯部分主要是原文中略去的由代詞充當的主語、賓語、定語等。

例 11　だが、ぼくは基地のクラブでの仕事を獲得するまで、何度となく二百 CCの血を売って食事にありついた。ダブルで抜いたこともある。時には比重が足りずに断られたりもした。

譯文：然而，我在找到佔領軍基地俱樂部工作之前，好多次靠著出賣 200CC 鮮血用以維持捉襟見肘的生活，這對於我是家常便飯，有時一下子就抽 400CC，有時因抽得太多，血液比重不足而遭到買方的拒絕。

此例有 5 處加譯，都是譯者根據上下文“補充”進去的。尤其是“因抽得太多”一句加譯，十分精采。如果不加這一句，最後一句則讓人費解。從加譯內容上看，既有詞語，又有句子；詞語又全是名詞，分別充當定語。

例 12　健吉が稲を刈っていると、角力を見に行っていた子供たちは、大勢群がって帰ってきた。彼らは、帰る道々独楽を

回していた。

「牛屋は、ボッコひっそりとしとるじゃないや。」

「うむ。」

「藤二は、どこぞへ遊びに行たんかいな。」

母は荷をおくと牛べやをのぞきに行った。と、不意にびっくりして、

「健よ、はいこい！」と声をふるわせていった。

譯文一：健吉正在割稻，去看摔跤的孩子們成群地回來了。這些孩子一路走一路轉著陀螺。

健吉他們接著又割了一會兒稻。不久，太陽眼看就要向西邊落下去了。三個人就各自扛些稻綑往家裏走。

"牛棚裏怎麼一點動靜都沒有啊？"

"是呀！"

藤二上哪兒玩去了吧？"

媽媽放下稻綑，往牛棚裏一瞧，嚇得她聲音顫抖地叫了起來：

"健，快來！"

譯文二：健吉正在割稻，去看摔跤的許多孩子成群結隊地回來了。他們在歸途中，到處停下來玩著陀螺。

後來，一家三口人又割了一會兒稻子，太陽就眼看要落山，才擔著稻秸回家來了。

"牛棚裏怎麼一點兒動靜都沒有哇？"

"嗯。"

"藤二上哪兒去玩了吧？"

媽媽放下稻秸走上前去往牛棚裏一瞧，嚇了一大跳，顫抖著叫了起來："阿健啊，快來！"

這段原文摘自黑島傳治的《兩分銅幣》，譯文分別引用了國內兩種不同的譯本。兩個譯文進行比較，可以發現一個共同的特點，即兩位譯者不約而同地加譯了一個段落，而且行文也大致相同。這段加譯消除了原文銜接不上的感覺，把作家略去的時空描寫補寫了出來。加譯得雖然大膽，卻合情合理。

總之，加譯內容無一定之規，只要是必要的、必需的，並且不損害原文的意義，不超越原文的範圍，甚至加譯段落都是可以的。

至於加譯的方法，最常見的一種就是直接加在文中。此外，還有加括弧、加注、加破折號、改寫原文等方法。選擇加譯方法時應盡量注意不影響譯文的正常行文，不破壞中文的表達習慣。至於具體的加譯方法，請參閱本節例文。

第二節　數量詞的翻譯

數詞並不難譯，在翻譯中容易出問題的是量詞。一是中日兩國量詞的計量不同，需要轉換；二是同一事物或動作行為中日文所使用的量詞經常不同。

　　A. 一里 ≈3.9公里

　　　一貫 ≈3.759公斤

一坪 ≈3.3 平方米、6.016 立方米

一町 ≈109 米

一町步 ≈99.2 公畝

B. ビール三本　啤酒三瓶

映画四本　電影四部

魚二匹　魚兩條

皿五枚　碟子五個

田七枚　田七塊

箸一撮　筷子一雙

パンダ一番　熊貓一對

洋服一着　西裝一套

タバコ一ポール　香烟一條

　　A 組計量不同的量詞，具體翻譯時一般有兩種處理方法：一是進行換算，譯成換算後的數目；二是照搬原文，文後加注說明。

　　例 1　「おや、椅子だね」と云いながら平岡は安楽椅子へ、どさりと身体を投げ掛けた。十五貫目以上もあろうというわが肉に、三文の価値を置いていない様な扱かい方に見えた。

　　譯文：“哎，有椅子啊。”平岡說著一屁股坐到安樂椅上。動作之猛就像他那百十來斤的身體還不值三文錢。

　　例 2　野呂旅人という男は、としはたしか三十一。背丈はせいぜい五尺どまり。身体も痩せていて、体重も十貫か十一貫というところでしょう。

譯文：野呂旅人，年齡已有三十一歲，身高不到五尺 ＊，十分清瘦，體重只有十貫或十一貫 ＊。

＊ 一日尺＝30.3 釐米　貫：日本重量單位，一貫＝3.759 公斤。

上兩例譯文，一個直接換算成中國的傳統計量單位，另一個則採取了加注形式。

B 組的量詞，一般則只能按中文習慣配譯相應的量詞。

中日有關數量詞的翻譯中，容易出問題的還有以下幾種情況。

1. 增減問題。嚴格地說，這是數學概念問題，而不是翻譯技巧問題。比如“人口は百万人に増えた”和“人口は百万人増えた”本不是同一個概念，如果能夠分清它們的不同，是應該可以正確翻譯出來的。

例 3　建物の延面積が四倍になった。

譯文：建築物的總面積增加了三倍。

例 4　新社員の数が五分の一減った。

譯文：新職員的人數減少了五分之一。

例 5　今年の患者は去年の三分の一になった。

譯文：今年的患者只有去年的三分之一。

例 6　年末だから、4 割引だよ。

譯文：年底嘛，打六折。

2. 一批與數量有關的詞語的翻譯，如“未滿、以下、以上、超える”等。

例 7　中級以上の人は次のコースに進む。

譯文：中級和中級以上的人進入下一個課程。

例 8　人間以上の力を発揮した。

譯文：發揮超人的力量。（不包括常人）

例 9　小学生以下は半額だ。

譯文：小學生以下半價。（包括小學生）

例 10　彼の計算能力は小学生以下だ。

譯文：他的計算能力在小學生之下。（不包括小學生）

例 11　隊長以下十名。

譯文：隊長、隊員共十人。

例 12　隊長ほか十名。

譯文：隊長、隊員共十一員。

這幾個字的意義可簡約地概括如下：

二十未満だ　　＜20

二十以下だ　　≦20

二十を超える　＞20

二十以上だ　　≧20

3. 日本年號。中譯時可直接沿用，也可以轉換成公曆翻譯。

明治 15 年＝1882 年（＋67）

大正 8 年＝1919 年（＋11）

昭和 47 年＝1972 年（＋25）

平成 5 年＝1993 年（＋88）

4. 還有一些詞含有數字，卻與數字毫無關係，不要誤譯成數量詞語。

三行半	休書
八里半	烤山芋
二子	雙生子
十一	棕腹杜鵑
四六時中	一整天
二枚目	美男子
九寸五分	短刀、匕首
七厘	陶爐、炭爐
十八番	得意的本領
十三里	烤地瓜
一寸	略微

5. 日本曾用漢字表示西方的度量單位，目前大部分已經廢棄不用，但是閱讀早年的日語書刊，還是經常能碰到的。翻譯時不可望文生義，憑空想像。

亜爾（アール）	公畝（100 平方米）
吋（インチ）	英寸
瓩（キログラム）	公斤、千克
竏（キロリットル）	千升
瓦（グラム）	克
糎（センチメートル）	釐米
竰（センチリットル）	釐升

打 (ダース)	打
竕 (デシリットル)	分升 (十分之一升)
弗 (ドル)	美元
噸 (トン)	噸
法 (フラン)	法郎
片 (ペンス)	便士
磅・封度 (ポンド)	磅；英磅
馬・馬克 (マルク)	馬克
瓱 (ミリグラム)	毫克
粍 (ミリメートル)	毫米
竓 (ミリリットル)	毫升
碼 (セード)	碼
立 (リットル)	升

練習

翻譯下列短文

1.そのあたりが漢字のおもしろさで、サラ金も「攪金」とか「鎖辣金」とか書けば、借りようとする人もひるむだろう。

2. 日本人は、まじめな精神力を費さなければならない恋愛を敬遠して、出雲の神様だの、三々九度のさかずき事だのという簡単な才マジナイで、男女が結びつく習慣をつくった。

3. 乞食は短銃を検べながら、時々猫に話しかけた。

「お前とも永いお馴染みだな。が、今日がお別れだぞ。明日はお前にも大厄日だ。おれも明日は死ぬかも知れない。よし

また死なずにすんだところが、この先二度とお前といっしょに掃溜めあさりはしないつもりだ。そうすればお前は大喜びだろう。」

　4.（文公は）ともかくも路地をたどって通りへ出た。亭主は雨が止んでから行きなと言ったが、どこへ行く？文公は路地口の軒下に身を寄せて往来の上下を見た。幌人車が威勢よく駈けている。店々の灯火が道路に映っている。

　5.「京子に子供があっても、僕は結婚してるただろうと思ふんだ。引き取って可愛がれるな。女の子だとなほいい。」と夫は京子の耳もとで言った。自分に男の子があるからだらうが、愛情の表現だとしても、京子には異様に聞えた。しおし、新婚旅行を十日間も長くつづけてくれるのは、家に子供がゐるからといふ思ひやリかも知れなかった。

　6.そして、すべては眼のあたり起った事であるのをしっかリと意識した。夢ではない、現実だ。

　7.狭苦しい銀子の家も、二階の見晴しがよくなリ、雨のふる春の日などは緑の髪に似た柳が煙リ、残リの浅黄桜が、行く春の哀愁を唆るのであった。

　8.真に海軍儀式歌の如く、軍次は輸送船もろとも水漬く屍となって上陸予定の南の小島の一片の土塊となって帰還して来た。

　9.杉本苑子原作の『孤愁の岸』を帝劇でみた。暴風雨や堤防決壊の場面を映像でみせる野心的な試みも迫力があった

し、主演の森繁久弥、竹脇無我両者の心の通いあった演技もたのしかったが、……

10.それは最初の驚きであったが、後日、私は中国と日本の区別がはっきりしない人、台湾と中国の存在、区別もまったくわからない人、東京が中国の首都であると思っている人々に会って、だんだんと教育されていったものである。

11. 八月四日を箸の日と称する人たちがいる。東京・日枝神社では「箸供養」が行われ、使用ずみの箸約二万膳が焼納されるという。

12. 時代は変わり、電話が普及しても、恋文は消えない。もっとも昨今はワープロによる艶書などがせっせと届けられているのかもしれぬ。きょう二十三日は「文の日」。

第六講　簡譯——擬聲擬態詞的翻譯

第一節　簡　　譯

剪裁與提煉是兩種不同性質的翻譯技巧。所謂剪裁法就是通常所說的減譯或減詞，它是指在翻譯過程中直接略去原文中不影響譯文準確、全面表達原文信息內容的詞、語、句等。提煉法不直接刪除原文詞語，而是通過提煉譯文文字，來概括原文的信息內容，用簡潔的文字來表達原文"冗長"文字的意思。

這是兩種不同的翻譯方法，它們屬於兩個不同的層次。剪裁法主要相對於原文而言，它用的是"剪刀功"提煉法則主要相對於譯文而言，它用的是"煉丹術"。從理論上說，這兩種翻譯方法都歸屬於意譯，尤其是提煉法，更是如此。但是，二者又有一個共同點，就是都對原文進行了簡潔處理，譯文字符通常也少於原文，所以統稱爲簡譯。所謂簡譯，就是在不改變原文信息內容的前提下，簡潔、凝練地翻譯異種文字。

一、剪裁法

剪裁法，具體又可細分爲詞語剪裁和句子剪裁。然而，無論哪一種剪裁，都必須注意被剪裁掉的只能是無補於原文信息內容轉達的"贅言冗語"，原文的信息內容絕不能同時葬身於剪刀之下。這是剪裁法的前提，也是剪裁法的原則。

例1　彼の編集上の才能というのも要するに演技にすぎなかったということが僕にもだんだんわかって来たんです。彼は甲の評論家を訪問して、政治評論を書いてもらうには誰が良いかとたずねる。そこで乙氏がよかろうと聞くと、今度は編集会議の席でもって、政治評論は乙でなくてはならんという<u>理由を滔滔と述べる。それがみな甲の受け売りなんです。</u>ついでに丙は駄目だという理由まで、甲の説をそのまま自説みたいにして述べ立てる。彼自身には何の定見もないんです。

譯文：我漸漸明白了他的所謂編輯才能也只不過是一種演技。例如，他採訪評論家甲、詢問請誰寫政治評論爲好，當聽說乙不錯，他就會在編輯會議上滔滔不絕地說：“政治評論非乙寫不可”，同時還要攻擊丙，以作爲旁證。總之，他把甲的意見一成不變地當作自己的主張進行闡述，自己卻毫無主見。

原文中劃有底線的詞語和句子在翻譯過程中被剪裁掉了，在譯文中找不到與之對應的部分。但是，原文的信息內容並未因此受到損害，被剪裁部分的意思已由下文和整個語境表達出來。當然，照實譯出，亦未嘗不可，不過卻略顯累贅。

例2　それでいつの間にか、眠りに落ちた。尿意をおぼえて眼をさまし、サイドテーブルの上に<u>置いた</u>腕時計を見ると、午前三時だった。上体を起こした彼は、ふと窓の外を見て、どきりとした。

この窓から<u>眺める</u>夜景は、彼にとってすでにすっかりなじみのものになっているはずだが、その時、彼の眼に映じた光景

は異様だった。

いつも見なれている夜景とは別のものがそこにあった。それは夜景の中のある一点ににじんでいる赤い色のせいだった。それははじめ血の色のように見えたが、明らかに炎の色であった。

譯文：不知幾時他終於睡著了，尿把他憋醒的時候，他看看邊桌上的手表，才半夜三點。他坐起身，不經意地向窗外看了一眼，卻大吃一驚。

窗外的夜景對他來說應該是很熟悉的了，可是，現在映在眼中的景色卻不同尋常。

夜幕中，一團血色光環躍入眼廉，細看，卻是熊熊的火苗。

這例有三處剪裁，自然也是因為它們對譯文而言顯得多餘，尤其是第三處，如照實譯出，倒破壞了原文的緊張感和懸念。所以不如略去，乾脆俐落。

至於什麼時候需要剪裁，可以剪裁些什麼，卻又沒有一定之規，需要具體情況具體處理，不能一概而論。

例3　代助の父には一人の兄があった。直記と云って、父とはたった一つ違いの年上だが、父よりは小柄なうえに、顔付眼鼻立が非常に似ていたものだから、知らない人には往々双子と間違えられた。

譯文一：代助的父親有一個哥哥，名叫直記，比代助父親僅僅年長一歲，不過身材比代助父親要瘦小些。他們倆臉型和眼睛鼻子長得非常相象，所以不知底細的人常誤以為他們是孿生兄

弟。

此例譯文仔細推敲一下，可以刪去許多無損於原意表達的詞語，比如劃有底線的詞組。瘦小自然是指身材，長得相像也自然是臉型和眼睛鼻子，而“誤以為他們是孿生兄弟”的當然是不知底細的人，所以，這些詞語被剪裁掉，絲毫也改變不了原意。

譯文二：代助的父親有一個哥哥，名叫直記，比代助父親僅大一歲，但瘦小些。兩人五官極相像，常被誤認為是雙胞胎。

如果從提煉法考慮譯文，第一句還可以簡譯為：“代助有一個伯父，名叫直記，……”。

例4　近代市民社会においては、「契約は守られねばならない。」ということが、最も大切な常識の一つとされている。しかし、これは、外から押し付けられていやいやながら守る、といった性質のものではない。契約を守ることは、ほかならぬ自らの自由を守ることなのでもある。そのルールは自分の意思で作ったルールであるから、自分でそれを破るのは、自らの首を絞めるに等しいとされる。

譯文一：在近代市民社會裏，“必須守約”的說法已經被看作是最重要的常識之一。但是，這不是在外力強制下，雖不心甘情願卻又無可奈何這一性質的舉措。守約這件事，正是保護自己的自由。契約的條款是按自己的意思制定的，所以，人們認為自己毀約就是自己卡自己的脖子。

譯文一摘自學生的作業，除有一處剪裁外，其餘滴水不漏，全部照原文譯出。不過，譯文卻顯得冗長、拖沓、翻譯腔較重。

應該對它進行剪裁。從譯文角度考慮，劃底線的詞語皆可刪除。與原文對照，可以發現，除有部分實詞外，被剪裁掉的還有關聯詞語“から”、形式體言“こと”、形式用言“いう”和表示語法功能的助動詞“れる”等。其實，在很多場合，這些詞語的剪裁與否直接關係到譯文的質量。如果說有什麼出現頻率較高的剪裁對象，那就是這些形式體言、形式用言、助動詞以及指代類詞語，如“こそあと”和“とおり、ように（な）、次、上、下”等等。當然，在具體文章中，是否需要剪裁，仍然要根據語境決定。原則是要保證原文信息內容的準確轉達。

譯文二：在近代市民社會裏，“守約”是一個最重要的常識，但是，它不是在外力下的勉強之舉，守約維護的正是自己的自由。契約是自我意志的產物，毀約，無異於卡自己的脖子。

例5　性得愚かな私には、わかりすぎているほど分っていることのほかは、あいにく何一つ呑みこめません。でございますから、私 はことばのかけようも 知 らないで、しばらくはただ、娘の胸の動悸に耳を澄ませるような心もちで、じっとそこに立ちすくんでおりました。もっともこれは一つには、なぜかこの上問いただすのが悪いような、気咎めがいたしたからでもございます。

譯文一：生來就愚蠢的我，只懂得一目了然的事，此外就一竅不通了。所以我不知道說什麼好，呆呆站在那裏，暫時只是集中注意力聽姑娘突突的心跳。這裏有一個原因，那就是再追問下去，我感到太不合適了。

譯文二：我是笨蛋，向來除了一目了然的事，都是不能了解的。我不知再對她說什麼好，便聽著她心頭急跳的聲音，呆呆地站了一會兒，覺得這件事不好再過問了。

從簡譯的角度看，兩個譯文的最大差異是對原文關聯詞語的處理，如"でございますから"前者譯明，後者卻略去了。最後一句話，譯文一按原文句型照實譯出，譯文二則以動詞"覺得"與上文銜接，來表達因果關係，顯得簡潔俐落。

不過，需要注意的是，簡譯，尤其是剪裁法容易讓人誤解，以為可以隨心所欲剪裁原文。其實不然，這樣做必定會導致漏譯現象的出現。漏譯與簡譯的主要區別就在於顧及不顧及原文信息內容的完整轉達。顧及者為簡譯，反之為漏譯。漏譯不僅剪裁掉了原文的部分詞、語、句，而且原文的某些信息內容也同時葬身於剪刀之下。當然，漏譯也有筆誤之時，但是，漏譯的主要原因恐怕還是想躲避或跳躍原文中的難點。

例6　この夏、私は水虫に悩まされたので、珍しくも一ヵ月近く自家にこもって、街へはほとんど出て行かなかった。

譯文一：今年夏天，我被腳癬煩得近一個月待在家中，幾乎沒有上街。

譯文摘自學生的作業，很明顯。"珍しい"這一重要的信息內容被漏掉了。據說是因為太難，找不到適合的詞語表達。然而，"珍しい"不譯出來，待在家中近一個月這件事就顯不出份量，也不能反襯出主人公平常的生活習性、習慣乃至性格特徵。

譯文二：今年夏天，我被腳癬折騰得竟破天荒地近一個月沒

有出門，整天悶在家中。

例7　大庭真蔵という会社員は東京郊外に住んで京橋区辺の事務所に通っていたが、電車の停留所まで半里以上もあるのを、毎朝欠かさずにテクテク歩いて運動にはちょうど可いと言っていた。

譯文一：大庭眞藏是一家公司裏的職員，他住在東京郊外，工作地點則在市內京橋區附近。從家裏到電車站有半里多，這一段路程他每天早晨總是徒步走去，據說正好借此運動運動。

譯文二：大庭眞藏是一家公司的職員，家住在東京郊外，每天去市內京橋區的事務所上班。從他家到電車站的距離不下兩公里，這段路他每天早晨總是不緊不慢地徒步走去，說是正好借此運動運動。

譯文一略去了原文的“事務所”和“テクテク”兩個詞。然而它們是不能漏譯的。“事務所”不同於“工作地點”，事務所的地理位置是固定的，其工作也是以案頭工作爲主。“工作地點”則欠明確，尤其是後面又有“附近”一詞，容易被理解爲從事流動性強的工作。其實，除去這點不說，換個角度看這句話，就會發現這是句誤譯。因爲大庭眞藏的工作本來是在京橋區內，現在卻被挪到區外。“テクテク”說的是大庭的運動方式，指步行速度、節奏等，漏掉這一信息，會影響對人物完整的、準確的描繪。

例8　ところが、事実はまさにその逆である。ヨーロッパの現実からみるにせよ、ヨーロッパの歴史的経験から見るにせ

よ、その結果はいずれも、この条約のある方がない方よりよいのではなく、悪いのだということを示しているだけである。

譯文：但是，事實恰恰相反，無論是從歐洲現實來看，還是從歷史經驗來看，都只能說明，有這個條約不是更好，而是更壞。

這例進行多處剪裁，但第一處卻是漏譯。也許譯者是爲了簡潔而有意略去這個“ヨーロッパ”的，但是，客觀上卻是漏譯。因爲“歷史經驗”一語雖然可以包容歐洲的歷史經驗，但是二者絕不等同。譯成“歷史經驗”，語義範圍擴大了，但卻削弱了原文的強調中心。作者想強調的不是普通意義上的歷史經驗，而是歐洲這一特殊區域的歷史經驗。

二、提煉法

提煉法雖然也是翻譯技巧的一種，但是，它的運用以及運用效果的好壞更多的是依賴譯者的中文水平，甚至可以說是一種“功夫在譯外”的翻譯技巧。而所謂的中文水平不僅指駕馭語言的能力，更指人的邏輯思維和邏輯概括的能力。

例9　從ってその間のことについては、別に取り立てて申し上げるほどのお話もございません。もし強いて申し上げるといたしましたら、それはあの強情なおやじが、なぜか妙に涙もろくなって、人のいないところでは時々独りで泣いていたというお話くらいなものでございましょう。

譯文一：因此，這中間的事，也沒有什麼可以特別奉告的。

如果勉強讓我說說，那就是剛愎自用的這個老頭子，不知怎麼變得特別脆弱，不時在沒有人的地方獨自哭泣。

　　譯文二：這期間，別無什麼可講的事情。倘一定要講，那末這傴老頭不知什麼緣故，忽然變得感情脆弱起來，常常獨自掉眼淚。

　　兩個譯文相比較，譯文二更多地使用了提煉法，尤其是最後一句，僅僅用了七個字就概括了原文二十多個字符的意思。既簡練又準確。

　　例 10　それからまた一年ばかりの後、煙客翁は潤州へ来たついでに、張氏の家を訪れてみました。すると墻にからんだ蔦や庭に茂った草の色は、以前とさらに変りません。が、取次ぎの小廝に聞けば、主人は不在だということです。

　　譯文：以後過了一年，烟客翁又到潤州，再次順訪張家。那牆上的藤蔓和院中的荒草，仍如過去，可是出來應客的小廝，卻說主人不在家。

　　這例譯文極見譯者的功力。最後一句，初學者很可能譯為"請出來開門的聽差小廝轉告主人有客人求見，小廝卻回答說主人不在家。"但是，譯者卻把它提煉、濃縮為一句簡簡單單的中文。譯者把"取り次ぎ"和"聞けば"化為一體，譯成"出來應客"，十分得體。小廝出來，自然是應客，既應客，必有問有答。這樣"聞けば"落到了實處，"取次ぎ"也不譯自明。簡簡單單的"應客"兩字，把本不易表達清楚、可以有各種設想的文字概括得天衣無縫。此外，從句法上說，譯文把複句化為單句，

卻絲毫也沒有損害原意。

綜上所述，提煉法就是在保留原文信息內容的基礎上提煉譯文，原文是散文，把它提煉成散文詩，原文是散文詩把它提煉成詩，這就是提煉法的本質和特征。下面我們具體考察一下"由散文變成詩"的過程。

例 11　八代夫人という、あの女性もなかなかいいと思うね。教之助氏をちゃんと知っている。<u>見るところはちゃんと見ている</u>。夫の人物というものをちゃんと信用している。もっとも細君だから夫を知っているのは当り前だがね。

這裏的"見るところはちゃんと見ている"的意思，按字面譯，就是"該看到的都看得清清楚楚"。提煉一下就是"事無巨細，盡收眼底"。再提煉一下就是"瞭如指掌"。

譯文：八代夫人，也很不錯。她這個女人很理解教之助先生，對丈夫瞭如指掌。她完全相信丈夫的人品。當然吶，妻子理解丈夫是應該的。

例 12　「俺はこのひとの生存の中にはいることはできはしない。俺は俺の生存の中にしかいないのだ。」そして彼は自分が彼女の心の息吹の中にあるものにぴったりふれることのできないことを感じた。

此例需要提煉的是最後一句，如果詞對詞譯下來，就是"他感到自己不可能做到和她的內心氣息完全相投"，換言之，"他做不到和她氣息相投，心心相印"，再提煉一下，即爲"他做不到和她內心息息相通"。試比較下列譯文，方法不同，效果也不

一樣。

譯文一：他想："我不可能投身於倉子的生活，我只存在於自己的生活圈子裏。"他感到連想接觸堀川倉子胸中的氣息，都是不可能的。

譯文二："我無法投入倉子的生活裏，我只能存在於自己的天地中。"他覺得，要和倉子的內心息息相通，他做不到。

例 13　絵は蕭索とした裸の樹を、遠近と疎らに描いて、その中に掌をうって談笑する二人の男を立たせている。林間に散っている黄葉と、林梢に群がっている乱鴉と、——画面のどこを眺めても、うそ寒い秋の気が動いていないところはない。

譯文一：畫面上或遠或近，疏疏落落畫著幾棵蕭瑟、光禿禿的樹，樹林間站著兩個拍手談笑的男人。不論是撒落地面的黃葉還是群聚樹梢的亂鴉，畫面上處處彌漫著微寒的秋意。

譯文二：畫的是蕭條的寒林，林下站著兩個人正在抵掌談笑，地面散落黃葉，樹梢頭一群亂鴉——整個畫面飄溢著寒秋的氣象。

兩個譯文的最大不同就是第一句的前半句。譯文一基本以詞對詞的形式進行翻譯，譯文二則以提煉法進行了簡譯。原文的"蕭索とした裸の樹"、"遠近"和"疎らに描いて"三大要素被提煉成"蕭條的寒林"五個字。既是"蕭條"，樹林就不可能茂密，自然是稀稀落落，東一棵西一棵，而所謂"寒林"，不言而喻，就是冬天的樹林，光禿禿，一副淒涼的景象。簡簡單單的五個字，卻構成了豐富的想像空間，雖似不夠完整，卻勝過完整

無缺的譯文。至於它的提煉過程，大致可以作這樣的推導，即"蕭索とした"和"遠近"、"疎らに"提煉爲"蕭條"兩字；"蕭索とした"和"裸の樹"濃縮爲"寒林"，然後將兩者合二爲一。不過，這兩個譯文也有一個共同之處，就是都採用了剪裁法，刪去"画面のどこを眺めても"一句。

然而，由於提煉法過多地依賴譯者的中文水平，所以，往往會出現忽視對原文的正確理解與把握，以自己的主觀臆斷進行簡譯的現象。此外，有些場合，還應該根據全文的語境體察作者遣詞造句的用意，並決定是否採用提煉法。一般說來，如果原文的"冗長與繁瑣"是作者刻意追求的結果的話，選擇譯法時一定要慎重。

例 14　あまりにも社会に密着し、これと歩みをともにする大学は、社会とともに栄え、これとともに亡びる。安直に役立つ大学は役には立たない。

譯文：與社會亦步亦趨的大學無疑與社會共榮共亡。大學豈能夠輕舉妄動？

前一半的譯文相當簡潔，其字符不到原文的一半，卻充分表達了原文的信息內容。遺憾的是，後一句譯者沒有弄懂，雖也採用了提煉法，卻成了誤譯。原文的意思是，隨隨便便就能派上用場的大學對社會沒有什麼用處，將文字提煉一下，可譯爲：萬金油式的大學於世無補。

最後再從修辭學的角度來考察兩個例句。

例 15　廊下伝いに座敷へ案內された三千代は今代助の前

に腰を掛けた。そうしてきれいな手を膝の上にかさねた。下に
した手にも指輪を穿めている。上にした手にも指輪を穿めてい
る。上のは細い金の枠に比較的大きな真珠を盛った当世風のも
ので、三年前結婚のお祝として代助から贈られたものである。

譯文：三千代順著走廊被引入客堂後，在代助面前坐了下
來。她那美麗的手疊在一起，擱在膝部，兩只手上都戴著戒指。
上面那只手上戴著一只時髦的金戒指，精緻的金框框裏嵌著一顆
碩大的珍珠。這是三年前代助作爲祝賀新婚送給她的。

例 16　なるほど、清吉はいつの間にかひどく酔っていた。
便所のなかでふと「影は妹のごとくやさしく」という句を思い
出して「影は妹のごとくやさしく」「影は妹のごとくやさし
く」と何度も何度も口のなかでつぶやきながら、部屋にかえる
清吉の足もとはよろよろしていた。

譯文：清吉在廁所裏忽然想出一句詩來，"身影伴我度日
月，溫柔可愛好似她"。於是，他就左一遍、右一遍念叨著他的
詩句，一面踉踉蹌蹌地往回走。看來，他的確醉得不輕。

這兩例，如底線所示，都對原文進行了提煉處理，然而，一
個恰到好處，另一個卻有點過猶不及。"下にした手にも指輪を
穿めている。上にした手にも指輪を穿めている"顯然是作者的
刻意描繪。作者把兩只手分開來寫的目的就是要形成對比，從而
強調上面那只手上碩大的金戒指。因爲它是代助送給三千代的，
如今，三千代又把它展示在代助眼前。兩只手上兩只戒指，份量
卻完全不同。所以用提煉法簡譯，削弱了原文的這層意思，還是

應該按原文照實譯出更能準確表達作者的匠心。

　　例 16 卻又不同，它雖然也提煉了原文中的詩文，讓“左一遍，右一遍”代勞，卻沒有什麼不恰當。因爲詩句的吟咏在這裏除了表示主人公醉酒之外，並無其他深刻含義。當然，換一個角度，說“左一遍，右一遍”僅僅是“何度も何度も”的譯詞，而重覆的詩句被剪掉了，也未嘗不可。但是，又正因爲“左一遍，右一遍”用得自然得體，與兩句詩文正好“接軌”，同時它本身又兼有日語“何度も何度も”的意思，所以把它看作提煉的結晶，亦無不可。

第二節　擬聲擬態詞的翻譯

　　擬聲擬態詞在日語中地位獨特，首先它的數量之多，令人不可等閒視之。日本東京堂等出版社相斷出版了各種擬聲擬態詞辭典，其中一部分爲中型辭書，收詞量超過小型常用日語辭典。至於擬聲擬態詞在日語中的“身價”，日本一位著名的漢學家說得很透徹。他說日語的擬聲擬態詞相當於成語在中文中的地位。成語知道的多寡、運用的好壞，在很大程度上可以體現一個人的中文水平。同樣，擬聲擬態詞的掌握、運用程度在某種意義上可以體現一個人的日語水平。擬聲擬態詞的掌握、運用程度在某種程度上也決定了一個人日語水平的高低。對一個外國人來說，擬聲擬態詞掌握得越多，運用得越嫻熟，他的日語就越道地，就越有日本味。在日本語言學界，擬聲擬態詞是一個重要研究領域，關

於其特徵、分類，學者們的看法至今也沒有完全統一。國內也有不少學者在進行擬聲擬態詞的研究，除論文外，還編輯出版了配有譯文的《擬聲擬態詞辭典》。但是，由於擬聲擬態詞數量極大，分類又很繁雜，在具體語境中語義、語感又常常發生微妙的變化，使人較難把握。因此，全面地、科學地歸納出擬聲擬態詞的譯法，並非易事。這裏只討論擬聲擬態詞中譯時的幾種基本模式及注意事項。

一、擬聲詞盡可能地譯爲中文象聲詞

例1　けい光灯は光のちらつきがひどくなったり、管の両端の內側が黑ずんでくれば寿命がつきている。点灯していると、じいじいとうなるのは、器具をとりつけている部分にゆるみが出ている場合が多い。

譯文：如果日光燈閃得屬害，燈管兩端發黑的話，也就用到頭了。如果日光燈打開後，吱一吱一地響，大部分場合是燈座鬆了。

例2　私の話をだまって聞いていたおじは、私が話し終えると、はっはっと笑ったきりで、いっこうにとり合ってはくれなかった。

譯文：一直緘默不語的叔叔，聽完我的話，哈哈大笑起來，一副不屑理睬的神情。

例3　7日夜半から8日未明にかけ、東京は激しいにわか雨に見舞われ、練馬や世田穀など周辺区ではごろごろと季節は

ずれのかみなりも鳴った。

　　譯文：7日夜至8日凌晨，東京地區遇上特大暴風雨，市中心以外的練馬區、世田穀區等雷聲轟鳴，彷彿隔季之雨。

　　例4　ともかく明るい人がらである。

　　いつでもえがおを絶やさずに、けろけろとよく笑う。

　　譯文：總之，他是開朗的人。無論什麼時候，都能見到他的笑臉，都能聽到他的朗朗笑聲。

二、擬態詞形像翻譯（或曰摹狀翻譯）

　　例5　借金を一度に返せないので、毎月ちょぴりちょぴりと半年かかってようやく半分だけ返した。

　　譯文：借款無法一次還清，只好每月一點點、一點點地還，半年時間過去，才僅僅還掉一半。

　　例6　これが官僚出身政治家の体質である。週囲がぺこぺこする。本人はますます自分が正しいものと錯覚する。

　　譯文：這正是官僚出身的政治家的德性。周圍的人越是點頭哈腰，他便越會產生錯覺，以為自己一貫正確。

　　例7　味もなくにおいもない。ただ油っぽさだけは感じました。手がべたべたするしね。

　　譯文：既不香又沒味，就是油膩。手還弄得粘粘乎乎的。

　　例8　ふと耳に、せんせん、水の流れる音が聞えた。そっと頭をもたげ、息を呑んで耳をすました。すぐ足もとで、水が流れているらしい。よろよろ起き上って見ると、岩の裂目から

こんこんと何か小さくささやきはがら、清水が湧き出ているのである。

　　譯文：突然，耳邊傳來潺潺流水聲。梅洛斯輕輕地抬起頭，屏住呼吸、傾耳細聽。流水聲好象就在腳下。梅洛斯搖搖晃晃站起身一看，果然從岩石的裂縫中一股清泉咿咿呀呀低聲淺唱著走到他眼前。

三、無聲無態的詞語抽象翻譯爲主

　　日語的擬聲擬態詞中，有一些既不擬聲又不摹狀，如"そこそこ"、"しっかり"、"はっきり"、"うっかり"、"ちょっと"等。這些詞在本質上更接近副詞、形容詞和形容動詞，有時還可以用作動詞。這類詞語翻譯時無需擬聲也無需擬態，把意思譯明白即可。

　　例9　うず高く書類を積み上げてしまった。今にもひっくり返りそうでうっかりそばを通ることができない。

　　譯文：文件堆得太高，似乎立刻就要倒塌下來，從它旁邊走過，不得不倍加小心。

　　例10　昨日、四十そこそこの男性があなたをたずねてきた。

　　譯文：昨天一個四十歲左右的男人來找過你。

　　例11　N.Yなど、新劇で演技もしっかりしている俳優は、さすが実力にものをいわせる。

　　譯文：在紐約，演技爐火純青的話劇演員確實是靠實力說

話。

例 12　不動産の売買契約は、夏のボーナス期をひかえた 4、5 月ごろがいちばん多く、ことしもそろそろ売り出しシーズン。

譯文：簽定不動產的買賣契約在夏季獎金發放之前的 4、5 月份最多。今年眼見得又到了動銷季節。

擬聲擬態詞除了這三種最基本的處理方法外，還應注意以下事項。

㈠注意中文象聲詞語的選擇。由於中日兩國文化背景不同，中日文在擬聲方面有一些不同，有些場合不能簡單地音譯日語擬聲詞，有時甚至不宜音譯。

例 13　リーン。始業ベルがなると、外で遊んでいた者はワーと言いながら教室におしよせる。

譯文一：鈴──。上課鈴一響，在外面玩耍的學生們哇地一聲擁向教室。

譯文二：丁零、丁零上課鈴一響，在外面玩耍的學生們"噢──、噢──"地叫喊著擁向教室。

例 14　修学旅行バスに、悪魔のよいな無謀トラックが真正面から飛びかかり、あっという間に大惨事を引き起こした。

譯文：一輛莽撞的卡車像著魔似地從正面衝向學生畢業旅行大巴士，"啊"地一瞬間，釀成一場慘禍。

這例中的"'啊'地一瞬間"改為"轉瞬間"較好。此外，不少動物的叫聲、中日文擬音方法不同，翻譯時需要注意。如鹿的

叫聲，日語多用"クークー"，中文則是"呦呦"；青蛙日語用"ケロケロ、コロコロ"，中文用"呱呱"；母鶏日語是"ヒヨヒヨ"，中文是"咕嗒、咕咕、咯咯"等。

㈡注意擬聲擬態詞的一詞多義現象。

例15　1年生Nちゃんが人混みに押されて転倒、くちびるを切ってしくしく泣き出した。

譯文：一年級的N在人羣中被擠倒在地，摔破了嘴唇，抽抽搭搭地哭了起來。

例16　「何だかしくしくいうよだが……」
「ええきっと風邪を引いてのどが痛むんでございますよ。」

譯文："怎麼搞的，鼻子吭吭地不通氣？"

"唉，肯定是感冒了，喉嚨痛得厲害。"

例17　北上市の施設で散髪を終え、そこに泊まった。その晩、午前1時すぎから、腹がしくしく痛み出した。

譯文：那天，我在北上市的福利院理完髮，便住下了。沒想到半夜一點多，肚子絲絲拉拉地痛起來。

例18　しょうゆなどのしみは、すぐに水の中でしゃぶしゃぶとやれば、たいていの場合はきれいろ落ちます。

譯文：染上點醬油漬什麼的，立刻放到水中輕輕搓洗一下，一般都不會留下痕跡。

例19　今晩、私の家で一緒にしゃぶしゃぶを食べましょうか。

譯文：今晚到我家吃涮涮鍋，怎麼樣？

例 19 中的"しゃぶしゃぶ"已經不是擬聲擬態詞,而是名詞。不過,兩者既同形又同源,所以也列在這裏。

㈢注意清、濁音與擬聲擬態詞的意義變化。

這裏的"變化"不是指語感上的變化,而是指詞義的根本轉變。有些表面上清濁成對的擬聲擬態詞在詞義上相差甚遠,不可同日而語,混爲一談。

例 20　どんな補聴器をつけても、会話はみらみらとはゆかない。

譯文:不管戴上什麼助聽器,會話也流利不起來。

例 21　つゆの晴れ間には、アパートのベランダにずらずらと干し物が並ぶ。

譯文:黃梅季節裏的晴天,公寓的陽臺上全是曬著的衣服。

例 22　夜ともなるとこっそりごみを捨てにくる人が多く、関係者は頭を悩ませている。

譯文:一旦夜幕降臨,就有很多人偷偷來扔垃圾,使有關方面大傷腦筋。

例 23　指を使って、なるべくごっそり、取り出す。

譯文:用手指盡量把全部都搞出來。

這類詞語還有"へとへと、べとべと"、"そろそろ、ぞろぞろ"、"へたへた、べたべた"、"くたくた、くだくだ"等。

練習

一、翻譯下列短文

1. 笹野が溝井の死を知ったのは、翌日の朝食の時だった。
……

「どうかしたんですか」
朝食を運んできた看護婦に笹野が訊くと、
「実はお隣りの溝井きんが急に亡くなったんです」
看護婦は声を落として言った。
「そんな馬鹿な」
それを聞いた時、笹野は思わずそう叫んでいた。

2. 手紙では失礼になることばなども、電報では、場合によって用いることがある。たとえば「残念ながらきょうの会には出席いたしかねます。あしからず。」という手紙文を電報で送る場合、これをそのまま、

　　　ザンネンナガラキョウノカイニハシェッセキイタシカネマスアシカラズ

とはしないで、かんたんに

　　　キョウユケヌ

とする。これで十分用が足りるのである。

3. 姫君はそういう父母といっしょに、六の宮のほとりにある、木高い屋形に住まっていた。六の宮の姫君というのは、その土地の名前によったのだった。

4. 一部の学校、児童だけを対象にした英才教育で、現場の混乱を招くだけ。過重な教育課程のなかで教師も児童もあっぷあっぷしているときに、英語教育を押しつけるのはおかし

い。

5. 暫らくすると、下のおばさんが階段を上がって来に。「さっきは子供にどうも！」と云って、いつになくニコニコしながらお礼をのべて下りて行った。

6. 私は朝顔をこれまで、それほど、美しい花とは思っていなかった。一つは朝寝坊で、咲いたばかりの花を見る機会がすくなかったためで、多く見たのは日に照らされ、形のくずれた朝顔で、その弱々しい感じからも私はこの花をあまり好きになれなかった。ところが、この夏、夜明けに覚めて、開いたばかりの朝顔を見るようになると、私はその水々しい感じを非常に美しいと思うようになった。カンナと見較べ、ジェラニアムと見較べて、この水々しい美しさは特別なものだと思った。朝顔の花の生命は一時間か二時間といっていいだろう。私は朝顔の花の水々しい美しさに気づいた時、なぜか、不意に自分の少年時代を憶い浮べた。あとで考えたことだが、これは少年時代、すでにこの水々しさは知っていて、それほどに思わず、老年になって、初めて、それを大変美しく感じたのだろうと思った。

二、比較下列譯文

1. 私どもの眼から見ますと、大殿様が良秀の娘を御下げにならなかったのは、全く娘の身の上を哀れに思召したからで、あのように頑な親の側へやるよりは御邸に置いて、何不自由なく暮させてやろうという有難い御考えだったようでございます。

譯文一：依我這種人的眼光來看，老爺不放良秀的女兒，是出自一番好意，完全是從憐惜姑娘本人著想的，覺得與其讓她在頑固的父親身邊，還不如安置在府邸裏，自自在在地生活更好。

譯文二：在我們看來，大公不肯放還良秀的女兒，倒是爲了愛護她，以爲她去跟那倔老子一起，還不如在府裏過得舒服。

2. 良秀が、あの一人娘の小女房をまるで気違いのように可愛がっていた事でございます。先刻申し上げました通り、娘も至って気のやさしい、親思いの女でございましたが、あの男の子煩悩は、決してそれにも劣りますまい。何しろ娘の着る物とか、髪飾とかの事と申しますと、どこの御寺の勧進にも喜捨をした事のないあの男が、金銭には更に惜し気もなく、整えてやると云うのでございますから、嘘のような気が致すではございませんか。

譯文一：我要說的是，良秀簡真像發瘋般地疼愛著他那做了侍女的獨生女兒的事。像我在前邊說過的那樣，這姑娘是性情溫和、孝順父母的女孩子。而這位父親溺愛起來，也決不比女兒差些。不管是哪個寺院勸布施，分文不肯施捨的這個良秀，對姑娘的穿著啦、裝飾品啦，卻是一點兒也不吝惜金錢，爲她置備，簡直叫人不大相信哩！

譯文二：原來良秀對獨生女的小女侍，愛得簡直跟發瘋似的。前面說過，女兒是性情溫和的孝女，可是他對女兒的愛，也不下於女兒對他的愛。寺廟向他化緣，他向來一毛不拔，可是對女兒，身上的衣衫，頭上的首飾，卻毫不吝惜金錢，都備辦得周

周到到，慷慨得叫人不能相信。

3.お互いに一つの心配を持つ身となった二人は、內に思うことが多くてかえって話しは少ない。何となくおぼつかない二人の行末、ここで少しく話しをしたかったのだ。民子はもちろんのこと、僕よりも一層話したかったに相違ないが、年の至らぬのと浮いた心のない二人は、なかなか差向いでそんな話は出来なかった。

譯文一：因爲兩人有共同的擔憂，百感交集，話語卻反而少了。不知爲什麼，兩人對於共同的命運總是忐忑不安，多麼想在這裏傾訴一番啊。不消說，民子肯定比我更想談。但我們兩人還不到那年齡，又沒有到強烈的異性相引的地步，於是，彼此相對無言。

譯文二：兩人彼此懷著一腔共同的心事，想得很多，卻說得很少，總覺得前途未可樂觀，於是都想互傾衷腸。當然民子比我更感到有此必要。但是終因年幼，又是情竇初開，羞羞答答，難以啓齒。

4.たとえ一瞬でも自分がそんな考え方をしたことを不思議に思った。まだ夢を見ているのかも知れない。

譯文一：她覺得奇怪，爲什麼自己會產生這種想法。雖說是一瞬間的想法，也是奇怪的。也許還沒從夢裏醒過來吧。

譯文二：她覺得奇怪，自己怎麼會閃過這種念頭，也許還沒從夢裏醒過來吧。

5.良秀の娘とこの小猿との仲がよくなったのは、それから

の事でございます。娘は御姫様から頂戴した黄金の鈴を、美しい真紅の紐に下げて、それを猿の頭へ懸けてやりますし、猿は又どんな事がございましても、滅多に娘の身のまわりを離れません。

　　譯文一：從此，良秀的女兒和這個小猴子就成了要好的朋友。姑娘把小姐賜給她的金鈴，拴上火紅的飄帶，繫到小猴的脖頸上。而不論遇到什麼事小猴也都不離開姑娘的身邊。

　　譯文二：從此以後，良秀女兒便和小猴親熱起來。女兒把公主給她的金鈴，用綢緣繫在猴兒脖子上。猴兒依戀著她，不管遇到什麼總繞在她的身邊不肯離開。

　　6.そして、彼は静かに眼を開いて歩みつづけた。すでに彼の体内からぶち上ってきた暗いあつい思いは、引き潮のように消え去っていた。彼はそのいやな、如何にも処理しがたいその思いの湧き上ってきた、そしてそれが去ったあとも、なお黒い炎か何かのように感情の斑点の残っている自分の心臓の辺りを見つめながら歩いて行った。

　　譯文一：他悄悄地睜開眼睛，又繼續走路。從他身上散布出來的愁雲慘霧，像退潮一般不見了。但是，一些儘管厭煩卻無法排解的思緒，總是湧上他的心頭；而這思緒退潮之後，又總是留下情感上的斑痕。他一面注視著自己的一顆心，一面趕路。

　　譯文二：他慢慢睜開眼睛，重新走起來。這些陰沉沉、火辣辣的回憶，已經像潮水一般退了下去。每當這類討厭而又難以排遣的回憶過後，他的心情更加黯然，感情上留下斑斑傷痕。北山

一面走，一面捉摸自己的心情。

7. 遥かの山の空はまだ夕焼の名残の色がほのかだったから、窓がラス越しに見る風景は遠くの方までものの形が消えてはるなかった。しかし色はもう失はれてしまってゐて、どこまで行っても平凡な野山の姿が尚更平凡に見え、なにものも際立って注意を惹きやうがないゆゑに、反ってなにかぼうっと大きい感情の流れであった。

譯文一：在遙遠的山巔上空，還淡淡地殘留著晚霞的餘輝。透過車窗玻璃看見的景物輪廓，退到遠方卻沒有消逝，但已經黯然失色了。儘管火車繼續往前奔，在他看來山野那平凡的姿態顯得更加平凡了。由於什麼東西都不十分惹他注目，他內心反而好像隱隱地存在著一股巨大的感情激流。

譯文二：遠山的天空還殘留一抹淡淡的晚霞。隔窗眺望，遠處的風物依舊輪廓分明。只是色調已經消失殆盡。車過之處，原是一些平淡無趣的寒山，越發顯得平淡無趣了。正因為沒有什麼尚堪寓目的東西，反倒激起一股莫名的惆悵。

第七講　變譯——同形漢字詞的翻譯

第一節　變　譯

一

　　所謂變譯，在翻譯中是指根據不同的情況，對原文作出不影響原文信息內容表達的、非原則性變通。它的特點是，行文不拘一格，靈活多變，在思維方式上，在表達形式上，在句子結構上都可以打破原文的程式，以獨特的、新穎的形式完成語際間的轉換。下面，請先看一個中文例子。

　　例1　清明時節雨紛紛，

　　　　　路上行人欲斷魂。

　　　　　借問酒家何處有？

　　　　　牧童遙指杏花村。

　　這是唐朝詩人杜牧的名篇。有人把它改爲小令。

　　清明時節雨，

　　紛紛路上行人。

　　欲斷魂。

　　借問酒家何處？

　　有牧童，

　　遙指杏花村。

又改爲戲劇小品。

〔清明時節，雨紛紛〕

〔路上〕

行人：（欲斷魂）借問酒家何處有？

牧童：（遙指）杏花村！

這種改動雖含有文字遊戲的成份，卻新奇大膽，給人啓迪。雖然原文結構被改動得面目皆非，但其實質內容卻基本沒有變化，做到了寓不變於萬變之中。

在翻譯中，這種變通從翻譯的結果——譯文來看，可分爲形式變通和非形式變通。前者主要指詞性轉換、句型句式轉換和正反表達等。這種變通的特點是，譯文與原文互爲因果，互爲依據，可以進行直觀的對比。非形式變通，則是脫離了原文的變通，譯文與原文無法直接對應，甚至表面上風馬牛不相及，但是，在實質上，變通不過是改變了原文的外包裝，在骨子裏，在信息內容的轉達這一關鍵問題上卻沒有質的變化。其實，變譯的目的正是爲了更準確地轉達原文的信息內容。

從翻譯的過程來看，無論是形式變通還是非形式變通，又都可以分爲消極變通和積極變通。消極變通就是原文與譯文在語言、文化等方面差異過大，用其他翻譯方法不能很好地解決問題，迫使譯者打開思路，開動腦筋，尋找新穎、獨特的譯法。積極變通則是原文並沒有逼迫譯者去進行變通，但是，爲更好地表達原文，譯者自己主動積極地進行變通。

如果用上述理論來考察例 1 的話，很明顯例 1 屬於形式變

通，同時又屬於積極變通，這是因為變通後的文字不僅與原文互為依據，而且變通本身亦是人的主動行為，雖然這種變通本身並不是翻譯。

形式變通與非形式變通，消極變通與積極變通是變通問題的兩個方面，它們相輔相成，很難絕對分開。談形式變通離不開消極變通和積極變通；談消極變通同樣也離不開形式變通和非形式變通，所以，我們把兩者合二為一，進行探討研究。

二

例2　自民党はら・リ・る・れ・ろに負けに。一に乱立、二に倫理、三にリーダーへの批判、四には率で、五に累積、六に連携、七は老齢。

譯文：自民黨敗在泛濫、低下、失信、投票率、積怨、聯合和老齡化這七個詞上。第一，候選人泛濫；第二，道德水準低下；第三，首相失信於民；第四，投票率低；第五，人們積怨如山；第六，在野黨聯合；第七，候選人老齡化。

這是一例較為典型的消極變通例句。文章談的是選舉，把自民黨失敗的原因簡要地用「ら行」的五個假名──即後述七個詞語的第一個發音來表示。然而，中文很難再保持原文的這一特色，不得不打破常規，另想辦法，以表面的不對應來完成雙語在信息內容上的對應。也就是說，原文迫使我們放棄思維定勢，去變通、去翻譯。同時從形式上看，這一例又是典型的非形式變通，譯文與原文在字面上差距過大，無法一一對應。

例 3　隣の客はよく柿を食う客だ。

東京特許許可局

李も桃ももう売れた。

　這是一組繞口令。由於中日文發音迥異，無法用常規辦法譯出，不得不有所突破，"大膽改革"，把它們譯成道地的繞口令。比如第一句如譯成"旁邊的客人是位老吃柿子的客人"，繞口令的味道就不足，不如大膽地變譯為："客房的客人是位老吃客飯的客人"。因為在繞口令中，意義並不很重要，只是構成繞口令的輔助因素，關鍵是要巧妙地交叉運用聲、韻、調容易混同的文字。繞口令實際上只是一種語言遊戲，所以，絕大部分場合，不妨大膽變譯。不過，為了對原著和讀者負責，可以在譯文後加注說明。

　譯文：客房的客人是位老吃客飯的客人

　特區特許許可局

　麥子蕒子全賣了

　與繞口令同樣難以處理的還有數數歌。它們或用諧音，或用藏頭，把數字融入具有獨立意義的詞語中，形成一種既容易記又詼諧的數數歌。翻譯時往往需要變通，不然，照實譯出，無法保持諧音、藏頭等效果，使數數歌變得索然無味。

　例 4 無花果（いちじく）人参　山椒（さんしょう）に　椎茸（しいたけ）　牛蒡（ごぼう）に　零余子（むかご）　七草初茸（はつたけ）　胡瓜（きゅうリ）に　冬瓜（とうがん）

　這是一首巧用植物名稱編成的藏頭數數歌。如不變通，很難

翻譯。但是，如果大膽放棄原文植物，改塡其他植物，是可以譯得有滋有味的，只不過文後需要加注。

譯文：薏米、兒茶、三色董；四季海棠、五加皮；留蘭香、七葉樹、巴豆、韭菜、十樣錦。

例 5　パーティーでは、たとえ初対面の相手であっても、天気のような無難な話題から切り出すようでは、その曲のなさに、たちまちあきられ、逃げだされてしまうでしょう。

譯文：在晚會上，即使是初次見面的朋友，如果一見面就談論天氣這類平淡無奇的話題，對方立刻會覺得厭煩、沒有意思而逃之夭夭吧。

這也是一例消極變通的例句。但是與上兩例不同的是，它同時又是形式變通的譯例。文中的兩個被動態很難相應地都譯成被動態，如譯成“就會立刻被對方覺得厭煩，被對方立刻逃之夭夭吧”，則中文不通。至少要改變其中一個語態。所以，它是消極變通，同時，變通又僅僅限於句型的轉換，尙屬形式變通的範圍。

總而言之，消極變通，無論是形式變通還是非形式變通，都是在無路可走情況下的應急之舉。然而，雖是應急，卻應該化消極爲積極，打開思路，找出切實可行的譯法。

三

在翻譯實踐中，比起消極變通，人們使用更多的是積極變通。所謂積極變通，顧名思義，就是變亦可，不變亦無不可的地

方，譯者爲了更好地表達原文，主動積極地進行變通。這種積極變通大致表現在以下幾個方面：

㈠詞語的變通

例6　廊下では子供たちが走ったり毬を投げたりしていた。四階の九号室と向いあった十三号室では会津若松から来た三浦さんが、同室の人たちに酒をふるまって米山甚句やら、さんさ時雨やらを唄っていた。

譯文：孩子們在走廊裏奔跑著玩皮球。四樓九號正對面的十三號裏，從會津若鬆來的三浦正向同室的人們讓酒，嘴裏哼著米山和宮城的小調。

這例中的“米山甚句”是“新潟”的民謠，米山是山名，也是地名，“甚句”則是一種由“七、七、七、五”形式組成的民謠。“米山甚句”在日本頗爲有名，照實譯出來雖未嘗不可，但讀者卻多少有點不明就理。當然可以加注，但太煩瑣，又無此必要。因爲在整篇小說中，“米山甚句”別無其他深意，也不影響情節的發展變化。所以，不如變通一下，譯成“米山小調”，倒親切自然，易於被讀者理解。“さんさ時雨”同樣也可以刪繁就簡，譯成“宮城小調”。

例7　わたしの先輩の酒飲みの一人は、翌日になると実にけろりとして、前夜の酒中の言動について、全く記憶がないと言う。わたしはそれはうそだ、全然覚えていないなどということがあるものかと、固く信じてもおり、御本人に向って言いもしてきた。狸寝入りではないが、ああまでなんにも覚えてい

ないと言うのは、狸のそらとぼけに違いないと、批難してきた。

譯文：我的學長中有一位酒鬼，酒後第二天醒來總說對前一天晚上的酒中言行毫無印象。我自然一點兒也不信，並當面指責他說，這眞是胡扯，怎麼可能一點也記不住呢？你酣然大睡固然不是狐狸的裝睡，可是你如此健忘卻無疑是狐狸的裝蒜。

這例的變通是把“狸”改成了“狐狸”。因爲把“狸”譯成“貉”，中國人較生疏，同時也較難與“狡猾”等抽象意義聯繫起來，不如積極變通，譯成“狐狸”，讓人易於接受。不過，爲了對原文負責，可加注說明。

以上兩例從形式上看，又都屬於非形式變通，因爲在形式上，譯文與原文已無法對應，兩者不是單純的形式轉換。

㈡句型句式的變通

例8　太陽は入江の水平線へ朱の一点となって没していった。……いそからは、満潮のさざめき寄せる波の音が刻々に高まりながら、浜藻の匂いをこめた微風に送られて響いて来た。

譯文一：太陽成爲鮮紅的一點，隱沒到海灣的水平線下。帶著藻類氣味的微風從海邊吹來，送來滿潮時一陣陣此起彼伏的波浪聲。

譯文本可以按原文句型譯成被動態，但譯者從表達效果出發，互換“波の音”和“微風”的地位，把原文譯成主動句。如果按原文句型譯出，如譯文二，效果確實要差一些。

譯文二：……滿潮時一陣陣此起彼伏的波浪聲，被帶著藻類

氣味的微風從海邊吹來。

例 9　笹野の若い友人で、三十代半ばで急死した男がい
た。夜中に苦しそうな呻き声を出したので、細君がびっくりし
て眼をさまし、ゆり起こそうとした時はすでに死んでいたとい
うことだった。

譯文：笹野有個年輕的朋友，三十五、六歲，卻突然謝世。
半夜裏他痛苦的呻吟把老婆驚醒了，可是，當老婆想把他推醒
時，他已經死了。

這例的第二句較複雜，到“……時は”爲止是主句的連用修
飾語。這個修飾語本身又內含一個複句。其子句主語沒出現，應
該是“夫”或“彼”。但是，譯文的句子結構顯然有別於原文。
首先，它是轉折複句，原文中充當“時”的連體修飾語內的因果
複句也化成了主－賓－謂結構，即“呻吟把老婆驚醒了”。

下一例則是把陳述句變成疑問句。

例 9　無為徒食の彼には、用もないのに難儀して山を歩く
など徒労の見本のやうに思はれるのだったが、それゆゑにまた
非現実的な魅力もあった。

譯文：終日無所事事的他，在疏散無爲中，偏要千辛萬苦去
登山，豈不是純屬徒勞麽？可是，也惟其如此，其中才有一種超
乎現實的魅力。

㈢正反表達

例 10　ところが、どういうものか、今度はそういうわけ
にはいかなかった。いつまでも熱っぽさや倦怠感が去らず、食

—184—

欲も無く、不快な気分がとれなかったのだ。そこで彼は、その総合病院の診断を受けてみることになった。

譯文：可是，這回<u>不知怎麼搞的</u>，事情就沒有這麼簡單，總覺得<u>有熱度</u>，<u>人也終終感到疲乏</u>，不想吃東西，<u>鬱鬱寡歡</u>，於是，他就進了這家綜合醫院接受檢查。

這例如底線所示，共有四處譯者進行了正反表達。

例 11　笹野は秋山部長刑事の説明を聞いて、慄然とした。恐らく犯人は真夜中にそっと溝井の部屋に忍びこみ、眠っている溝井の腕に注射したのだろう。

「庭は調べたのですか。」

「掘り返してみましたよ。やっぱリ死骸が出てきました。」

笹野は息をのんだ。

譯文：聽完秋山警長的介紹，笹野毛骨悚然。也許兇手正是半夜潛入病房，在熟睡的溝井手臂上注射毒藥的吧。

"院子檢查了嗎？"

"重新挖了，果然有屍體。"

笹野不覺倒吸一口冷氣。

最後一句當然可以從正面譯為"笹野屏住呼吸"，但遠遠不如反譯來得生動、準確。

例 12　代助は月に一度は必ず本家へ金をもらいに行く。代助は親の金とも、兄の金ともつかぬものを使って生きている。

譯文：代助每月在一定要回家取一次錢，他的生活來源又像依靠著父親，又像是依靠著哥哥。

原文本來是說代助搞不清到底是在花父母的錢，還是在花兄長的錢生活。譯者從反面著筆，正話反說，卻也表達了同樣的意思。

從形式上看，正反表達基本上屬於形式變通的範疇。

㈣思路變通

這種變通的特點是，打破原文的思路，以奇制勝。本來，按原文思路翻譯並沒有問題，但是，爲了更好地表達原文，更加切近原文，更加符合中國人的語言、文化習慣，可以大膽變通，改變原文的思路進行翻譯。從表面上看變通部分似乎游離原文，然而它卻在更高層次上忠實於原文。關鍵是要做到放得開、收得攏，萬變不離其宗。這個"宗"，就是原文的信息內容。要站得高，要顧全大局，有時甚至要有丟卒保車的氣魄和勇氣，以求得譯文在整體上更準確地體現原文的內容。

同時，又由於這種變通是一種人爲的、創造性的行爲，所以要求譯者有較高的文學、藝術修養，掌握好分寸，把握住火候，避免譯文變質、變性、變異、變味，嚴格地把變通控制一定的範圍內。初學者更要謹慎，不能隨隨便便借題發揮。翻譯是創作，但是，它又不是普通意義上的創作，它是在原文框架內的創作。如果生花妙筆出牆來，也就無所謂翻譯了。

例 13　新公は彼女が騷がないのを見ると、今度は何か思いついたように、短銃の先を上に向けた。その先には薄暗い中

に、琥珀色の猫の目がほのめいていた。

「いいかい？お富さん。——」

新公は相手をじらすように、笑いを含んだ声を出した。「この短銃がどんと言うと、あの猫がさかさまにころげ落ちるんだ。お前さんにしても同じことだぜ。そらいいかい？」

譯文：老新見她不鬧了，又不知怎樣轉了一個念頭，把槍口向上，對準了正在暗中睜大兩只綠幽幽眼睛的貓兒。

"我就開槍，阿富，行麼……"

老新故意讓她著急似的，笑著說："這手槍砰的一聲，貓兒便倒栽蔥似地滾到地上來了，先給你做個榜樣看看，好麼？"

原文的倒數第二句顯然是譯文的精采之處。如譯成"你也同樣如此"，就沒有現在的譯文傳神，威脅的口氣也有所減弱。同時老新的形象也不如現在呼之欲出。現在的譯文，變通得恰到好處，不溫不火，令人耳目一新。

例 14　二桐はあっけにとられて、襟子の眉を、見極めようとした。鋭くきよらかな眉だった。氷のような熱情の霧が浮いていた。

譯文一：二桐猛吃一驚，目光銳利地射在襟子的眉頭。那是多麼清澈、秀麗的眼眉啊！脈脈的深情，在眉心裏蕩漾。

譯文一雖然沒有什麼大問題，卻不夠傳神，尤其是最後一句，譯得不到位。分析原文，無非是這樣的意思，襟子外表像冰一樣沉靜，內心卻又熱情奔放，而這一切體現在眉宇間時，卻如"霧"一樣似有似無，看得見，卻抓不住。簡簡單單一句話，卻

說出一個人性格的兩個方面。所以，翻譯時要抓住"冰"和"熱情"這對反義詞以及它們的中心詞"霧"來作文章。但是，如果從字面上無法把三者有機地結合起來，不妨打破原文的束縛，別出心裁地進行翻譯，以表面的不對應來達到精神內容的對應。

譯文二：二桐愣住了，兩只眼睛緊緊地盯著襟子的秀眉，想看個明白。那是多麼清澈的秀眉啊。眉宇間含烟似水，若霧若冰，卻又熱情奔放。

例 15　芥川竜之介。「この頃ボクは、文ちゃんがお菓子なら頭から食べてしまいたい位可愛いい気がします。嘘じゃありません。文ちゃんがボクを愛してくれるよりか、二倍も三倍も、ボクの方が愛しているような気がします」。すなおな手紙だ。竜之介はやがて「文ちゃん」こと塚本文と結ばれる。竜之介二十七歳。文十九歳。

這例選自一篇題為"情書"的文章。按原文譯出雖然也可以，但是還是變譯為好。因為"文ちゃんがお菓子なら頭から食べてしまいたい位可愛いい気がします"的說法，中國人不太容易接受，人們很難把愛和吃人聯繫到一起。所以，不妨積極變通一下，把"吃"譯成"含"，使譯文在總體上更好地表達原文，表達芥川龍之介對戀人的愛。

譯文：芥川龍之介在情書中寫道："阿文，我現在真是太喜歡你了，如果你是一塊點心，我真想把你整個地含在嘴裏。真的，不是騙你，比起你對我的愛，我愛你勝過兩三倍。"真是一封坦誠的情書。不久，龍之介便和這位阿文——塚本文結為連

理。是年，龍之介 27 歲，阿文 19。

例 16　独リで寂しい昼飯をすませた彼は、ようやく書斎
へひきとると、なんとなく落ち着きがない、不快な心もちを鎮
めるために、久しぶりで水滸伝を開いてみた。偶然開いたとこ
ろは豹子頭林冲が、風雪の夜に山神廟で草秣場の焼けるのを望
見する件である。彼はその戯曲的な場景に、いつもの感興を催
すことができた。

譯文一：他孤零零地吃完了冷冷淸淸的午飯，這才回到書房
來。不知怎的心神不定，很不痛快。爲了使心情寧靜下來，他翻
開了好久沒看過的《水滸傳》。順手翻到風雪的夜晚豹子頭林衝
在山神廟看到火燒草料場那一段。戲劇性的情節照例引起了他的
興致。

譯文二：獨自冷淸淸吃完了午飯，終於進了書房。爲了使不
快的心情平靜下來，拿起了好久不翻的《水滸傳》，一打開便見
到豹子頭林衝風雪山神廟，從酒店出來，望見草料場失火，這個
戲劇性的場面，引起了他平時的興趣。

這例選自芥川龍之介的小說《戲作三昧》。兩個譯文的最大
不同就在於劃有底線的部分。譯文一是如實翻譯，譯文二做了較
大的改動，因爲原文把《水滸》中的情節寫錯了。這也是一種變
通，但是，需要加注，說明原文有誤。其實，譯文一也應該加
注，以免讀者生疑，以爲是誤譯。碰到這種情況，變通不變通，
都可以，但是，一定要加注說明，防止產生誤解。

總之，變通是一種翻譯技巧，目的是爲了更好地表達原文的

信息內容。所以，運用這一技巧的關鍵是掌握火候，做到不溫不火、恰到好處，給人耳目一新卻又並不出格的感覺。

第二節　同形漢字詞的翻譯

日語裏有不少與中文同形的漢字詞，對中國人而言，它有一定的便利之處，但是，其弊遠遠超過其利，業已成為日中翻譯的一大誤區。它更容易使譯者忘記語境，忘記辨明兩者在語義、修辭色彩、文體等諸多方面的不同，而簡單地轉用同形漢字詞。其實，同形漢字詞在語義等方面完全相同或極其相近的為數並不很多。詞義雖有部分重疊，但意義不完全等同或相差較大的同形漢字詞也佔有相當的比例。此外，還有一些意義相去甚遠，完全風馬牛不相及的同形漢字詞。其實，即便是形同義同的同形漢字詞翻譯時也不能一味地照搬，也要根據語境，隨機應變，以求準確表達原文的信息內容。

例1　病人のそばをはなれてゐたいといふのではない。しかし、縫ひものとか編みものとかは気が滅入った。同じ夫を思ふにしても、畑仕事をしながらの方が心明るい希望が持てた。京子は無心で夫にたいする愛情にひたるために菜園へ出た。

譯文：並不是想要離開病人，但是在病人身旁縫衣服啦織毛線啦，總不免使人精神越來越消沉。同樣是惦記著丈夫，種菜的時候卻又不同，它使人感到光明和希望。京子不知不覺地為了咀嚼對丈夫的愛情而從事起種菜勞動來了。

例2　たしかになかには、日本土産が料理屋で無心したハシ一本という極端な「ケチ」もいる。しかし、それが「ケチ」であるか「合理主義」であるかは議論の分かれるところであろう。

譯文：當然，也不乏出格的“小氣鬼”。他們在小飯館索取一雙木筷，便當作禮物從日本帶回國。然而，這是“小氣”還是“合理主義”，仁者見仁，智者見智。

例3　彼はふと斜め前のシチェー屋の店先で、皿に口をつけている男の姿に眼をとめた。……彼はその男の無心に動かす口の辺リを見ていた。それは厚い唇をもった口であった。そしてその口が皿の上で濡れて赤く輝いている。

譯文：驀地他看見斜對面荣館門口有個男人在舔盤子。……他望著那人專心致志在舔盤子的嘴巴。嘴唇很厚，舔得濕漉漉的，油光晶亮。

例4　家を出る時、嫂から無心を断られるだろうとは気づかった。けれどもそれがために、おおいに働いて、自ら金を取らねばならぬという決心は決して起し得なかった。

譯文：走出門時，代助就擔心借錢的事會遭到嫂子的拒絕的。但是代助現在也並不因此受到多大刺激而下決心努力憑自己的雙手掙錢生活。

例5　襟巻を枕に敷き、それを鼻の下にひっかけて口をぴったり覆ひ、それからまた上になった頬を包んで、一種の頬かむりのやうな工合だが、ゆるんで来たり、鼻にかぶさって来た

リする。男が目を動かすか動かさぬうちに、娘はやさしい手つきで直してやってゐた。見てゐる島村がいら立って来るほど幾度もその同じことを、二人は無心に繰り返してゐた。

譯文：男人把圍巾枕在頭下，繞過鼻子，嚴嚴實實地蓋住了嘴巴，然後再往上包住臉頰。這像是一種保護臉部的方法。但有時會鬆落下來，有時又會蓋住鼻子。就在男人眼睛要動而未動的瞬間，姑娘就用溫柔的手勢，把圍巾重新圍好。兩人天眞地重複著同樣的動作，使島村看著都有些焦灼。

以上 5 例，都沒有轉用同形漢字詞，而是抓住詞語的確切含義進行翻譯的。

例 6　北山年夫は以前彼が心の底からどうしても愛することの出来ない女を恋人にしていたことがあった。それはいわば彼が失った恋人の代理の恋人といったようなものであった。彼が愛していた女ははやく彼のもとを去ってしまっていた。

譯文一：北山年夫以前曾把怎麼也不能從心底裏去愛的女人當作戀人。也就是說她是他先前失去的那一位戀人的代理者。他愛過的女人早就離開他了。

譯文二：北山年夫有過一個戀人，但從沒打心眼裏愛過她。或者說她是北山從前失去的另一個戀人的替身罷了。北山愛過的那個姑娘，卻早就離他而去。

例 7　（前接第三講第一節例 7）彼は彼女を恋人の代理として取り扱い、そういう風に彼女を愛した。

譯文：他把她當作愛情的代理人，就用這樣的態度愛著她。

譯文二：他李代桃僵，拿她權且充當自己的意中人，跟她不過是虛應故事而已。

以上四個"代理"，譯法差異較大。日文的"代理"與中文的"代理"，形同義近，但其譯法的上下之分，還是十分明顯的。

例8　荒木は、その五十日後の十二月十三日、若槻内閣に代わった犬養内閣に、陸軍大臣に任ぜられたのである。部内、というよりも中堅幕僚の絶大な期待、部外者の異常の驚異のうちに、かれは悠然と陸相の椅子に腰を下した。かれの得意の容姿、想像するだに愉快である。

譯文：荒木終於在五十天後的 12 月 13 日，即若槻內閣倒台的第二天，被任命為犬養內閣的陸軍大臣。在軍部、特別是在骨幹將校的厚望和軍外人士的異常驚詫裏，荒木悠然地坐上了陸軍大臣的寶坐。但是，他的得意忘形卻使人覺得荒唐可笑，難以想像。

此例摘自反戰回憶錄，其中的同形漢字詞"愉快"，稍有不慎，就會譯反，徹底改變原意。因此，必須結合全文語境進行翻譯。

例9　私は、しかし、日本の鎖国についていささか他と異なる見解を持っている。もしも、あの時代に鎖国を行なっていなかったら、この国がヨーロッパ列強の保護国となっていた可能性が多分にある。

譯文一：但是，我對日本的鎖國有些不同與衆的看法。如

果，那個時代，日本沒有實行鎖國的話，日本很可能成爲歐洲列強的保護國。

譯文二：但是，關於日本的鎖國，我的看法與別人略有不同。如果那個時代沒有實行鎖國的話，日本很可能淪爲歐洲列強的殖民地。

對比兩個譯文，不難發現，最大的不同是對"保護國"的處理。譯文一照搬漢字，譯文二卻譯爲"殖民地"。"保護國"是個很有意思的詞，在日語裏，它既可以表示保護他國的"保護國"之意，又可以表示被他國保護的"被保護國"的意思。如果脫離語境，純粹從語法角度考察譯文一的話，很難說它錯了。但是，一旦結合語境，結合近代史來考察譯文一的話，顯然，完全譯反了。即使到了九十年代的今天，日本也沒有成爲世界霸主，遑論當年弱小的日本了。

例 10　無為徒食の彼は自然と保護色を求める心があってか、旅先の土地の人気には本能的に敏感だが、山から下りて来ると直ぐこの里のいかにもつましい眺めのうちに、のどかなものを受け取って、宿で聞いてみると、果してこの雪国でも最も暮しの楽な村の一つだとのことだった。

譯文：島村終日無所事事，想到大自然中找尋人之本色，也是人之常情，所以旅途中對各處的人情風俗，有種本能的敏感。從山上一下來，在村子古樸的氣象中，他立刻感受到一種閒適的情致。向旅館一打聽，果然是這一帶雪國中生活最安逸的村落之一。

這例中的"保護色"用的是本義，指動物適應棲息環境而具有的與環境相適應的色彩。在這裏喻人走進大自然中，融入"迷彩世界"。

總之，對翻譯來說，同形漢字詞是個危險的"傢伙"，"即可載舟，亦可覆舟"，需要十二萬分的小心。

練習

一、對比分析下列譯文

1. 雨は、羅生門をつつんで、遠くから、ざあっという音をあつめて来る。夕闇は次第に空を低くしてく見上げると、門の屋根が、斜めにつき出した甍の先に、重たくうす暗い雲を支えている。

譯文一：雨包圍著羅生門，從遠處刷刷地發著聲響撲過來。昏暗的傍晚，使天空漸漸低下去，仰頭向上看，城樓樓頂那斜著伸出去的雕甍，支撐著沉重的微暗的雲層。

譯文二：雨包圍著羅生門從遠處颯颯地打過來，共昏漸漸壓到頭頂，抬頭望望門樓頂上斜出的飛檐上正挑起一朵沉重的暗雲。

譯文三：雨絲籠罩著羅生門，刷刷的雨聲從遠處擁來。暮色漸漸壓下來，抬眼望去，斜向伸出的門樓屋頂的瓦甍上面，壓著昏沉沉的雲翳。

2. いったいわたしの中味はわたしとどういう関係があるのだろう？見知らぬ医者に、先に骨のラッパが付いたゴム管できいてもらわなければ、自分にも様子がわからないそんな中味の

ために、なぜこんなにまでして系車を踏んでやらなければなら
ないっていうの？もし、わたしの中の疲労を育ててやるためだ
ったのなら、もうたくさん、お前はわたしの中に人りきれない
ほど大きくなったよ。

譯文一：究竟我內裏的東西和我有著什麼樣的關係呢？倘若
不是請不認識的醫生用附有骨制喇叭口的橡皮管爲我聽診，我就
不知道我內裏的東西是什麼，而我非得爲自己都莫名其妙的個中
物如此踩車紡紗又是爲什麼。如若是爲了贍養身內的勞頓，那麼
供應自己的已經太多，幾乎就要漾出來了呀。

譯文二：究竟我的內髒和我有什麼關係？如果不請醫生用骨
制鐘型聽診器爲我聽診，我連它的狀況也一無所知，而我又爲什
麼爲它如此玩命地踩踏紡車呢？如果只是爲了積蓄體內的疲勞的
話，那麼已經夠了，我已經達到了極限，再也容不下一絲一毫的
疲勞。

二、翻譯下列短文、注意打點的詞語

1.「これがお望みの秋山図です。」

煙客翁はその画を一目見ると、思わず驚嘆の声をもらしま
した。

画は青緑の設色です。渓の水が委蛇と流れた処に、村落や
小橋が散在している、——その上に起した主峰の腹には、悠々
とした秋の雲が、蛤粉の濃淡を重ねています。

2.（彼は）平常僕らに対する態度があれほど鄭重なのに、
酒場の女たちに対する時は俄然横柄になって、鼻の先であしら

うとか、顎で用事を言いつけるとかいうふうでした。僕のうち
で女房に挨拶する時などと比べて、同じ人間とは思えないよう
な変り方をする。

　3. 金光坊は生れつき長身で痩せており、それでなくてさ
え外見は長細いヨロリに似ていたが、侍僧にヨロリに似ている
と言わせたものはそうした体恰好から来るものではなく、その
眼であった。金光坊の放心したように焦点を持たぬ、それでい
て冷たい小さい眼は、確かにヨロリという魚のそれに似てい
た。

　4. 代助は学校を卒業する前から、梅子のおかげで写真実
物色々な細君の候補者に接した。けれども、何ずれも不合格者
ばかりであった。

　5.それは或る意味で哀れでありまた或る意味で滑稽な恋で
あった。というのはその頃の若者は恋人の前に裸でまるっぽさ
し出すべき肉体を恐る恐る自分で二つに引き裂いて半分を恋人
にそして後の半分を正義に供えるという風であったのであるか
ら。それは東洋の古代の車裂きの刑に似ている。

　6.丸善の二階へ上った清吉は、さまざまな書物を手に取っ
ては見たが、どんなことを書いた本だか現に見ながら気がつか
ないほどであった。というよりむしろ、黙 ってふさぎこんでい
る自分をあの早熟な少年に気取られまいと思って心にもない書
物を取り上げて見ていたのであった。

　7.夕方なんぞ、どうかすると、不思議なノスタルジアに襲

はれて、訳もないのにしくしく泣き出したリ、母や女中に八つ当リをして、めったに怒った事のない父に痛くたしなめられたリした。

8.「それでは、万止むを得ませんから、何もかもお話しいたしてしまいましょう。その代リ、二桐先生お一人の耳に入れておいて下さいますんでしょうね。私の恥ばかりではござんせぬ。あの、お慕わしい先代所長、R 先生にとっての、誰も知らない秘密を申し上げるのでございますから──」

9. 洋館はこぢんまりとしていたが、その建物の内側には何か童話ふうの物語が隠されていそうだった。

それは、それを見る人の想像力をやさしく刺戟する何かを持っていた。と言っても、その洋館は特に変わった構造を持っているわけではなく、建築家としての笹野の興味を惹くということはなかった。その建物の魅力は、別のところにあった。そしてそれが何であるのかは、笹野にもよく分からなかった。

10. 笹野の部屋の窓からは小学校の校舎の右半分が眺められ、その校舎の右端を幅五メートルほどの道が縦に通っていて、その道を挟んで人家がぽつんと建っていた。

11.よくある奴だけれども、若い夫婦で生活の方針も何も十分には立っていない人たちである。人事じゃない、清吉ももう十年近く前に始めての女房を無理に持った時がちょうどそれだった。金のないことの苦しいのは清吉にだって思い当ることがある。

12. 此候補者に対して代助は一種特殊な関係を有っていた。候補者の姓は知っている。けれども名は知らない。年齢、容貌、教育、性質に至っては全く知らない。なぜその女が候補者に立ったという因縁になるとまたよく知っている。

13. 少年の歓喜が詩であるならば、少年の悲哀もまた詩である。自然の心に宿る歓喜にしてもし歌うべくんば、自然の心にささやく悲哀もまた歌うべきであろう。

14. （女性の和服に描かれている模様には、植物を図案化したものが圧倒的に多い。また、衣服以外にも、ふろしきなどに、植物の模様がいろいろ使われている。）

日ごろ何気なく見過ごしているこのような習慣を分析してみると、日本人は、年じゅう自分の身の回りに自然というものを置いて、それを楽しんでいることがわかる。こんな習慣がごく自然に受け入れられているのは、日本人の心の中に、自然は人間を祝福してくれるものである、という気持ちが、無意識の前提としてあるからではなかろうか。

15. そこではまた起床後より夕食時限までは寝台上に横たわることを許されないが、これは人間の自然をうばい去ることである。

16. 車体の動揺のためかと思ったのですが、それにしては指の動きが不自然だ。スリかな、と思ったけれど、僕は黙っていました。

17. その次、日本語は、自然に書いていった場合に意味がは

っきりわかりにくい、ということがあります。たとえば、こう
いう文章があったとします。

　18.それから夜が明けて、朝飯をご馳走になりました。朝
になって見るとさすがにボロ家で、それに感心したことは家財
道具がほとんどない。全くがらんとしているのです。

下　編

中　譯　日

第一講　中日翻譯總原則

所謂中日翻譯總原則，即爲從宏觀的角度探討中日翻譯中最基礎的，又是最根本的問題和技巧，以求從整體上對中日翻譯有個初步的把握。換個角度，也可以說是探討中譯日中"常見病"的病因及其治療辦法。下面談三點。

一、吃透原文

比起日譯中，人們普遍感覺中譯日更難。自然這裏面有多種原因。其中之一就是母語水平還不過硬，很多句子不是用日語表達不出，而是中文本身沒有理解透徹，似懂非懂，結果影響日語正確表達。很多句子，如果認眞考察研究一下，就會發現句子本身藏有不少有待讀者解開的細微奧妙之處。作爲中國人，平常不曾留意這些句中的"機關"，然而，一旦提筆翻譯，往往又會被這些"機關"卡住，完成的譯文也經常不盡人意，不堪推敲。事實上，不少符譯不是因爲外語水平低，而是緣於對母語的理解力差。對母語本身沒有理解透徹，譯文自然要出問題。這個道理同日譯中一樣。日譯中的符譯分析結果也表明，造成符譯的最大原因是對原文的理解錯符。

例1　在我們五十周年金婚紀念的時候，我正在高雄開會，可我思念在臺北的妻兒，夜不能寐，吟成一首小詩。

譯文一：結婚 50 週年の金婚式の日に、わたしはちょうど

高雄で会議に参加している最中だったが、台北に住んでいる妻子のことを思い慕ってたまらなかった。夜はなかなか眠れなかった。それで、詩を一つ作ってみた。

譯文二：金婚式の日、私は会議で高雄にいたが、その夜、台北にいる妻と子供が無性に懐かしく、なかなか眠れなかった。そこで、そんな気持ちを詩に託してみた。

原文摘自蘇步青老人的文章。譯文一除了語法上有欠妥之處外，在意思理解上，與原文、與譯文二有較大的出入。首先，"我正在高雄開會"一句，譯文二的處理很見功底，也完全符合原文的意思。作者是在高雄開會，但是，作者思念妻兒並不在會議中，所以譯成"会議で高雄にいた"，既簡潔明快，又準確無符。譯文一卻沒有從這個角度理解原文，而是機械地把原文轉換成日文。結果，變成蘇老開會心不在焉，在會場上就百般地思念起妻兒。然而蘇老表達的並不是這個意思。關鍵是對"正在高雄開會"的理解與把握。顯然，譯文二的處理是正確的。不僅如此，譯文二還把"夜不能寐"的"夜"調到前面，譯作"その夜"，這樣就把全文的時間背景整個地放到了晚上。蘇老的思念和吟詩全都是在晚上進行的。這樣去譯，徹底堵住了讓人誤解的漏洞。

其次，最後一小句，譯文的高低之分，顯而易見。譯文一的"詩を一つ作ってみた"欠明確，可以作多種解釋，比如，寫的詩有可能是與金婚無關的閒詩。然而，譯文二的"そんな気持ちを詩に託してみた"，則顯然是化思念爲詩了。查閱蘇老的整篇

文章，可以發現，譯文二譯得相當準確。

　　例 2　早在東晉時，有個青年造紙工，名叫孔丹。有一年，他師父去世了，他就用自己造的紙給師父畫了幅像，掛在牆上。可是一年不到，這畫紙就由白變黃，由黃變黑，並且開始一片片剝落下來。

　　譯文一：昔、東晉の時代に孔丹という紙作りの若者がいた。ある年、彼の師匠が死んだので、若者は自分の作った紙に師匠の肖像を<u>描いてみて</u>、それを壁にかけた。しかし一年も立たないうちに<u>画仙紙は白から黄に、黄から黒に、色がすっかり変わってしまって、そのうえ次第に剥げ落ちてしまった。</u>

　　譯文二：昔、東晉の時代に孔丹という紙作りの若者がいた。ある年、彼の師匠が死んだので、若者は自分の作った紙に師匠の肖像を<u>描いてもらって</u>、それを壁にかけた。しかし一年も立たないうちに<u>色がすっかり変わってしまって、そのうえ画仙紙はちぎれちぎれになって落ちてしまった。</u>

　　兩個譯文的不同之處如底線所示。譯文一把畫像的人譯成造紙工本人，譯文二則譯成了畫家。很難說誰絕對正確，但是，譯文二的譯者多想到了一層，也比較符合常識。這位造紙工也許確實會畫畫，但是，一般說來，普通造紙工是不大可能擅長丹青的。所以，譯文二並不給人突兀的感覺，反倒使人覺得在情理之中。其次，第二處的不同，按照譯文一的理解，"剝げ落ちてしまった"的主語是"色"，"色"可以看作是顏料。即"一片片剝落下來"的是顏料，而不是紙本身。譯文二正好相反，"一片

片剝落下來"的是紙，而不是顏料。要斷定正符，尚需進行專業考證，但是，根據整篇文章講述宣紙誕生過程來看，第二種可能性更大一點。總之，這例同樣也能說明正確理解原文對中譯日的重要性。

例3　海燈法師可算得上是一位傳奇人物了。他身高不足一米六十，體態輕盈，面容清瘦，但是精神矍鑠，目光炯炯，十分健朗。

這段文字選自描寫海燈法師功夫的文章，比較難譯，最難的要數"傳奇"二字。查辭典，"傳奇"指"情節離奇或人物行為超越尋常的故事"。如果按照這個意思譯成日文，就會與原文有較大的出入。因為日本讀者會更多地以為海燈法師一生歷經艱險、九死一生。其實，比起這層意思來，文章要講的是海燈法師的絕技與功夫使人們歎為觀止。正是他的神功使人們視他為"傳奇人物"。理解到這一步，即使日語功力不夠，也不至於在意思上與原文脫節。

譯文：海灯法師は、なにか超自然的なものを感じさせるような人物である。160センチほどの背丈で、かるがるとした体、やせ細った顔をしているが、気力にあふれ、目はけいけいと輝き、壮健そのものである。

二、不拘泥於原文

翻譯是一種靈活性很強的工作，雖然它要受到原文的約束，不能漫無邊際地舒展、發揮。但是，原文的約束主要是指意義上

的約束，而不是指語法上、詞語上的約束。如果在具體行文中自己把自己卡得很死，一味地強求句式、詞語的對應，往往會走進死胡同，成為原文的囚徒。一邊被原文五花大綁，一邊卻欲戴著鐐銬大顯身手，這樣出來的譯文自然不能保證質量。作為外國人，還容易犯另一個錯誤，即絕對地信賴辭書，以為引用辭書釋義萬無一失。其實，翻譯並不如此簡單。

要避免這些常見病的發生，提高中日文水平固然是一個方面，另一個方面，則是觀念上的鬆綁和解放。對原文一定要近而不粘、親而不密。翻譯時要放得開收得攏，或化繁為簡，或變簡為詳，做到善於變通；舒卷自如。對中譯日來說，尤其重要的是要努力做到深入淺出，把自己明白的東西準確無誤地表現出來，使之淺顯易懂，一目了然。特別是要解開對日本人來說有礙理解的疙瘩和包袱。

例 4　小時候，媽媽對我講：

大海就是我故鄉，

海邊出生，海裏成長。

譯文一：幼いころ、母は私にこう言った。

大海は私のふるさとと。

私は海辺に生まれ、海辺で成長した。

譯文二：幼いころ母がおしえてくれた。

大海原がおまえのふるさと、

海辺に生まれ海辺で育ったと。

對比兩個譯文，可以發現譯文既存在理解上的問題，又存在

表達上的問題。理解上的問題有兩處。第一處為、到何處為止是轉引母親的話，從哪裏起為自己的話。在譯文一中，母親的話到"大海は私のふるさと"至；譯文二則到"海辺で育った"至。根據原文的標點，譯文二符合原意。第二處，由於譯文一再表達上死扣原文，逐詞翻譯，結果造成意思上的變異。即大海不再是說話人的故鄉，而是說話人母親的故鄉。結果，上一句的"私"和下一句的"私"所指不同，造成邏輯混亂。作為中國人，誰都可以理解"大海就是我故鄉"中的"我"，就是指說話人自己，但是，由於過份拘泥於原文，結果卻出了問題。

例 5　楊永起 10 歲就當了童工，曾在西便門外的洋人跑馬場給洋人餵馬遛馬。

這例的"餵馬遛馬"既好譯又不好譯。說它好譯是因為可以按字面意思直接譯成日語，如"馬にかいばをやったリ、馬をゆっくリ步かせたリする"。但是，譯文太生硬，不如把話說得簡單些，就是"馬の世話をする"，再簡單一點，可以用一個詞"馬丁"來表達。

譯文：楊永起さんは十歳のときからもう働きに出て、当時外国人のための競馬場が西便門を出たところにあったのですが、そこの馬丁になリました。

例 6　有一個人，請一位先生在家中教兒子念書。這人一再叮囑兒子："先生的一言一行都要好好學"。

譯文一：ある人が一人の先生を家に招いて、息子に本を教えてもらった。彼はくどくどしく息子に話しておいた。

「先生の一言一行をよく見て覚えなさいな」と。

譯文二：ある人が息子のために家庭教師を雇った。そして、息子にこう言いふくめた。

「先生のおっしゃること、なさること、しっかりと見習うんだよ」と。

譯文一不僅囉嗦，而且死扣原文，不知變通，結果使意思走樣。似乎這位家長只是臨時請一次人教他兒子。原文則清清楚楚是請家庭教師的意思，只是沒有點明"家庭教師"這四個字而已。當然，如果在理解還沒有達到這一步還可另當別論。如果理解並沒有出現錯誤，卻由於拘泥於原文造成誤譯的話，則算得上錯得有典型意義了。其實，放鬆一點，腦袋多轉個彎，翻譯既輕鬆又準確，句子結構也容易掌握，如譯文二。

但是，在翻譯實踐中，還常常能碰到相反的情況。原文很簡單，但是譯文則必須添枝加葉，化簡爲詳，不然容易讓人不知所云。

例7　看一遍不如念一遍，念一遍不如做一遍。朗讀就是"念"，會話就是外語學習中的實踐了。"胡說八道"也好，開玩笑也好，只要抓住對手就不斷地說。自己嘴裏說的東西就是自己的。長期堅持，就會形成條件反射。

這例中文比較簡單，但是在日譯時卻需要化簡爲詳，譯得明白無誤。首先第一句"看一遍不如念一遍"，如果不推敲，往往被譯成"見るより読んだほうがよい"或"読むより朗読したほうがよい"。然而，這兩種譯法都有毛病。首先"讀書"和"本

を見る"不是同一個概念，前者或指閱讀書籍，或指出聲念書；後者則多指盯著某一頁、某一處看。所以，"見るより"的說法是不妥的。同時，由於日語的"読む"可以理解為出聲念書，所以"読むより朗読したほうがよい"又可以理解為兩種念法的比較，而原文並不是這個意思。下面的譯文很簡單，卻讓人一目了然，因為譯文沒有拘泥於表面文字的對應，而是通過適當的"添枝加葉"把自己明白的東西淺顯地表達出來。

譯文：目で読むことより声を出して読むほうが効果があり、声を出して読むより二人で会話を交すほうがもっと速くのびると言われている。朗読とはつまり声を出して読むことで、会話をすることは即ち外国語を学ぶ上での実践になる。ウンでも冗談でも何でもいいから、とにかく相手をつかまえて話す。自分の口から出た言葉が自分の身につく。長く練習をつづければ自然に言葉がでてくる。

例8　每天清早，街上的早點鋪就開始營業了，上早班的人們可以隨時吃到熱呼呼的陽春麵、豆腐腦、炸油條等等。

譯文：朝、軽食を売る店は早く開くから、出勤する人たちにとっては重宝だ。陽春そばに、軟らかい豆腐につゆをかけて食べる豆腐脳、それに練った小麦粉を細長くひきのばして油であげた（棒状の）炸油条……熱いうちに食べると格別に美味しい。

這例的譯文使用了數種翻譯技巧。其中最主要的就是把豆腐腦之類日本人不易明白的東西譯得近乎於解釋，讓日本人讀了心

中大致能明白它們是什麼東西。

三、充分發揮現有日語水平

中譯日，當然需要一定的日語水平，日語水平越高，會越有助於翻譯。但是，這並不是說，日語不達到相當高的水平，就不能進行中譯日的工作。我們提倡充分發揮現有日語水平，在自己能力範圍內進行中日翻譯。把自己所學過的句型、句式、詞語準確無誤地用熟、用活，才是至關重要的。從某種意義上說，這比一味地往深處學、往難處學、單純抽象地提高日語水平更有意義，也更重要。學過的東西，牢固地掌握，靈活地運用，對於任何水平的人來說都是適合的，對於各種層次的漢譯日來說也是適合的，然而，做到這一步並不容易。做到這一步，就是日語水平最實際的、最有成效的提高。學習、掌握、運用，三者既相輔相成，又相互獨立，三者並不在同一個層次上。從學習到掌握是一個飛躍，從掌握到運用更是一次質變。古人說，秀才識字不多，用字不錯，講的就是這個道理。一位老教授也說過，他可以在三千個基本詞語的範圍內寫出相當道地的外文，一般學生用三千個字寫出來的文章則幾乎不可同日而語。對於中譯日而言，重要的就是活用這"三千個字"，目標就是用好這"三千個字"。"三千個字"用好了，勝過背熟六千字。然而，遺憾的是，這個問題往往不受重視，結果，經常出現不該出現的錯誤。有的錯誤錯得可笑，毫無普遍性和典型性。其實，很多場合，只要避免這些不該發生的錯誤，就可以成為相當不錯的譯文。

例 9　公元一八九八年滿清政府把大連租借給俄羅斯，一九〇四的日俄戰爭，日本取得了勝利，又從俄羅斯手中取得了大連的租借權。

這段短文並不難懂，曾作爲四年級翻譯課的考試題，但是，17 人中竟有 5 人嚴重誤譯，顛倒了租借雙方的關係。

譯文一：紀元 1898、満清政府は大連をロシアに租借したが、1904 年の日露戦争でまた戦勝国の日本にその租借権を奪われた。

譯文二：1898 年、清政府は大連をロシアに貸賃した。しかし、1904 年の日露戦争に日本のほうが勝って、ロシアから大連を貸憑する権力を奪ってもらった。

譯文三：1898 年、満清政府は大連の使用権をロシアに貸してやられた。1904 年の日露戦争で、勝った日本はロシアから大連の佔領権を得た。

三個譯文中錯誤較多，這裏只談一點。譯文一中的“租借權を奪われた”完全顛倒了租借雙方的關係。按譯文分析，日俄戰爭的結果使中國喪失了把大連租借給別國的權力，它原來的租借權被日本人奪走了；而大連這塊土地也並非中國的，它不過是清政府從別人手中租借來並有轉租給他人的地方而已。眞是一誤千里。譯文二的“大連を貸賃する権力を奪ってもらった”也錯得十分嚴重。意思變成，日本打了勝仗，卻讓他人去奪取租借大連的權力。其次“大連を貸賃する権力”也犯了譯文一的錯誤，顛倒了租借雙方的關係。日俄戰爭的結果只使日本得到了向清政府

租借大連的權力，而不是把大連租借給別國的權力。本不是它的國土，何來這種權力！譯文三的“大連の使用権をロシアに貸してやられた”同樣也令人莫名其妙。

以上誤譯表明，譯者對日語被動態、授受動詞和“貸す、借りる”類的詞語掌握得不很扎實，基本功有待提高。下面的譯文四同樣是選自學生的譯文，卻基本轉達了原意，沒有大的錯誤。

譯文四：紀元 1898 年、満清政府は大連を租界地としてロシアにあげた。1904 年の日露戦争で日本は勝った。日本はロシアから大連の租借権を取った。

略微修改、潤色一下，就是相當不錯的譯文。

譯文五：西暦 1898 年清朝政府は、大連の租借権をロシアに与えた。しかし、1904 年の日露戦争で勝利を収めた日本は、ロシアから大連の租借権を奪い取った。

這個例句說明，只要基本功扎實，對學過的知識有個較好的掌握，是完全可以在自己的能力、水平範圍內搞好中日翻譯的。也許做不到傳神，卻能夠保證或基本保證達意。下面再看一例。

例 10　五分鐘的新聞，聽聽寫寫，花上三、四個小時是常事。我不僅不睏了，簡直像著迷了一樣。那年暑假，我幾乎沒有回家。

譯文一：わずか5 分間のニュースでも繰り返して聞いたり、書きとりしたりすると、いつも三、四時間 もかかってしまう。私は眠気がさすどころか、すっかり夢中になり、その夏休みには家に帰えらなかったことがしばしばある。

譯文的前一半還可以，最後一句卻離原句太遠。顯然是譯者沒有真正明白"～ことがある"這一句型的意義和用法。結果，意思幾乎完全相反，變成"那年暑假，我也有不回家的時候"，即暑假的大部分時間是在家中度過的，只是也經常留校不歸而已。當然，文中的"我"一定在本地就學，否則，不存在"幾乎沒有回有家"的說法。

譯文二：わずか五分間のニュースでも聞いたり書きとったりするのを繰り返すと、いつも三、四時間もかかってしまう。こうしていると眠くならないばかりか、すっかり夢中になり、その年の夏休みはほとんど家に帰らなかった。

當然，如果要搞好中譯日的工作，僅僅做到上面三條還是遠遠不夠的，還需要掌握日語語言習慣，學好日語語法，鑽研翻譯技巧，同時還要對日本社會和日本人的心理有一個比較全面的了解，這樣才能較快地提高中譯日水平。

練習

一、分析下列短文，評價、討論其參考譯文

1. 甲骨文為中國文字之濫觴或亦中國書法之源頭。周秦之世，文字象形意味減少，筆劃日趨簡化，由象形而趨向符號。

2. 東、西方詩在其源頭已分道揚鑣，西方有史詩，而中國只有詩史，司馬遷的《史記》是無韻之《離騷》，然屈原的《離騷》則決非有韻之《史記》。

3. 中國古代的文論和畫論，首先所關注而強調的，乃是藝術家主觀情懷和客觀世界的統一。這種統一往往超越了一般的反

映論，而是主客觀的徹底融合。

二、分析下列譯文

1. 中國藝論，藻飾紛陳，駢文神韻，但求心悟，不欲實證，眞知灼見，若隱若現，此中國形而上學之長處，亦其短處，然用長舍短，於中國書畫斯亦足矣。

譯文：中国芸術論の特色の一つは、美辞麗句が喜ばれ、四六体の韻文がよく愛用されることである。心の悟りを求めるのは何よりで、実証などをやろうともしない。それに、高論卓見も見え隠れにする。これは中国の形而上学の長所であると同時に、短所でもある。しかし、「長を使って短を捨てる」ということを活用すれば、中国の書画にとって、十分有効であろう。

2. 中國古史有河圖洛書之傳說，而書畫同源歷來奉爲圭臬。書畫之工具相同，此同源之一證；用筆道理相通，此同源之二證；最重要的是，書畫線條之奧秘，皆源自宇宙萬物之變幻。

譯文：中国の古代史には河図洛書の伝説があるように、書画同源説は古くから定説と見なされている。書画に同じ用具を使うのは、その証拠の一つで、もう一つは筆の同じ使い方であろう。しかし、いちばん重要なのは、蘊奥を極める書画の線が、いずれも変幻自在の宇宙万物に由来することである。

第二講　順譯——常用詞語理解與表達㈠

第一節　順　譯

順譯就是按照原文的語序進行翻譯，譯文與原文語序基本相同。但是，需要特別強調的是，只有在保證原文信息內容能夠準確無誤地再現出來的前提下，順譯才是人們可以選擇翻譯技巧之一。從句子結構上說，兩種文字的結構對應，或相似相近，是順譯賴以生存的基本條件；從意義轉達上說，對應或相似相近的句型、句式轉換不影響原文信息內容的再現是順譯得以運用的根本條件。但是，僅僅具備了上述兩大條件，有時也不宜採用順譯技巧進行翻譯，因為譯文與原文之間還存在著審美條件。只有審美條件也得到了體現，順譯才是一種理想的翻譯技巧。簡言之，滿足了順譯的基本條件和根本條件，可以保證達意，滿足其審美條件，才可能做到傳神。

一

由於翻譯的特點是，原文在先、譯文在後，著筆翻譯前，兩者並非同時存在於譯者眼前，讓譯者客觀地分析、對比、判斷，因此，一個句子能否按原文結構進行順譯，主要取決於譯者的雙語水平。同一段原文，有些人可以按照原語序譯出，有些人則做不到，因為各人對中日文句子結構、句型、句式掌握運用的熟練

程度不一樣。

例 1 中國大陸拍攝的一些電影片、電視片、戲曲音樂錄影帶以及三十年代與當代學術著作、文藝作品已可在臺灣公開出售，兩岸出版界已經開始合作出版書籍。

譯文：中国大陸で制作された映画とテレビドラマ、伝統劇、音楽のビデオテープおよび三〇年代と現代の学術著作、文学・芸術作品の一部は台湾で自由に発売され、両岸の出版界は書籍の協力出版を始めた。

這例相對比較簡單，除了日語動詞殿後這一迫不得已的變序外，基本可以維持原序翻譯。

例 2 掛曆大戰的直接後果是公款消費大量增加，經辦者中飽私囊，財政負擔增大，有關部門對此應引起重視。

譯文：カレンダー大戦の直接的な結果は、即ち官費の消費が大幅に増え、受託者が私腹を肥やし、財政負担が増大することになるので、関係部門はこれを重視すべきである。

這段原文如果順譯，對譯者的雙語水平多少是個考驗。不過，還不算太難。首先分析清楚中文的句子結構，分清是簡單句還是複合句，找出句子主幹，弄清各成份之間的關係，然後分析研究自己是否可以按原序譯出。

例 3 事實上，多少年來，人們根據各自的價值觀，對張學良的公私生活及功過是非作出了種種不同的解釋。……本書的成功之外恰在於，作者對張學良進行了多方位的“透視”，通過其生動、雅緻、富有同情心的描繪，展示了這位傳奇人物的榮辱與

浮沉、得道與失足，乃至他的性格特徵、思維方式、情趣愛好、
家庭生活以及由此產生的喜、怒、哀、樂。

　　譯文：事実、長年来、人びとはそれぞれの価値観に基づい
て、張学良の公私生活および功罪是非について、さまざまな異
なる・見解を示した。……本書の成功は著者が張学良を多面的
に「透視」し、そのいきいきとして、同情心をこめた描写を通
して、この伝奇的な人物の栄辱、浮沉、出世と失脚、ならびに
その性格的な特徴、思考方式、趣味、家庭生活およびそこから
生まれる喜怒哀楽をはっきり描き出したところにある。

　　這段原文的順譯，無疑是對譯者中日文水平，尤其是句法水
平的考驗。第二句的譯文更是令人拍案叫絕。原文一氣呵成，揮
灑自如，譯文也同樣瀟瀟灑灑，魚貫而下，不僅句子結構對應，
連詞語也一一相映成趣。

　　上面所舉的3個順譯例句，代表了順譯的3個層次，反映了
順譯從易到難的3個階段。

　　如果進一步進行對比研究，我們還會發現，有些譯文單純從
字面上看，譯文基本維持了原文的語序，但是仔細分析，不難發
現譯文已改變了原文的句子結構。這一類順譯可稱為“變通型順
譯”，也是我們學習和研究的對像。

　　例4　富豪三個漂亮的女兒，穿著華貴的藏族服飾，十分惹
人注目。開朗、熱情的小女兒和年僅二十六歲的王先生，很快就
熟悉了。

　　譯文：この富豪のきれいな三人の娘が美しいチベット族の

衣装をまとっているのが人びとの注目を集めた。明るく情熱的
な一番若い娘と、まだ二十六歳だった王さんとはすぐに仲良し
になった。

　例5　最近，遼寧大學出版社出版了美籍華裔學者傅虹霖博
士撰寫的《張學良的政治生涯》一書。依我看，和國內以往行世
的同類書籍相比，本書顯得更有特色，更經得起咀嚼和引人思
索。

　譯文：遼寧大学出版社はこのほど、中国系アメリカ人学者
傅虹霖博士の著した『張学良の政治生涯』を刊行した。これま
での国内の同類の本と比べて、この本はさらに特色があり、味
わえば味わうほど考えさせられるものがある。

　例4第一句的結構是主語＋謂語＋謂語，譯文表面順序沒
變，結構卻變成主謂句，只是主語也是由句子組成的而已。推敲
起來，富豪女兒引人注目的原因，可能是漂亮，也可能是藏族服
飾，甚至可能是她們的貴族身份。但是在譯文裏“穿著華貴的藏
族服飾”卻是“十分惹人注目”的唯一原因。從審美角度看，譯
文還需斟酌。如可改成“美しいチベット族の衣装をまとってい
るこの富豪のきれいな三人の娘が、人びとの注目を集めた”。

　例5的最後一句分開來說，就是“更經得起咀嚼、更引人思
索”，兩者是並例關係，但是，譯文卻把它們變成複句形式，
“咀嚼”和“引人思索”也成了條件關係。這個改動十分精采，
猶如點睛之筆，準確地再現了原文的精髓。

二

中日文有無相應或相似相近的句子結構是能否進行順譯的基本條件，但是，如果僅僅在字面上做文章，追求絕對的同序，忽視原文信息內容轉達的完整性和準確性，是算不上順譯的。因為順譯的另一個要求就是忠實原文，不能趁語言轉換之際，破壞原文信息內容。然而，在實際翻譯工作中經常能見到死摳原文的語序，不顧原文信息內容再現的誤譯。

例 6　近年來太平無事的黃河，並不能代表眞正的黃河，這只是黃河比較平靜的一個短暫的時段。

譯文一：近年来、太平で無事な黄河は真正な黄河を代表できない。これは黄河にとって、比較的に平静的な時間帯である。

這個譯文有兩大毛病，一是照搬原文語序，二是挪用同形漢字詞結果讓人不知所云。日語裏沒有這樣的表達形式。這是道道地地的中文式日語。

譯文二：近年、黄河は事なく流れているが、これは決して真の姿ではなく、一時的な平静状態にすぎない。

例 7　近來，生活方式問題引起了理論界的重視，不少文章對人們衣、食、住、行等物質消費形式進行了有益的指導。

譯文一：最近、生活方式の問題は理論界の重視を引き起こしたが、少くからぬ文章は人々の衣、食、住、行などの物質消費について、有益な指導を与えている。

這例譯文的問題主要出在前半句，雖忠實於原文的語序，但日本人卻不這說。“引き起こす”通常指引發壞事，“理論界”的說法本不存在，不能照搬漢字，可以譯爲“操觚界”，但不如譯成“論壇”貼切。整個譯文改譯如下：

譯文二：このごろ、人びとの生活樣式が論壇の話題になっており、衣、食、住など物質的消費について、いろいろ適切な指導が与えられている。

總之，如果一味地強調語序的一致，順著原文語序往上爬，不顧及意義的通達順暢，是一定要栽跟頭的。即便是日本的大漢學家，也同樣會出錯。日本一位著名的魯迅問題研究專家，在翻譯魯迅作品時，曾把“紅頭繩”按字面直譯成“先の赤い紐”。對中國人來說，日語水平比不了日本人，如不特別重視意義優先的原則，就格外容易出問題。一個可怕的陷阱就是所謂的“順譯”──照葫蘆畫瓢，摸著石頭過河。結果，過了河，卻把行李──原文的信息內容──留在了河對岸。

三

滿足了順譯的基本條件和根本條件，譯文還不一定完美無缺。因爲順譯還有一個審美條件。如果這一條件也得到較爲充分的滿足，譯文才可能做到既達意又傳神，成爲高水平、高質量的譯文。下面我們比較一組譯文。

例8 孔乙己是站著喝酒而穿長衫的唯一的人。他身材很高大；青白臉色，皺紋間時常夾些傷痕；一部亂蓬蓬的花白的鬍

子。

譯文一：孔乙己は、ただひとり、立ち飲み仲間で長衣を着ていた。背がおそろしく高く、顔が青白くて、皺のあいだによく生傷の痕があった。ごま塩のあごひげをぼうぼうに生やしていた。

譯文二：孔乙己は立ち飲みをして、而も長羽織をきたものの唯一人であった、彼の丈は甚だ高かった、青白い顔をして、皺の間にはいつも傷痕があって、一面にボウボウと半白の髯をはやしてるた。

譯文三：孔乙己は立ち飲みのくせに長衣を著ているただ一人の人物だった。背ばかり高く、青白い顔をして、しわのあいだにいつも傷痕があった。ぼうぼうとしたごま塩のあごひげを生やしていた。

3個譯文都採用了順譯技巧，並做到了達意。但是，從審美角度去考察，可以發現較明顯的高低之分。第一句，3個譯文相比，譯文三既達意又傳神，抓住了原文的精髓，把其中的“而”字譯成“くせに”，使其與“長衣”形成反差，提示讀者，“長衣”不僅是一種衣服式樣，更是一種身份地位的象徵。穿長衫的人卻站著喝酒，自然有點不合常理，令人覺得反常。但譯文一、譯文二卻沒有這層微妙的語義。第二句的“他身材很高大”，還是譯文三勝人一籌，“背ばかり高く”顯然隱含了“白長那麼高”的語氣，譯出了原文字裏行間的微妙之處。下面的“皺紋間時常夾些傷痕”一句，卻是譯文一最傳神，加了一個詞“生

傷"，如畫龍點睛，把孔乙己好鬥的個性和新傷不斷的情景刻畫得入木三分。這層意思，譯文二、譯文三相對較弱一點。最後的"一部亂蓬蓬的花白的鬍子"的譯文，相比之下，譯文二最接近原文，因爲譯文一，譯文三都把鬍子理解成下巴上的鬍子。但是，原文並沒有這樣明言。鬍子本來就包括上下唇和鬢角下的鬍鬚。

例 9　中國權威的海外大型日報

如果你關心中國的動向，又能閱讀中文，人民日報海外版是你了解中國必不可必的讀物。

訂閱人民日報海外版，你用最有限的費用，就能以最快的時效，得到有關中國的最新、最準確、最全面的信息。

對戀念故土的華人華僑，是親切的鄉音。

對關心中國的外國朋友，是友誼的紐帶。

對欲展身手的工商企業，是成功的指南。

報導詳實、圖文並茂。

北京編排，衛星傳版，跨越時空，發行全球。

譯文：中国の権威ある海外向け大手新聞

もしあなたが中国の動向に関心をもち、そして中国語で読むことができますならば、人民日報海外版はまさにあなたにとって中国を理解する上で欠くべからざる読物でありましょう。

人民日報海外版を購読して頂ければ、あなたは最少の費用で最も迅速に中国に関する最新の、最も正確な、最も全面的な情報が得られます。

故郷が恋しい中国人、華僑の方にとっては、なつかしい古里のたよりでありましょう。

　　中国に関心をもたれる外国の友人の方にとっては、友情のきずなとなりましょう。

　　商売の発展を願う商工企業の方にとっては、成功への指針となることでしょう。

　　報道は詳細、確実で、図版も文章も豊富です。

　　北京で編集製版し、衛星で版を伝送し、時間と空間を越えて全世界で発行されております。

　　原文爲《人民日報》海外版的廣告。譯文基本順譯，很見功夫，不僅達意、準確，而且傳神，富有文朵，令人讚嘆不絕。這是一例體現了順譯三大條件的較好譯文。

　　最後，需要強調的是，一段原文能不能順譯是一回事，需要不需要順譯又是另一回事。前者主要取決於雙語的句子結構和譯者的句法水平，後面則主要依賴於譯者對翻譯標準的理解與把握。

　　例 10　一個學習成績很好的中學生，突然得了精神分裂症，病因是一次考試得了第二名，他原以爲能得到第一名。

　　譯文一：ある成績のすぐれた中学生が突然精神分裂症にかかった。病因はテストの成績がクラスで二位だそうだ。しかし、彼はずっと一位に決まっているとしか思わなかったのだ。

　　譯文二：ある成績のすぐれた中学生だが、突然、精神分裂症にかかった。

原因はといえば、一番だと思っていたテストの成績が二番
だったからだという。

　　兩個譯文譯法不同。效果也不一樣。相比之下，譯文二既準
確又簡潔。譯文一雖採用了順譯技巧，效果並不好。譯文二首先
把第一分句斷爲兩句，用"だが"連接前後兩部分，準確地體現
出原文內隱含的"意外、反常"等語氣。後面的"病因是一次考
試得了第二名，他原以爲能得到第一名"，譯文二翻譯時進行了
變序，前後兩部分對調，效果很好。"原因はといえば……だと
いう"句型的選用，準確地體現了原文"幕後台詞"——區區小
事，竟然誘發精神分裂症，說它是病因，似乎難以置信，說它不
是病因，病又確實由此而生，眞是一言難盡！

　　總之，順序只是一種翻譯技巧，選用與否主要取決於譯文的
表達效果。不能爲順譯而順譯，更不能爲遷就原文語序而損壞原
文信息內容的轉達，使順譯失去其內在的科學性，成爲死扣原文
的硬譯。

第二節　常用詞語理解與表達㈠

　　詞語翻譯的要點，簡言之，就是時時刻刻結合語境考慮選字
用詞。但是，這一點並不容易做到，因爲來自各方面的干擾較
多，首先是辭書的干涉。初學者往往不顧語境的存在，簡單地照
搬辭書的釋義作譯文，結果問題百出。其實，任何一本辭書的釋
義，只是對詞語基本意義的概括和總結，它不可能對詞語在不同

語境中的引申、轉用、演變等做出詳盡的解釋。其次，辭書的釋義，只是解釋詞語的意思，並不等同於詞語的譯文。即便是專門的翻譯辭典，它的釋義或譯文也不可能適用於任何語境。總之，簡單地引用辭書釋義的做法並不可取，也並不保險，往往會弄巧成拙。

例1　在一些家宴和"公宴"上，主人常常關照客人，"您可吃飽，沒有什麼菜，別客氣"。

譯文：家庭に客を招いた場合あるいは公の宴席において、主人側はいつも「何もございませんが、どうぞご遠慮なく」ということばで客をもてなす。

查閱辭典，"關照"的釋義爲"面倒を見る、世話をする、知らせる、言いつける"等，但是，在譯文裏無法直接引用，如說成："何もございませんが、どうぞご遠慮なくと言って、お客の面倒を見たりする"，一則日語不通，日本人不這麼說；二則客易造成誤解，以爲客人喪失了獨自用餐能力，需要別人幫助。所以，"……ということばで客をもてなす"的譯法在這個語境中是比較貼切的。

例2　女人上桌，特別警惕給人留下"沒吃過東西"的印像，總要拿捏著點，不敢放開肚皮。所以主人關照要吃飽。

這例中的"關照"又不同於上例，上例的"關照"具體體現在主人的語言上，是有聲的"關照"，這例既有可能體現在語言上，又有可能體現在主人的行動上，所以，它的譯法也得跟著語境變，下面參考譯文中的譯法很得體，譯者把"關照"理解爲無

言的用心了。此外，這例中"上桌"，也需要斟酌，如譯成"食卓に上る"，意思欠明確，因爲在這裏是作客的意思。

譯文：女性は招かれたとき、「食べたことがない」という印象を与えまいとして緊張し、思う存分に食べられないことがある。そういう時、主人側はいつも客に気づかいをする。

下面再看一組例句。

例3　她眞想撲進他的懷裏，叫一聲"我的大傻瓜！"但看到他睡得那麼香甜，實在於心不忍。

譯文：彼の胸にとびついて、大声で「おバカさん！」と呼びたかった。でも、気持ちよさそうれ寝顔を見ると、とてもそんなことができなかった。

例4　翌日清晨，五點半正，小鬧鐘把她從香甜的睡夢中喚醒。

譯文：翌日の朝、五時半かっきリ、目覚ましの音で彼女は心地よい眠リから覚めた。

兩例中的"香甜"，辭典的釋義爲"ぐっすりと眠る、いい気持ちに寝る、気持ちがよい"。但是，兩個譯文都沒有照搬辭典，而是結合語境，作了相應的處理。例3、例4中兩個"香甜"的最大不同在於：例3是對第三者的描繪，例4則是人物的自我生理感受。譯者把握住了這一點，並準確地表現了出來。例3用"気持ちよさそうな寝顔"，使男主人公酣睡樣躍然紙上，樣態助動詞"そうな"用得恰到好處。例4沒有用"氣持ちがよい"的說法，而是選用了"心地よい"一詞，使得譯文更加準

確。因爲“心地”多半指生理感受，日語裏可以說“耳に心地よい音楽”。但不說“耳に気持ちのよい音楽”。相反，可以說”気持ちのいい朝”，卻不說“心地よい朝”。因爲“気持ち”帶有較多的主觀感覺。

　　例5　團長是圍棋迷，又是個釣魚迷。這在日本國會中是頗爲有名的。這次作爲圍棋團長來中國，中方安排該團下榻在專門接待國賓的迎賓館“釣魚臺”。釣魚迷住“釣魚臺”，感慨萬分。

　　這例的詞語難點在於“迷”字，查閱辭典，可以找到多種說法。問題是譯者並不能隨便選一個就用。首先必須弄清楚日語這批近義詞的微妙區別。“迷”的說法，日語裏主要有“狂、マニア、ファン、虫、熱狂者、好事家、好きもの、風流人、通、愛好者、凝り屋、釣り天狗、釣り好き、碁打ち”，但是，其中“好事家、好きもの、虫、熱狂者、釣り天狗”等或多或少帶有些貶義，不宜選用：“風流人”雖風雅，但主要是指以和歌、徘句、書畫和茶道消閒的文人雅士；“狂、マニア”表示愛好到入迷、甚至忘我的程度，也不宜選用它們來表現日本國會議員的業餘愛好；“凝り屋、通”是十分精通、在行的意思；“ファン”的特點是“不動手”，自己雖然喜歡，卻未必能動手來兩下。比如“野球ファン”、“相撲ファン”通常指喜歡觀看、評論棒球或相撲的人，但是，這些人本身並不見得會棒球或相撲。中國人說的“郵票迷”，就不能譯成“切手ファン”，因爲沒有只喜歡看而不動手集郵的郵票迷。這樣分析下來，可以選用的僅剩下

"愛好者、釣り好き、碁打ち"三個詞。但是，是不是一定要選用它們以及如何選用它們則又是另一回事。

譯文一：団長が碁打ちであり、釣り好きであることは日本の国会ではよく知られている。今回は囲碁代表団の団長として中国にこられ、中国側の配慮で、代表団は国賓を迎える迎賓館である釣魚台に泊まった。釣り愛好家が釣魚台に、団長は実に感無量だったらしい。

譯文二：團長が圍碁、釣りが好きなことは、日本の國會でもよく知られている。今回圍碁代表團の團長として訪中し、中國側の配慮で、代表團は國賓館である釣魚臺に泊まった。釣り愛好家が釣魚臺に、團長は實に感無量だったらしい。

譯文一採用了詞對詞的譯法，譯文二第一句中則把"圍棋迷、釣魚迷"化解爲"～が好きだ"這一常用句型。兩個譯文比較，譯文二更好一點，因爲譯文一仍然給人一點團長身居要職，卻不務正業的印像。此外，還有點打趣，開玩笑的味道。譯文二分寸掌握得很好，不溫不火，不失莊重和詼諧。

例 6　按照左腦管聲音、符號，右腦管圖形、意思的理論，英語的口語和文字都是左腦管的，所以西方人有語言出左腦、左腦強右腦弱的偏向。

這例比較難、關鍵是"管"字，辭典的釋義對翻譯幾乎無濟於事。理解、把握這個"管"字，需要一定的專業知識，否則很難譯準確。下面的譯文對原文聽的"管"字處理各不相同，卻都恰到好處。

譯文：ところで、人間の右脳（右大脳半球）は図形と意味を知覚・統合・コントロールする。英語、フランス語、ドイツ語……、いずれもその話し言葉（音声）と文字（記号）は、左脳がつかさどることから、欧米人の言語生活は、左脳に拠っていることが分かる。つまり、左脳が強く右脳が弱いという傾向にある。

總之，辭書只是譯者的工具，它只能起到輔助的作用，而不能越俎代疱，替譯者決定選定用詞。人是活的，辭典卻是死的，不樹立這樣的觀念，譯文是活不起來的。

練習

一、翻譯下列短文

1. 孔子被稱爲聖人，但絕不是從天而降的，他也是從娘肚子裏出來的。那麼他的生身父母是誰呢？

2. 春秋時期，魯國武士叔梁紇娶施氏後，生下九女，沒有一個兒子。後來他娶妾生了一個兒子，名叫伯尼。

3. 上海街頭的廣告欄、電線桿以及報紙的夾縫上，"速成托福班"，"三月通日語會話班"之類的招生廣告隨處可見。據統計，僅日語班全市就 100 多所，就讀者 5000 多人，雖學費看漲，仍不乏人問津。

4. 老風俗，像一個葫蘆，前幾年按到水底下，現在一鬆手，全都浮上來了。

5. 結果，我還是學起日語來了。開始的半年每天都是"あいうえお"基本發音練習和背一些"桌子""椅子"等單調的生

詞，枯燥極了。有時候枯燥難耐，我就逃學，躲在宿舍裏偷偷地看《紅樓夢》、《三國演義》等古典小說。

6. 每年暑假的最後一天，全家總要去郊外的森林公園郊遊，而每次必不可少的活動就是釣魚。爸爸常說，釣魚能鍛鍊人的耐心。放上魚餌，甩出魚竿，靜靜地就等魚上鈎了。

7. 中國畫的線，本身就是超越寫實的，以形寫神的要求，使線條的抑揚頓挫、波磔起伏具抽象的寫意性，並使線條具有獨立的審美價值。

二、分析下列短文

中國書法家歷二千年孜孜矻矻的努力，將目之所察、心之所悟一一收入筆底，在點劃中將宇宙萬有之生滅榮衰運轉排列輕重長短厚薄濃淡方圓利鈍徐捷高度抽象，使全人類的文字產生了一枝獨秀的有情世界，在符號和造型之間有感情蕩漾的廣闊天地。

譯文：中国の書道家は、二千年に渡って、たゆまぬ努力を重ね、目に入るものや心で悟ったことをそのつど筆にまかせて書いて、点と線の世界で、宇宙万物の生滅流転や枯栄盛衰、運行、排列、軽重、長短、厚薄、濃淡、方円、利鈍、遅速などを高度に抽象して、全世界の文字に穎脱した異彩を放つ情調たっぷりの別天地を形作って、符号と造形の間に、感情の起伏を巧妙に表現する広い空間を作り出してきた。

第三講　倒譯——常用詞語理解與表達㈡

第一節　倒　　譯

　　倒譯、簡言之，就是翻譯中的變序，至於變序的原因，一般來講有三個，即語法、修辭和習慣。所謂語法原因，就是原語與譯語之間的句法差異過大，譯文不得不按照譯語的語法規則進行調整、翻譯。然而，這一點又不是絕對的，就某一個具體句子而言，能否在譯語裏找出相同或相近的句型、句式維持原序進行翻譯，同譯者自己的水平有著密切的關系。一個句子，有人可以按原序譯出，有人則無法做到這一點，只好改序。出自修辭原因的變序通常是爲了表達效果，爲了更準確地轉達原文的信息內容。此外，還有一些變序既說不上語法根據，也不是出自修辭的考慮，它們僅僅是人們語言習慣的體現。

　　但是，如果站到句群、段落和文章的角度看，變序又可以細分爲句內變序和句外變序。前者發生在一句子內部，後者則發生在句子與句子之間。如果說句內變序存在著上述三大原因的話，那麼，句外變序的原因便只有一個，即出自修辭的考慮。在實際翻譯過程中，句內變序與句外變序並用的情況也較常見。

　　變序，體現在文字上，最明顯的特徵就是原文的前後文（包括詞句等）倒個錯位，所以習慣上稱爲倒譯。

下面先討論由句法原因導致的變序。

例1 "你心目中的男子漢應該是什麼樣的"，幾乎所有答卷者都表示愛果斷、堅定、沉著、冷靜、有創造力的男子漢、厭惡那些奶油氣、虛偽、自私的人。

譯文：さて「あなたのあこがれる男性はどういうような人間ですか」という質問になると、ほとんどの人は、思いきりがよくて、創意に富み且つ沈著で冷靜なしっかりものが好きで、女々しくて、虛偽的なエゴイストが嫌いと答えた。

由於中日文句法上的差異，這例中的三個動詞"表示"、"愛"、"厭惡"都不得不改變在原文裏的前後順序，變成"……が好きで……が嫌いと答えた"。此外譯文把"有創造力"一語搬到"果斷"之後，成為"思いきりがよくて、創意に富み"，也是從語法角度考慮的，使詞組充當的定語和單詞充當的定語分開，以保持句子結構的總體平衡。

例2 可可的故鄉在美洲，是印第安人最先發現了它的功用；咖啡的故鄉在非洲，是黑人最先發現了這種紅色漿果的妙用。

譯文：ココアの故鄉はアメリカ、その効用を発見したのはインディアンで、コーヒーの故鄉は、アフリカで、その赤い果実の妙用を発見したのは黑人です。

此例原文中含有兩個"是"字結構，分別強調肯定小句主

語。譯文可以按原序譯出，但是效果不如現在的譯文，因為日語的“……するのは＋名詞”結構比“名詞が＋……する”結構更強調名詞，語氣也更重。

例3　在當今世界上，恐怕只有日本堪稱“木屐王國”。特別是日本女子，身著和服，足穿木屐，走起路來，身略前傾，小步急趨，是那麼文靜、典雅、謙恭得體，別有一番風韻。

譯文：いまの世界で「下駄の国」と呼ぶことのできるのは、恐らく日本ぐらいであろう。とくに和服を身につけ、下駄をはいて小刻みに歩く女性の姿はしとやかで気品があり、しかも慎ましやかで、すこぶる風韻に富む。

原文共兩句，兩句譯文都採用了倒譯手法。第一句與上例相似，第二句的倒譯基本上也是出於對語法的考慮。因為中文是個長句，前一半基本上是典型的小句謂語句，後一半則為形容詞謂語。簡言之，長句的形成主要是靠多項謂語完成的。但是，日語的長句很少在謂語部分做文章，通常是靠連體修飾語（定語）和連用修飾語（狀語）來形成長句。由於中日文的這種語言特點，譯文把“身著和服，足穿木屐，走起路來，身略前傾，小步急趨”部分搬作“日本女子”的定語，這樣，整個譯文結構比較平穩，詞語之間的銜接也比較容易一些。

二

比起因句法原因的變序，從修辭角度進行倒譯的情況也不少。它的目的自然是為了譯文表達得準確、鮮明而又生動有力。

例4　中國有不少地名是根據當地有特色的山川、湖泊命名的，像大陸西部的青海省就是以境內的青海湖而得名。

譯文一：中国では、数多くの地名は、その土地の特色のある山や川や湖などに由来したのである。例えば、大陸の西部にある青海省はその地域にある青海湖によるものである。

譯文二：中国にはその土地の特色ある山川、湖沼にちなんだ地名が少なくない。大陸西部の青海省の名は、そこにある青海湖に由来したものだ。

兩個譯文相比，高下之分比較明顯。譯文二不僅簡潔，而且準確。

例5　中國人一向很重視爲孩子起名兒。可愛的寶寶誕生後，做父母或祖輩的就要翻翻字典、查查辭海，總想爲他（她）取個好名字。

譯文：中国人は昔から子供の名付けを重視してきた。かわいい赤ん坊が生まれると、いい名前をつけてやろうと、親たちは辞書をあれこれひっくり返しては首をひねる。

這一例的變序代表了一個類型，即凡屬於語言、思維活動的內容，無論它在原文中的語序如何，譯文往往都以“……と言って（思って）……”的形式出現，以更好地表達原文，同時又能使譯文變得簡潔一些。

例6　著名政治活動家季米特洛夫（保加利亞）有句名言：“郵票是國家的名片”。一枚郵票，反映了一個國家的歷史風情、文化藝術，因此各國都想方設法把自己國家最有代表性、最

引爲自豪的東西表現在郵票上。

　　譯文：「切手は国の名刺である」、これはブルがリアの政治活動家ゲオルギー・ディミトロフの名言である。一枚の切手が、その国の歴史、文化、芸術を反映する。どの国も自国を代表する最も誇らしいものを切手に表現しようとする。

　　這例顯然是譯者爲了突出、強調“郵票是國家的名片”這句名言而進行倒譯的。如純粹從語法角度考慮，不變序亦無不可。

三

　　此外，還有一些倒譯旣不是由於語法原因，也非修辭的原故，不過是尊重對方語言中約定俗成的習慣表達而已。如：

中文	日文
滿面喜色	喜色滿面
萬紫千紅	千紫万紅
鐵石心腸	鉄腸石心
不屈不撓	不撓不屈
不出門外	門外不出
蒙昧無知	無知蒙昧

　　此外，中文的“同工異曲”可以說成“異曲同工”，同樣日文裏的“異曲同工”也可以說成“同工異曲”，不失爲典型的異曲同工。

　　例7　首任中國駐日本大使陳楚

　　譯文：陳楚初代駐日大使

例 8　日本駐華使館

譯文：駐中国日本大使館

例 9　中日友好二十一世紀委員會

譯文一：中日友好二十一世紀委員会

譯文二：日中友好二十一世紀委員会

這例站在中國人的角度翻譯，爲譯文一；站在日本人的角度翻譯，爲譯文二。

四

除了句內變序外，在實際翻譯工作中，句外變序以及句內變序、句外變序並用的情況並不少見。因爲超越了句子的範圍，變譯的幅度大了許多，有時甚至讓人覺得是在改寫、改編原文。

例 9　考核分爲考試和考查兩種形式。考試課的成績採用百分制，六十分爲及格。其評定辦法是平時成績占 40%，期末考試成績占 60%；考查課不進行考試，只根據平時成績評定，採用及格、不及格兩級標準記分。

譯文：中間考査（前・後期それぞれの中間に行なわれる）と学期末試験（前後期にある）は定期試験であり、中間考査は合格または不合格をもって評価するが、学期末試験は100点満点で採点される。しかし、試験科目の成績評定は試験の点数と平常点によって、実施される。つまり学期末試験の成績の60パーセントに平常点の40パーセントを加えて評価する。合格点は60点以上である。本学では、中間考査は試験を行なわないで

平常点によって評価する。

　這一例採用了加譯、分譯、倒譯等多種翻譯技巧。從倒譯的角度看，譯文打亂了原文的句子順序，如原文先講考試課的及格分及其評分標準，後談考查課。譯文卻先把後面的“採用及格、不及格兩級標準記分”挪到前面，首先談考試課和考查課的標準記分方式，然後再分別具體地談考試課和考查課的評分方法。這樣做的原因，是爲了同第一句話呼應，同時使整段文字的結構平穩。此外，原文中的“六十分爲及格”被挪到了評定辦法”的後面。這是爲了避免不必要的誤解。因爲“六十分爲及格”不僅僅指卷面成績，而且指期末總成績，即 40% 的平時成績和 60% 的考試成績之和。

　例 10　一千五百名中國作家和藝術家 11 月 8 日下午聚集在人民大會堂，商討繁榮社會主義文藝和他們的全國性組織——中國文學藝術界聯合會的體制改革問題。

　他們是來自全國各地的文聯第五次代表大會的代表。8 日是大會的開幕式。

　譯文一：千五百人の中国の作家、芸術家が 11 月 8 日午後人民大会堂に集まって社会主義文学・芸術の繁栄と彼らの組織である中国文学芸術連合会の体制改革問題などについて議論した。

　彼らは全国各地から来た中国文学芸術連合会第五回代表大会の代表で、8 日は開幕式の日であった。

　譯文二：作家、芸術家の連合組織である中国文学芸術界連

合会（中国文連）の第五回代表大会が十一月八日の午後から人民大会堂で開かれ、全国各地から代表として選ばれた千五百人の作家、芸術家が社会主義文学・芸術の繁栄、中国文化の体制改革などの問題について討議した。

譯文一維持原序，譯文二幾乎完全打亂了原文的語序。但是，就翻譯效果而言，顯然譯文二高出許多，不僅充分達意，而且十分簡潔。

第二節　常用詞語理解與表達㈡

翻譯不僅要打破辭書對人的束縛，而且還需積極主動地打破人的思維定勢，把一字一詞譯活，不僅要達意，而且要傳神。一字一詞可以有多種譯法，但是，它只能有一個最好的譯法。找到這個譯法，自然會使譯文生輝，關鍵還是要抓住語境，因為它既是譯文賴以生存的基礎，又是譯文得以生輝的前提。

例 1　青海湖是中國最大的鹹水湖，面積 4583 平方公里，湖岸有廣大的草原，是良好的天然牧場。

譯文：青海湖は中国最大の塩水湖で、面積は四五八三平方キロ。岸にははてしない草原が広がり、すばらしい天然の牧場だ。

例 2　在湖北省西部的崇山峻嶺中，有一大片原始森林。這就是馳名中外的神農架自然保護區。

譯文：湖北省西部にそびえる険しい山々は、原始林におお

わなている。ここは即ち世界にその名をはせている神農架自然保護区である。

　例3　蘇州以寒山寺著稱於日本，自公元前 514 年吳王闔閭就在這裏建都，迄今已有 2500 年歷史。

　譯文：蘇州は寒山寺で日本人はもなじみの深い古都だ。紀元前五一四年、呉王闔閭がここに奠都し、以来、二千五百年を数える。

　這 3 例中，共有 3 個 "有" 字。如果全部譯成 "ある"，亦未嘗不可，但卻會使譯文黯然失色。例 1 中的 "広がり" 一下子把廣闊無限的草原推到讀者眼前，草原就像會滾動的地毯，鋪向天際，一眼望不到邊。一個 "広がり" 使整個文章活了起來，變靜態描寫為動態描述，極其自然，又極其生動。譯者很好地利用了原文的語境。

　同樣，例 2 中的 "有" 被 "篡改" 成了 "おおわれている"，顯得極有氣勢，而且不失準確，因為湖北省西部的崇山峻嶺就是神農架自然保護區，這裏所有的山頭都是一片蒼翠。如果直譯成："湖北省西部にそびえる険しい山々には原始林が一面ある"，卻不那麼準確。譯者選用 "おおう" 顯然也是從語境考慮的。

　例 3 中的 "有"，用 "ある" 顯得單調，改用 "数える"，便生動起來，並有一一數來，如報家珍的語感。此外，文中 "著稱" 一詞譯者分寸掌握得很好，譯成 "有名" 或 "よく知られている" 有點誇張，"なじみの深い" 就十分貼切，不過比較熟悉

而已。

例 4　刑警隊長的眼前浮現出一個女大學生的身影。她那美
麗的臉龐，迷人的大眼睛和動人的笑容，不時地在他腦海裏閃
過，恍惚之中仿佛兩人近在咫尺，觸手可及。

譯文：刑事部長の目の前に一人の女子大学生の姿が浮かん
だ。彼女の美しい顔立ち、人をうっとりさせるつぶられ瞳、そ
して人をひきつけてやまない笑顔が何度も脳裏に浮かび、ぼん
やりとした意識の中でまるで二人が手の届くほどすぐ近くにい
るようだった。

這例中的"迷人"和"動人"，譯得極有文采，而且分寸準
確。在這個語境裏，如果把"迷人"譯成"人を迷わせる"，意
思大變，成了讓人不知所措、讓人迷惑之意；譯成"人を魅惑す
る"或"理性を失わせる"，女大學生則變成了性感女郎"，有
傷大雅。"動人"譯成"感動させる"或"人の心を動かす"，
又有點言過其實。當然，這兩個詞，分別譯成"きれいな"、
"美しい"也可以，不過卻平淡無奇。譯者準確地把握住了特定
語境下詞語的含義，把它們分別譯成爲"人をうっとりさせる"
和"人をひきつけてやまない"，使人拍案叫絕，讓人心爲之一
動。

總之，抓住語境，合理地利用辭書，並充分發揮自己的積極
性，勤學苦練，是一定能夠使自己的譯文日益光彩動人起來的。

練習

一、翻譯下列短文，注意打點的詞語

1. 總之、女大學生對幸福的理解，已超出了個人的小圈子，更注重對於社會和未來的貢獻。

2.《大學生》雜誌是今年元月創辦的中國第一家大學生刊物，創刊號印行 5 萬冊，兩天內一售而空。

3. 特立尼亞和多巴哥共和國總理喬治·邁克爾·錢伯斯 7 月 13 日到達北京對中國進行正式友好訪問。

4. 八月六日——十四日，中國最大的音像出版機構——中國唱片總公司將在日本大阪首次舉行中國唱片展覽。這次將展出各種內容的中國唱片、錄音帶 150 個品種。

5. 我們這一代人在小學既然"詩云"、"子曰"，也學地理、歷史、辛亥革命和五四運動之後，懂得一點中國和世界時事了，少年人心中就產生了許多解不開的疑問。

6. 宣紙能抗老化，防蛀蟲，經久不變，有"紙壽千年"的說法。

7. 在箱根遊覽的纜車上，我們遇見三位日本婦女，她們大概是三姊妹。知道我們是中國人，便主動與我們搭話。她們說很想到中國去看看北京的故宮和萬里長城，遺憾的是一直沒有機會。

8. 可能是攝影記者的職業病吧，看見什麼都想拍。尤其是初次訪日，這種心情更加迫切。

9. 不少女同學還參加勤工儉學，"我們都長大了，不願老當伸手派"。她們崇尚自立精神。

10. 六名寄宿者爲學校附近一家照像館攬彩擴活兒。每人每

月挣十幾元，買書訂報，改善伙食，"這比只向父母伸手，當抱大的一代強吧？"

二、分析下列譯文

1. 大部分作品題材源自作者家鄉所在江西農村的日常生活。它們幾乎都以藍色爲基本色彩，或渲染氣氛，或展現人物精神面貌，或表達畫家的情感。藍白相間的土制花布在南方農村極爲盛行。它們被用來製作衣服、頭巾、圍裙、門帘以及提包等等。畫家把這種常見的顏色搬到了畫布上，產生了一種特殊的藝術效果，往往強烈地表達出作者的主觀感受，顯得生動和富有內涵。

譯文：画家の故郷江西省の農村の日常生活をテーマとする作品の大半は、青色を基本的カラーとし、雰囲気、人物の精神状態、感情を描いたものである。青、白の色が交互に染められた手織リの模様のある布は、南方の農村では服、スカーフ、エプロン、のれんなどの生地としてよく使われている。画家がこの見なれた色をキャンバスにつけると、特殊な芸術的効果が生じ、作者の強い主観的感受性が示される。このように描かれた絵は生き生きとし、内包に富んでいる。

2.《集日歸來》中，三個農村姑娘，表情各異，她們木然的神態，與渾厚、寧靜的藍色畫面相和諧，有一種純樸自然的美。

譯文：『市からの帰路』は、表情の異なる三人の農村の女性を描き、黙々とした表情は、重厚で静かな青色の画面とよく

調和がとれ、素ぼくで自然の美を示している。

3. 雖然她的體形條件沒有其他隊員好，但她根據自己身體素質好，力量大的有利條件，揚長避短，增加自己的動作難度。

譯文：スタイルなどの点では他の人に劣る李さんは「不利な条件を避け、有利な条件を伸ばす」ということが分かり、体質がよく、力が強いという自分の有利な条件を伸ばして、動作の難しさを高めることに始めた。

第四講　分譯與合譯——同形漢字詞翻譯㈠

第一節　分譯與合譯

　　分譯就是把原文的一個句子譯成兩句或更多的句子。合譯則是把兩句或更多的句子譯爲一個句子。在書面上，分、合譯的主要判斷標誌是句子的標點符號。如果仔細分析，分、合譯存在著兩種具體的手法：一種是單純改變原文標點符號，把句子擴展或縮短；另一種則是從原文中直接提取出一部分內容，或讓它獨立成句，或把它併入到其他句子中。

　　從理論上說，分、合譯的關鍵是安排好譯文的句子結構，保證譯文在句法上的完整性。分譯的實質，是從原文中直接提取或化解出新的完整的句子結構，並使之獨立出來，成爲句子，從而完成分譯。合譯則反其道而行之，調整合譯到一起的各個句子或各個部分的語法結構，使其相互協調，統一到一個新的完整的句子結構中。

一

　　分、合譯最常用的方法就是改變原文的標點符號。原文標點符號之所以可以被改變，主要有三個原因。一是作者和譯者對句子的理解與把握不同；二是兩種語言在句法上的不同，如中文很少有長達幾百字的長句；三是由於修辭的需要。

當然，改變原文標點符號進行分譯或合譯，必須保證譯文的每一句裏都有較完整的句法結構，作為句子能夠得到認可。否則，胡亂地改變標點，並不能成為分譯或合譯。

例1　一天工作之後，我很想看看電視，<u>雖然他從來不介意我們吵擾他</u>，但是，每當我看到他那皺起眉頭，竭力集中精神思索的苦勁兒，我只好把電視機關掉。

譯文：はりつめた一日の仕事を終えると、とてもテレビが見たくなる。それは彼の仕事のじゃまになるが、彼は一向かまわないのである。しかし、眉をしかめながら、思索に耽けっているその苦しそうな様子を見ると、私はテレビを消さないわけにはいかない。

例1本是一句話，譯文為三句。分譯的辦法主要是改變了原文的標點符號。顯然，這跟譯者對句子的把握有關。同時，這也正是通常所說的譯者再創作之處。譯者不認為"我很想看看電視"和後面的"雖然他從來不介意我們吵擾他"有很強的轉折關係。相反，譯者把轉折關係譯進了"雖然"句中，使其內部句法結構發生變化，成為表示轉折關係的偏正複句。從原文句法結構看，除"雖然"句進行了句法調整外，原文的前後兩個分句都含有主謂成份，把它們獨立出來，成為分譯，十分容易。

例2　在中國，有些年輕人還有充大的樂趣，願意被稱為"老王"、"老李"，"年長"與"有經驗"的概念是相通的。

譯文：中国では若い人たちの間でも、おもしろいことがあります。王クンや李クンが「老王」や「老李」と呼ばれて喜ん

でいます。「年長」と「経験深い」とは、概念が互いに通じ合うからです。

例2 把原文的兩個逗點變爲句號，使原文一變爲三。其主要原因是文中出現了"老王"、"老李"這樣泛指普通人的"專有名詞"（即專有名詞普遍化現像），在日語句法上較難與前面的"年輕人"銜接，不如分開來說省事，既簡潔明了，又事半功倍。但是，原文的"願意被稱爲'老王'、'老李'"部分主語承前省略，分譯時就應該補上主語，使之成爲完整的句子。

例3 在萬般無奈的情況下，月容媽當上了暗娼、倔強的月容發現了母親的行爲，氣憤地離家出走。然而，殘酷的現實粉碎了月容自食其力的幻想。

譯文：なすすべくもなくなつた母親は、売春婦に身を落とした。気の強い月容は、母のやつていることを知ると、怒って家を飛び出した。しかし、現実は残酷だつた。月容の自活の夢は破れた。

例文摘自影片《月牙兒》的評論，譯文與上例不同，有點特別。它雖然也是通過標點符號來實現分譯的，但是原文的最後一句中並沒有標點符號，譯者把它拆開，加個標點，使它變成兩句。譯法十分簡單，卻又十分準確，效果很好。

例4 我的鄰居是位台灣學生，她有一親戚在上野開了一間居酒屋，叫唐人館，課餘她常去那兒幫忙。暑假她要回台灣探親，於是她問及我是否願意到唐人館頂替她一個月的工作。

譯文：わたしの部屋のおとなりは、台湾の留学生で、彼女

には上野に居酒屋を営む親戚がいます。屋号は「唐人館」。よくお店に手伝いに行く彼女から、帰国する夏休みの間だけ、一カ月間、代わりに働いてくれないかと頼まれました。

這例原文由兩句話組成，譯文卻是三句。"屋号は「唐人館」"可以看作是分譯。後面的文字卻是合譯，它把"課餘她常去那兒幫忙"併到了後面的文字中。

例5　她雖然已經是六十一歲的老人了，但她依然顯得年輕、俊秀、不減當年貴人姿容：滿頭黑髮，兩眼炯炯有神，鼻梁高高的，長圓臉龐。她思維敏捷，記憶力好，談吐清晰。

譯文一：彼女はもう六十一歳だが、見たところとても若く、かつての貴婦人の容姿は少しも変わっていない——髪は黒ぐろとし、目はキラキラ輝いていて、鼻すじがとおり、長めでふっくらした顔をしている。彼女は、記憶力が優れているうえ、受け答えが早く、物言いもはつきりしている。

譯文二：彼女はもう六十一歳だが、見たところとても若く、かつての貴婦人の容姿は少しも変わっていない。髪は黒ぐろとし、目はキラキラ輝いている。鼻すじがとおり、うりざね顔の彼女は、記憶力がよいうえ、受け答えが早く、物言いもはっきりしている。

兩段譯文的區別就是一個沒有進行分、合譯，一個則利用標點符號進行了分、合譯。後者在語感、思路上都和原文有微妙的不同。原文"貴人姿容"後面的冒號並不表示斷句，相反，正是對"貴人姿容"的具體說明。譯文二把它們分開了，使"髮は黑

ぐろとし、目はキラキラ輝いている"單獨成句，這樣，前後文的關係相對鬆了很多，與"貴人姿容"也失去了緊密的邏輯關係。尤其是把"鼻梁高高的、長圓臉龐"與下文並作一句，譯成"彼女"的定語，則完全使它們與"貴人姿容"失去了必然的聯繫。雖然只是標點符號的變化，卻會影響原文信息內容的準確表達，切不可輕視。

例6　八一鎮只有兩萬人口。鎮上不僅有小學、中學、技校，而且還有一所大學。這在西藏首府拉薩之外，是絕無僅有的。八一鎮的居民頗爲此自豪。

譯文：八一鎮は人口二万の町だが、小学校、中学校、高等専門学校のほかに、大学まであるという学園都市だ。チベットではラサ以外にこういうところはないと、住民は鼻が高い。

這例利用標點符號進行合譯，把原文四句話併成兩句。兩句的句子結構也安排得相當得體。

二

分、合譯的另一手法是拆句。所謂拆句，它不同於利用標點符號，它同標點符號沒有直接的關係，往往從原文中拎出部分詞語，或讓其獨立成句，成爲分譯；或併入其他句中，成爲合譯。

但是，在拆句式分、合譯中，分、合譯本身又是辯證的，隨著視角的改變，分譯可以搖身變爲合譯，合譯也可以轉臉成爲分譯。

例7　幾個月前，收到一位陌生人寄自孔子故鄉曲阜的來

信，字跡娟秀，像位婦女。

譯文：数カ月前のことだが、一通の手紙が届いた。差出人の名に覚えはない。「山東省曲阜にて」となっている。筆跡がすっきりしていて美しいから、女性だとは思ったが……。

這是一例典型的拆句式分譯。原文被一分爲四，先說收到信，再說不認識寄信人，然後談信寄自何處，最後從字跡判斷寫信人的性別。眞是猶如剝筍，一層又一層，清清爽爽。

例8　一進吐魯番市區，就有一種在中國其他任何城市沒有見過的蒼翠奪目的感覺，車輛往來頻繁的大馬路上，搭著高大的葡萄架；人行道上也搭了葡萄架，碧綠的枝葉已經爬到架頂，有的上面已經垂下一串串精圓的綠色珍珠似的葡萄，顆顆透明，甜蜜的乳汁好像要滴下來一樣。

譯文：トルファン市內に足を踏み入れて目を奪われたのが、緑の素晴らしさ。中国のほかの都市では見られない光景だ。車がひっきりなしに疾走する大通りの上一面に、テントにでもなったようなブドウ棚が架かっている。歩道の上にもある。緑のつるが棚に巻きつき、一部の棚には緑の「真珠」がいくつも垂れ下がっていた。つぶのひとつひとつは透明で、甘い汁が滴るようだ。

這一例首先把“在中國其他任何城市沒有見過的”提出來，讓它單獨成句。後半段則利用標點符號進行分譯。

例9　決定命運的考期到了。如今哪有大學考試，哪裏便擠滿考生的父母。大熱的天（中國高考日期定爲每年7月7、8、9

三天），他們背著裝有酸奶、水果的挎包，提著灌了酸梅湯的水壺，還直往孩子懷裏塞巧克力的。他們汗流浹背，邊給孩子擦汗，邊叮囑著什麼。此情此景，難怪有人說：“這是在考家長哩！”

譯文：運命を決める試験日が来ました。最近は、どの大学の試験場のそとも、受験生の親たちでいっぱいです。中国の試験期日は七月の七、八、九の三日間なので、一年でいちばん暑いときです。ヨーグルトや果物を入れたバッグを肩にかけ、暑気払いの酸梅湯という飲みものを入れた水筒を提げた親が、子供のポケットにチョコレートを入れてやったり、汗を拭いてやったりしながら、何かを言いふくめています。親たちのほうが汗だくで、「これでは父兄の試験だ！」といわれるほどの光景です。

這一例不同於上例，譯文把“他們汗流浹背”一句提出來另譯，讓後面的“邊給孩子擦汗，邊叮囑著什麼”與前文成一句。因爲它們都是在描述父母們的行爲動作。從這個角度看，譯文採用了合譯技巧。但是，如果著眼於“他們汗流浹背”部分獨立成句，又可以稱之爲分譯。

例 10　拼音文字的字母和單詞沒有這樣緊密的關係。學會字母遠不等於學會單詞。牛 ox、公牛 bull、母牛 cow、牛肉 beef、牛奶 milk，相互之間毫無關聯。

譯文：表音文字の記号と単語の間には、このような緊密な関係はない。記号を覚えても、単語の意味を覚えたとはいえな

い。例えば中国語の牛、公牛（雄牛）、母牛（雌牛）、牛肉、牛奶（牛乳）を英語に直すと、それぞれox、bull、cow、beef、milkだが、相互関係は少しもない。

例 11　中文水平考試分爲初等、中等和高等三級，《中文水平證書》分爲：初等水平證書（Ａ、Ｂ、Ｃ三級）、中等水平證書（Ａ、Ｂ、Ｃ三級）、高等水平證書（Ａ、Ｂ、Ｃ三級），各類證書以Ａ級爲最高。

譯文：「中国語能力試験」（中文水平考試）は初級、中級、高級という3つの等級からなつている。『中文水平証書』は、初級レベル証書と中級レベル証書、高級レベル証書に分けられる。各等級の証書はまたＡ級、Ｂ級、Ｃ級というように分けられる。そのうちＡ級は最高である。

這兩個譯文有一個共同的特點，即都進行了合併同類項。例10把中英文分開，例11則把原文括號內的文字另提出來，合併到一起翻譯。但是，從分、合譯的角度去看，兩者既可以說採用了分譯技巧，又可以說採用了合譯技巧。如例10，譯文把中英文分開，似是分譯，但是從反面看，卻又是合譯，因爲中英文各自聚集到一起，自成“一家”了。例11也存在著類似現像。

其實，分、合譯本來就不是絕對的。在一定的語境下，它們會變得撲朔迷離，甚至相互轉化，表現出一定的相對性。因此，在使用、研究分、合譯時，既要注意到絕對性的一面，又要注意到它的相對性的一面，眞正把它們用活。

第二節　同形漢字詞翻譯㈠

中文有句成語，叫"成也蕭何，敗也蕭何"，用它來形容日中互譯中的同形漢字詞的功過，是最貼切不過的。同形漢字詞在某些場合，可以直接用進譯文，有時甚至非它不可，因為有一些同形漢字詞中日文意思一樣，修辭色彩、語感也完全相同。但是，在日中互譯中，同形漢字詞又是一個無形的陷阱，往往會讓人跌進錯誤的泥潭。尤其是中譯日，跌進這個陷阱的可能性更大，因為對中國人而言，日語水平一般低於母語，選字用詞的範圍更小，見到同形漢字，容易直接挪用，以為是條捷徑。其實，同形漢字詞，能沿用的只是其中的一部分，意思出入較大的，不能挪用的也佔有相當的比率。此外，還有一些兩可的同形漢字詞。然而，無論沿用與否，決定因素有兩個：一個是詞義；另一個是語境，主要研究詞語在語境中的引申，變異等問題。下面分而述之。

一

中日文同形同義的漢字詞雖佔有一定的比例，但是，詞義相差較大、或完全異義的也為數不少。因此，翻譯時，首先要辨明詞語的意義，然後再考慮翻譯。

例1　現在老黃每天上午上班，下午在家和老伴做點文字工作。

譯文：黃さんは每日、午前中出勤するが、午後は自宅で奧

さんと二人で書きものをしたりする。

例2　對於一般讀者來說，看本書時，最感興趣的內容恐怕莫過於有關描述張學良被囚之後的文字。

譯文：一般の読者にとってこの本にもっとも興味をもてるところは、張学良がとらわれの身となってからのことについての叙述であろう。

例3　本書的文字旣不艱澀，又非小說家言，且能隨著內容的不同而起伏變化，做到生動流暢。

譯文：本書の文章はわかりやすく、小説家の文章ではない。そして、內容の違いによって変化があり、いきいきとして流ちょうである。

例4　漢字以字爲基本單位，由字組成詞。漢字的組詞能力特別強，掌握了幾千個漢字就等於掌握了數萬個詞匯。拼音文字的字母和單詞沒有這樣緊密的關係。

譯文：漢字は文字を基本単位として単語を構成する。その構成能力はすこぶる強い。よって、数千の文字を覚えれば、数万の言葉を知ることができる。表音文字の記号と単語の間には、このような緊密な関係はない。

這四例中的四個“文字”，譯者把握得很準，完全符合原意。沿用中文“文字”的，只有例4。此外，例4中“漢字以字爲基本單位”的“字”，“掌握了幾千個漢字”的“漢字”，和“文字（もじ）”雖非同形漢字詞，這裏譯作“文字”卻非常貼切。

例 5　在南京路上漫步，我感到自己認識了上海。在南京路上漫步，我發現生活充滿著色彩。

譯文一：南京路を漫步して、私は上海を再認識することができると思う。南京路を漫步して、私はいつも生活が色彩に充満していることを発現する。

這是一例典型的挪用同形漢字詞的譯文，但是卻讓人莫名其妙，不知所云。六個同形漢字詞"漫步、認識、發現、生活、充滿、色彩"中，中日文基本同義的只有"漫步"和"生活"。中文的"認識"在這裏是深刻了解的意思，表現的是一種介於感性和理性之間的認識狀態。但是，日文的"認識"卻不能這麼用，它主要指人的理性認識。"發現"在中文裏可以表示"注意到、發覺"的意思，日語的"發現"則表示"外露、表露"的意思，與中文風馬牛不相及。"充滿"在日語中用得比較實，一般接在氣體、氣味等具體的詞語後使用，很少與抽象詞語連用。最後一個"色彩"在日語裏有兩個意思，一個是實實在在的"顏色、色調"，另一個是帶有某種傾向的意思，如"政治的な色彩"。這例中文的"色彩"表示的卻是豐富多彩的意思。顯然，這例如果被同形漢字詞束縛住手腳，是絕對翻譯不好的。必須吃透原文，弄清同形漢字詞的眞正意思，再選擇譯詞。

譯文二：南京路をそぞろ步きすると、上海とはこういうところか、生活とはかくも多彩なものかとつくづくと思う。

例 6　來自武漢大學的一次問卷調查表明：我國女大學生正在成長爲有理想、有毅力、個性開朗的新一代女性。

譯文：武漢大学の行なったアンケートによると、わが国の女子大学生は理想を抱き、気魄に満ち、のびのびとした個性を持つ新しい世代になりつつあるということである。

例6中的"新一代"譯成"新しい世代"，足見譯者對中日同形漢字詞有個較好的把握。首先日文的"一代"指人的一生，或指一個朝代、一個時代，跟中文基本同義，但是，在這例中，中文的"一代"卻不是上述意思。說到大學生的時候，差十幾歲，甚至差幾歲都可以被稱作"新一代"，如"八十年代的大學生"和"九十年代的大學生"在年齡上的相差絕對構不成普通意義上的"一代"，甚至相對於九十年代初期的大學生，九十年代中期的大學生也可以稱作"新一代大學生"。這裏的"新一代"主要體現在作風、思想方法、世界觀的差異上。當然，它跟年齡也並非沒有關係，但是，只要存在一個年齡差，就可以稱作"一代"了。用日語說，最貼切的詞就是"世代"。

例7　在市區東南風景秀麗的文峰塔附近，進入一座古城模樣的大門，便來到了紡織街。

譯文：市の東南部、美しい文峰塔の近くに、城門を思わせる大きな門がある。それをくぐると、目的地の繊維品街だ。

例7中"古城模樣的大門"如譯成"古城の模様の大門"，自然會成笑談。中日文"模樣、模様"本不同義，"模様"表達不了中文"形似"這層意義，它的意思除"圖案、花紋"外，指"狀況、情景、情況"。日語的"古城"，通常是指無人居住的棄城。而"大門"再大，也很難讓日本人把它和城門聯繫到一

起。例 7 的 "城門在思わせる大きな門" 的譯法就十分準確。原文沒有說明究竟是不是古城門，譯文同樣也不明言，給人留下思索的餘地。

練習

一、翻譯下列短文

1. 我不做雕塑，但從事一種跟雕塑差不多的造型藝術工作，雕煙斗。

2. 中文的 "夫"、"丈夫"、"大丈夫" 詞義很接近，在日文中卻相去甚遠，這不能不令國人對語言的轉化、引申之奇妙而驚嘆。

3. 蘇州之所以得有 "姑蘇" 這個帶有女性色彩的雅名，是因爲蘇州城外有一個古老的地方叫 "姑胥"，經歷代轉音而爲 "姑蘇"。

4. 留學生來校報到時，均應與宿舍服務台簽訂住宿合同，每人繳納 30 美元押金，學習結束離校時，宿舍傢俱、物品如無損壞，押金原數退還。

5. 我死死地拽住學生劉偉的胳膊，想不讓他跑掉，但畢竟是四十多歲的人啦，哪能敵得過十六、七歲的小伙子。劉偉還是甩開了我，跑了。

6. 我記憶中的小時候的姐姐，相當好看。身材靈巧，不高不低。圓圓的臉，膚色很白。梳著兩條當時時興的長辮子，配上那一雙亮亮的眼睛，眞是楚楚動人。

7. 笨重的渡船一進灘口，馬上像一匹惹怒了的野牛狂蹦亂

跳。船頭一下子猛栽下去，一下又陡豎起來。

8. 我提著網兜走進大門。父親母親正在廚房殺公鷄，見大兒子從遠方歸來，很高興。臉上的皺紋綻開了，比上次回家時更密、更深。

9. 初到東京鑽地鐵的幾天，我眞有點暈頭轉向了。心裏特別緊張，總怕掉隊，不會日語，走丟了連旅館都回不了。

10. 五花八門的廣告，給東京添上了一層色彩，這也許可以說是東京的特色之一吧。廣告似乎遍於每個角落：電視機裏放著廣告、收音機裏播著廣告曲，更有站在商店門口宣傳的活廣告。

二、分析下列譯文

1. 古老的絲綢之路，歷經漢、魏晉、南北朝、唐、五代、宋等朝代，中間曾數度盛衰。到了成吉思汗時期，以其強弓硬弩向歐亞大陸擴展，有不少人曾隨其作橫貫亞洲大陸之行。

譯文：昔のシルクロードはいく度盛衰を見せながら、漢、魏晋、南北朝、唐、五代、宋などの王朝を経て成吉思汗（ジンギスカン）の時代に入った。成吉思汗はその強いゆみやをたよりにアジア・ヨーロッパ大陸へ勢力を伸した。この時に、数多くの人が彼につき従って、欧亜大陵を横断した。

2. 返京後，同老友，《人民中國》總編閑叙觀感（旅遊觀感）。他卻感興趣，邀我撰文，並說有些日本讀者願讀閑談式的報導。"職業病"難癒，我又攤開了稿紙。

譯文：北京に帰つて、旧友の"人民中国"編集長と、こんどの旅行の話をしていると、「おもしろいから、書け」とい

う。雑談風なのがお好みの日本の読者もいらっしゃるから、と勧められると、まだ治リ切らない職業病がまた頭をもたげ、知らず知らず原稿用紙をひろげてしまった。

3.《長春眞人西遊記》是一部研究絲綢之路的重要著作。但長期以來卻淹沒在道教經籍中，很少有人過問。至清乾隆十六年（1795年），才由錢大昕、段玉裁二人於蘇州道院玄妙觀中發現，傳播於世。後來成爲清代皇家圖書館的乙部要籍。

譯文：「長春真人西遊記」はシルクロードを研究する重要な著作であるのに、長い間、道教の経籍に埋もれて知る者がなかった。清朝の乾隆十六年（1795年）に至って、初めて銭大昕、段玉裁の二人に発見されて世に伝播された。この蘇州の道院——玄妙観で発見された蔵書はその後清朝の皇室図書館の乙部の典籍になった。

4.美國有幾位心理學家，對1528名智力超常的兒童進行了長達50年的追蹤研究，結果表明，他們取得的成就有大有小。而成就的大小，非智力因素起了決定性的作用——凡有恆心、進取心、自信心，又能百折不撓的人，成就最大。

譯文：米国の数人の心理学者は、知能が極めて高い児童千五百二十八人を対象に五十年間にわたる追跡調査を行った。その結果、成長後の彼らの成果のいかんは非知的要素である真心、向上心、自信、不屈の気力などがたまもので、それを身につけた児童は最も大きな成果をおさめていることが分かった。

5.她憨厚而賢惠，富有教養。她和李玉琴的愛子熱戀時，

一直不解他母親的身世。結婚之後，他把媽媽寫的《坎坷三十年》一書拿給她看。她十分同情婆母在人生道路上的艱難經歷。她不但沒有怪怨他，反而從內心中更理解他、更深沉地愛他了。

譯文：すなおでやさしく、教養あるこの娘は息子と恋愛中ずっと母親李玉琴さんの生い立ちを知らなかった。結婚してから息子は母の著作『苦難にみちた三十年』を彼女に見せた。これを読んだ彼女はしゅうとめがたどった苦難の人生に心から同情した。彼女は夫をとがめるどころか、彼を心から理解し、より深く愛するようになった。

6. 去年 3 月 22 日，對於日本新潟市的盲姑娘中村千尋來說，是終生難忘的。她來到北京復興門外的"廣播電視大樓"，拜訪了設在這裏的中國國際廣播電台。六年前，中村姑娘偶然接收到中國電台日語廣播的頻率，立即被那豐富多彩的內容、優美動聽的聲音所吸引。從此，她每天都要收聽這一節目，成了一名忠實的聽衆。

譯文：昨年の三月二十二日は、目の不自由な中村千尋さんにとっては生涯忘れられない日となった。その日、北京の復興門外にある北京放送局を訪ねることができたからだ。

中村さんは新潟市に住む。六年前、偶然ラジオで北京放送の日本語放送を耳にした。「豊富な内容、透き通った声に魅せられました」と話す彼女は、以来、一日もかかさずに北京放送を聞く熱心な聴取者の一人になった。

7. 不過，回避摩擦是一回事，解決摩擦是另一回事。此間

報紙評論，在經濟問題上日美會談實際上是「懸案拖後的會談」，具體問題的解決有待於今後。

　　譯文：ところが、摩擦の回避は摩擦の解決とは別問題である。日本の新聞は、経済問題をめぐる日米会談は実際は"懸案を先送りにした会談"であり、具体的な問題の解決は今後に待たれると論評している。

　　8. 世人傳晉人重韻、唐人重法、宋人重意，韻、法、意之側重，時代使然，正不必評其甲乙。以此觀念論元、明、清之書法，亦不必如包世臣之重碑輕帖，似乎碑學之興，方足挽狂瀾於既倒。

　　譯文：晋は韻を、唐は法を、そして、宋は意を重んじるとよく言われてきたが、そのかたよりは、時代の産物に過ぎなく、甲乙をつける必要が全くない。この見方で、元、明、清の書道を論ずる場合、碑刻を推賞したり、法帖を見下げたり、どん底にある書道界の復興が碑刻の振興によらなければならないと主張したりするような包世臣のまねは、しなくてもよさそうなものである。

第五講 意譯——同形漢字詞翻譯(二)

第一節 意 譯

意譯既是宏觀上的一種翻譯方法，它包括加譯、簡譯、變譯、反譯等多種翻譯技巧，同時它又是一種微觀的翻譯技巧。所謂微觀，即把它放到同加譯、簡譯、變譯、反譯等技巧的同一水平線上進行考察、分析和研究。我們這裏主要從微觀的角度進行探討。

與其他翻譯技巧相比，意譯主要有兩個特徵。一是更重視把握原文細微的語感、語義。它的功夫主要體現在對原文的精確理解上，追求的是抽象的邏輯思辨。其他技巧的特點則主要體現在表達上，體現在譯文的處理技巧上。二是作爲具體的文字處理方法，它又不同於加譯、簡譯、變譯等，完全是譯意，不強調譯文與原文之間的具體形態變化，一般也不從某個具體的、特定的角度，諸如增詞、減詞、句式句型變化、正反表達、思維習慣等去考察研究，而這本身又形成了它的特色。下面分而述之。

一

例1 可惜正月過去了，閏土須回家去，我急得大哭，他也躲到廚房裏，哭著不肯出門。

譯文一：惜しいことに正月は過ぎ去り、閏土は家へ帰らね

ばならなかった。私はだだをこねて哭き、彼も廚の中にかくれ
て、哭いて門を出ようとはしなかった。

　譯文二：惜しくも正月がすぎ、閏土は家へ帰らなければな
らなくなった。私は胸がいっぱいになり、大声をあげて泣いた。
かれも台所へかくれ、泣いて帰ろうとしなかった。

　譯文三：惜しくも正月は過ぎて、閏土は家へ帰らねばなら
なくなった。私は、つらくて、声をあげて泣いた。閏土も台所
の隅にかくれて、泣いていやがっていた。

　原文摘自魯迅先生的小說《故鄉》。三個譯文由於理解深淺
不同，效果很不一樣。首先"閏土須回家去"，譯文二、三譯得
比較有彈性，通過"～なければならなくなる"的句型，表現了
閏土可以不回家到必須回家的這麼一個過程，口氣也較譯文一強
烈。後一句"我急得大哭"，三個譯文的異同比較明顯。"哭"
是現像，是結果，其淺層原因是"急"，但是，究竟爲什麼
"急"呢，作者沒有明言，卻又勝過明言，讀者自己可以體會
到。怎樣把握準這深層的原因無疑是譯文質量高低的先決條件。
譯文一爲"私はだだをこねて哭き"，譯者把哭的原因解釋爲小
孩的撒嬌了。然而，根據整篇小說來看，"我"並非撒嬌，小說
中也沒有出現可以讓他撒嬌的對象，如爸爸或媽媽。譯文二爲
"胸がいっぱいになリ"，意思把握得較譯文一準確，但是，仔
細推敲，一個十來歲的小孩"胸がいっぱいになり"，也顯得過
於老成，與年齡不符。相比之下，譯文三的"つらい"雖然選詞
簡單，但卻比較準確地反映了十幾歲小孩的心態。下一句"他也

躲到廚房裏"譯文三加了一個"隔"，使原文中的"躲"生動具體起來，把小閏土不肯被父親帶走的情形逼眞地描寫了出來。最後一句"哭著不肯出門"，譯文一直譯，譯文二意譯，"不肯出門"，就是不肯回家。但是，從語法上講"帰ろうとしない"，表示的是人的主觀願望和主觀決定。閏土的主觀願望當然是不回家，但是，他並不可能按自己的主觀願望行事。換言之，一個十幾歲的小孩是無權決定自己的去留問題的。因此，仔細推敲起來，譯文二也不是十分穩妥。譯文三旣沒有直譯，也沒有簡單地譯爲"帰ろうとしない"，而是譯成"泣いていやがっていた"。如果要補上"いやがる"的對象語，就是"家へ帰るのがいやがっていた"。這就把閏土不想回家、又不得不回家這種迫不得已、無可奈何的心境準確地表現了出來。回家不回家，他作不了主，父親讓他回家，他所有的抗爭也只能是哭一回，在心裏"いやがっていた"一番而已。

例2　現在回想起來，我確實得罪過不少人，我同我的性格有關。我是個很容易相信別人的人，我把一切的人都想得太好了，對人的不防備使我吃虧不淺。我有話懸不住，想到哪兒就說到哪兒。

這段話的第一句就十分耐人尋味，得沒得罪人按理說應該自己明白，但是，作者卻說"現在回想起來"。看來"我"當初得罪人，自己並未發覺，結果不知不覺之中又得罪了許多人，不過，旣是無意識的，即便現在搜索枯腸，也未必能想清楚自己何時何地因何得罪了何人，最多有個大約的估計。換言之，開頭第

一句不能譯得太實，必須虛一點。此外，原文的最後一句，"我有話憋不住，想到哪兒就說到哪兒"是較爲典型的中文習慣表達法，不宜直譯。

　　譯文：いまふりかえってみますと、多くの人に、失礼なことをしてしまったと思いあたることがよくありますが、それはわたしの性格とも関わりがあるようです。

　すぐ人を信じるたちで、みんないい人とばかり思い、無防備だったためにかなり損をしました。それに、思ったことをすぐそのまま、率直に言ったからでもあります。

　　例3　"現在的孩子聰明，但是不如五六十年代的孩子抗'摔打'"。這是我們常聽到人們對中國孩子的感嘆。

　　譯文：「今の子供はかしこいが、五、六〇年代の子供と違って意志が弱い」と悲観する声をよく耳にする。

　　參考譯文的選詞十分得體，分寸感掌握得很好，準確捕捉到了原文的微妙語感，比如，"聰明"和"摔打"兩詞，譯得很有特色。首先"聰明"，沒有譯成"聰明"，也沒有選用"利口、賢明"等詞語。因爲"聰明"不僅指人腦袋好，而且也包含人品出眾的語義。"利口"時常帶有貶義。"賢明"表示聰明懂理，常常指對事物的處理方法等。但是，仔細體會原文，作者想說的並不是這幾層意思，所以，譯者選用了"賢こい"。"賢こい"主要表示腦袋好，才智出眾，此外，還常含有令人吃驚、起敬等語義，比較符合原文的語氣。其次，"抗'摔打'"一語，雖然常用，卻又給人一種說不清道不白的感覺，很難用一兩個詞說準它

的意思。但是，沒有一個準確的把握，就無法翻譯，查閱辭書，"摔打"的主要釋義有："（肉体的に）苦労する、もまれる"，抗摔打，就是"苦労に耐えられる、世間にもまれる"。然而，僅僅理解爲"吃苦耐勞"又欠全面。因爲現在的小孩不僅僅不能吃苦耐勞，意志也十分脆弱，爲一點小事就可能輕生。總之，原文的"抗'摔打'"概括得更深更廣。譯文選用的"意志が弱い"，就較好地反映了原文的多層內涵。下面再舉一例。

例4　這些天劉偉太不正常了，上課無精打采，經常不完成作業，穿著打扮也趕時髦來了。

譯文一：最近、劉偉さんは非常に変だ。授業中は元気がない。宿題をやらないこともよくある。それに流行を追うような身なりをするようになった。

譯文二：最近、劉偉はいったいどうしたというのだろう。授業にはうわの空で宿題もやってこない。着てくるものといえば、街の兄ちゃんが着るようなちゃらちゃらした派手なものだ。

原文中的劉偉是中學生，開始跟社會青年混在一起，但是很快被班主任發現。這段文字就是他班主任的話。兩個譯文，處理不同，表面上看，兩者都忠實於原文，但是，仔細推敲，不難發現，譯文二更加切近原文，因爲它把原文微妙的語感也譯出來了。首先，中文的"太不正常了"表述的是老師的感覺，而不是判斷。譯成"変だ"，則成了結論。譯文二譯成"いったいどうしたというのだろう"，僅僅是個疑問，後面的文字不過是疑問的來源，它更充分地體現了班主任老師的愛心和責任心。其次，

"無精打采"譯成"元気がない"不如譯成"うわのそら"，因為"元気がない"更多地體現的是提不起精神、萎靡不振、健康狀況欠佳等生理性因素。而劉偉並非缺乏活力，一走出課堂，他立刻會變得生龍活虎，充滿朝氣。因此，"うわのそら"更能準確地體現他在課堂上的狀態。最後一個"趕時髦"，明顯地帶有貶義色彩。譯成"流行を追う"顯得不到位。劉偉的"趕時髦"趕的是他眼中的時髦——哥們兄弟的穿著打扮。所以，譯者增添了不少詞語來表現這個特殊的時髦。

例5　幾天後，上街時又掉了脫下拿在手裏的一件新毛衣。第二天去找，一位擺水果攤的老太太已把它高掛攤頭，等待認領。

譯文：数日後、こんどは市内で落し物をした。脱いで手に持っていたはずの新品のセーターである。次の日さがしに行くと、果物の露店を出しているおばあさんが、それを店先の高い所に掛けて、引き取り手を待っていた。

例6　在戰場上子彈打不著他；打傷他的也不一定是敵人的子彈。真正的敵人不在這裏。在後方，貌似公正的"友軍"的暗箭，才應該提防。

譯文：戦場では弾丸に当らなかった。彼を傷つけたのは敵のタマとは限らなかった。敵は本能寺にある、後方にいて、いかにも公正無私かの如くである「友軍」の闇討ちにこそ気をつけなければならない。

例5的功力體現在"はず"一詞上。它準確説出了人的錯

覺——以爲毛衣在手上或以爲毛衣一直拿在手上。加上這個"は
ず"，使譯文顯得更加符合邏輯。

例6中有一處誤譯，即"彼を傷つけたのは"。原文"打傷
他的"，根據上下文，並非指過去的既成事實，而是指將來有可
能被打傷。應改爲"彼を傷つけるのは敵のタマとは限らな
い"。雖然只是個時態的變化，卻使兩個譯文在意思上出入較
大，不可忽視。

二

作爲具體的翻譯方法，意譯的主要特點爲不考慮原文的結
構、文字等外部特徵，強調抓住原文的核心意義，準確地表達出
來，放得開，收得攏，沒有任何限制。簡言之，即譯意二字。

例7　中國現在開始提倡快節奏，但我本人尚無切身體會。
這次到日本可以說嘗到了快節奏的滋味。

譯文：テンポを上げろと、中国ではいま言われはじめたと
ころですが、私自身どうもピンときませんでした。それが日本
に来て、こういうものかと分かったような気がします。

這段文字，如果順譯或直譯，恐怕很難保證譯文的質量。所
以，譯者完全擺脫了原文句子結構和詞語的束縛，緊緊抓住句子
的核心意思，用日語表達出來。既簡單淺顯，又準確無誤。作爲
翻譯方法，可以說是典型的意譯。

例8　有一天，奶奶從遠處的家鄉來看她，小李高興極了，
馬上找教練請假。教練吩咐她做完動作就可以去，此時她的心思

早就飛出訓練館，動作做得馬馬虎虎。

　　譯文：ある日、おばあさんが国から彼女を訪ねてきた。李さんはうれしさのあまり、すぐ暇をもらいにコーチのところへ飛んで行った。トレーニングが終ってからならよろしいとコーチに言われたが、彼女はもううわの空で、トレーニングをいいかげんに終わらせた。

　　此例的後半段也是較爲典型的意譯，“心思早就飛出訓練館”譯成“うわのそら”，很準確，又很簡潔，但是，又不能說它是簡譯——它既沒有裁剪掉“多餘”的部分，也談不上是對原文的提練，因爲原文本的就是這個意思。只能算是譯意。

　　例9　有人承認簡化字易寫、易認。但認爲寫出來不如繁體字好看。其實，那是功力不到的原因，而非字體簡化的緣故。試想，繁體字不是也有人寫得不好看嗎？簡化字也能寫得很好的不也有人在嗎？當然，有時簡化字在書寫上確有不如繁體字好處理的情況，那主要是筆畫少了容易暴露功力不足。

　　譯文：簡体字は書きやすくて分かりやすいが、字体の美しさは繁体字に劣ると思う人がいる。が、実はそうではない。それは字体そのものに起因するのではなく、練習が足りないからだ。もちろん、繁体字を得意とする人もいれば、逆に、簡体字を上手に書く人もいる。確かに、書き方としては簡体字のほうが難しい。字画が少ないため、練習が足りなければ、それがすぐ現われるからだ。

　　這段文字看起來比較好譯，其實不然，很多地方不採取意譯

的辦法，原意很難表達準確。比如"功力不到"、"暴露功力不足"、"而非字體簡化的緣故"、"書寫上……好處理"等。參考譯文十分靈活，或化繁爲簡，或化簡爲譯，緊緊扣住原文的核心，而行文用字又非常簡單，做到了深入淺出。

　　例10　孔丹爬了九九八十一座山，過了七七四十九條河，先前二十多歲的小伙子，一轉眼已三十多歲了，加上旅途辛勞，顯得格外蒼老。

　　譯文：孔丹は山また山を越え、川また川をわたり、さんざん苦労した。家を出たころはまだ二十そこそこだったのに、いつのまにか三十過ぎの人間になってしまった。旅にやつれた彼はとてもふけて見えた。

　　"九九八十一座山"和"七七四十九條河"在中文裡並不表示實際的數目，而是一種比喻用法，表示很多、極多。如果直譯過去，不僅畫蛇添足，而且會產生誤譯，因爲孔丹爬的山、過的河，並不是這兩個數，直譯過去，反而與事實不符。意譯過去，不存在這個問題，而且很準確。

　　總而言之，強調對原文細微處的把握，會使譯文走向傳神；重視譯意技巧的合理運用，會保證譯文的達意。二者相輔相成，則無疑會有助於譯文總體質量的提高。

第二節　同形漢字詞翻譯㈡

　　翻譯離不開語境，而同形又同義的漢字詞的翻譯更是時時處

處脫離不了語境。因爲即便是同形又同義的漢字詞也不能不分語境一律照搬沿用，否則同樣會出問題。

例8　紡織街附近，還有四幢反映不同時期紡織工人的住宅，也是按照當時典型樣式復原的。

譯文：繊維品街の近くに、各時代の紡織労働者の住宅が四棟たっている。これもそれぞれの時代のものを復元したものだ。

"當時"就是"当時"，中日文意思完全一樣，但是，譯文中就不能輕易地用"當時"。因爲在這個語境中，隱含了４個"當時"，用了"當時"，反而不知其所指了。應該用"それぞれ"。

例9　爲照顧夫婦關係，我從 A 地調入 C 市。市府工辦主任看到我的介紹信，一拍大腿說道："好，去市農機一廠，那裏正缺技術力量。"

譯文：夫婦が同居できるようにという配慮のおかげで、わたしはA地からC市に転勤できた。市政府工業部門の主任は、わたしの紹介状を読むと、ひざをたたいて言った。「じゃ、市農業機械第一工場にいってもらおう。あそこは、いまちょうど技術陣が弱くてね。」

在通常情況下，"夫婦關係"爲中日同形同義詞，主要指夫妻人身關係和夫妻財產關係，但是，在例9的語境裏，強調的並不是這一點。實際上原文是一種委婉、隱晦的說法，其實，就是夫妻分居問題。但是，如果直接挪用漢字，意思又欠明確。

例 10　社會學家考察了深圳等特區人際關係和生活方式的變化。具體地說，主要反映在下列觀念的變化上。

一、競爭觀念。（後略）

二、平等觀念。（後略）

三、時間觀念。（後略）

四、效率觀念。效率就是生命。

五、自信觀念。（後略）

六、信息觀念。（後略）

七、人才觀念。（後略）

八、就業觀念。特區的青年人絕大多數想成爲企業家。

九、自強觀念。（後略）

十、法律觀念。（後略）

十一、交流觀念。特區的交流是不分生與熟、男與女的，也不分地位的高低，而是以興趣爲主，開放式的交流情感。

譯文：社会学者は、深圳など経済特区における人間関係と生活様式の変化を調査した。具体的に言えば、次のような意識変化があげられる。

一、競争意識の芽ばえ。

二、平等意識の醸成。

三、時間の概念の変化。

四、能率第一志向。能率こそ第一位だ。

五、自信の形成。

六、情報観念の発達。

七、人材の尊重。

八、企業家への憧憬。青年の大多数が企業家に憧れる。

九、自立心の向上。

十、法律観念の強化。

十一、交際範囲の拡大。面識の有無、男女、地位などを問わず交際が盛んである。また、趣味をベースにした開放的な付き合いもみられる。

查閱《辭海》（1989年版）、《現代漢語詞典》和《広辞苑》（第四版）、《國語大辭典》以及日本文化廳的《中国語と対応する漢語》，可以發現，中文的"觀念"和日文的"観念"，作爲普通名詞和哲學名詞，意義非常接近，可以把它們認作同義詞。但是，這並不意味著上例中的12個"觀念"都要譯成"觀念"，譯者只用了2個。當然，這裏面包含了譯者個人的用字用詞習慣以及日語表達習慣，但是，更多的是取決於語境。語境決定譯文。比如，"一"的"競爭觀念"，如譯成"競爭觀念"，意思就成了"不同的競爭觀念"，但是，原文小標題後的文字卻是在講述中國人從無競爭觀念到競爭觀念樹立的過程，因此，譯成"競争意識の芽ばえ"是符合語境的正確譯法。"三"的"時間觀念"譯成了"時間の概念の変化"。在日語裏，"時間の観念"這一類說法也是存在的。雖然是"概念"和"觀念"一字之差，但是，兩者的語義相差並不小。"觀念"和"概念"的主要區別在於：人們對事物所持有的感性認識是"觀念"，從感性認識上升到理性認識是"概念"。所以，一般只說"時間の

観念がない"、"時間に対する観念が足りない",表示的是：不重視時間,沒有時間意識,並且已成爲習慣。但是,日語裏卻不能說"時間の概念がない"。因爲"時間の概念"表示的是對時間的理性認識和掌握,而不是有無的問題。即人們頭腦中對利用時間、安排時間較爲固定的看法和認識。綜上所述,譯文的選詞是正確的,表示人們開始學會合理安排和利用時間。

"六"和"十"的譯文分別沿用了"觀念"一詞,因爲中日文幾乎完全同義。其餘各項,或意譯,或加譯,沒有再沿用同形漢字。其選字用詞也十分貼切,準確地反映了原文的內容實質。

總之,同形漢字詞的翻譯如果注意到了詞義的異同,並始終結合語境進行選字用詞,才可能保證譯詞達意傳神。

練習

一、翻譯下列短文

1. 我女兒屬猴,她不準說猴子不好。兒子屬猪,他總說猪對人類的貢獻。他們並不迷信,只是有那麼一種特殊心理。這種心理在中國人中是相當普遍的。

2. 我與每一位初學者一樣,都走過了一段艱苦的初學的道路。每天一百遍、一千遍地練習"あいうえお"的發音。即使是這樣,也無法擺脫開那些中國人特有的毛病：促音停頓不清晰,長音拖得長度不夠,濁音發得不準等等。這些雖然都是小毛病,但串連起來,日語的發音就變得四不像了。

3. 走進你的家,人好像滑進了五線譜,歷來五音不全的我,卻像足踏音符,全身心充滿了音樂細胞似的。

4. 自 1980 年開始，南開大學利用寒假、暑假等時間為外國留學生舉辦四、六、八周的中文班。另外，還舉辦三個月或五個月的中國學講習班。每年接受美國、日本、加拿大、意大利、法國、德國、韓國等國家的短期留學生約計 300 多人。通過短期學習和教學實踐活動，不僅能提高中文水平，而且能對中國的社會和文化有所了解。

5. 爸爸，女兒已經不是以往的女兒了。女兒的命運也不是只繫在自己一個人身上了。

爸爸這樣做也許是為了對得起兒女。那麼女兒呢，女兒也應該對得起兒女，對得起這個家庭。

6. 爸爸一見姐姐、姐夫的樣子，眼淚頓時就流了出來。

姐姐也哭了，不過哭得跟爸爸並不一樣。姐姐是帶著笑意落淚的。

7. 二十世紀初葉以遠，至今九十餘年，關於中國畫如何鼎新之爭論，無休無止。康有為、陳獨秀失之膚淺，蔡元培紙上談兵，徐悲鴻躬身力行，而傅抱石快人快語，令人拊掌。他說："還有大倡中西繪畫結婚的論者，真是笑話，結婚不結婚，現在無從測斷，至於訂婚，恐怕在三百年以後，我們不妨說近一點。"

8. 少年時側身恩師可染先生門牆，聆聽教誨，耳目頓明，宛坐三生石上，頗悟前因。先生每教執筆運行，務求凝重徐緩，不尚浮滑飄忽。……又憶先生云，近代以遠，畫壇線條能過關者未必有十人，先生未言其詳，十人云者，寬約而言，非為定數，

嗟夫，藝學之難若斯。

二、翻譯下列短文，注意打點的詞語

1. 有一次我的一個學生對我說：「師母的字要比先生的好得多。」正是在她的影響下，我才認真臨帖習字，有點進步。

2. 當代女大學生在戀愛問題上也頗有性格。她們願意落落大方地與異性交往，討厭人們對此的敏感心裏，只要愛情在身邊，決不放棄捕捉機遇。

3. 她說她在社交中見過不少有特點的男性，但這並沒妨礙她愛自己的丈夫。

4. 這六年來，我們國家的政治形勢和經濟形勢一年比一年好。這是因爲我們對情況一年比一年更清楚，政策一年比一年更完備，計劃一年比一年更周密，措施一年比一年更得力，信心一年比一年更增強。

5. 蔭房是葡萄溝一大特色，有一兩層樓高，用土堆砌成，狀如碉樓，四壁鏤出密密麻麻的洞孔，借火焰山的熱風以晾葡萄。

6. 有些平時成績很好的運動員在關鍵的時刻老發慌。甚至動作失常走樣。

7. 中國畫直抒胸臆的快感，來源於它語言的痛快淋漓，來源於假自然陶咏乎我的山川大神般的自信。傅抱石先生曾說：「中國繪畫原本是興奮的，用不著加其他調劑」。這「興奮」二字，質樸之中奧義在焉。

三、分析研究下列譯文

1. 最奇怪的是昨天街上的那個女人，打他的兒子，嘴裏說道，"老子呀！我要咬你幾口才出氣！"

譯文一：なかでも不思議なのは、昨日町であったあの女だ。自分の息子をなぐりながら「あたしゃ、お前を何口か噛むと気がすっきりするのだ」と言っているのだ。

譯文二：なかでも不思議なのは、昨日往来であったあの女だ。自分の息子をなぐりながら「あたしゃ、おまえさんに食らいついてやらなきゃ、腹の虫がおさまらない」と言っているのだ。

2. 衆所周知，張學良是一位極富傳奇色彩的人物。他平生行事善獨闢蹊徑，多出常規，要眞實再現其傳奇生涯，確非一件易事。

譯文：周知の通リ、張学良は伝奇的な人物である。彼はその生涯を不羈奔放、ひとリわが道を行くように送リ、常規を逸した行動が多かった。したがって、その伝奇的な生涯をそのまま再現することは容易なことではない。

3. 在我們公寓的大門口，有時候停著好幾輛汽車，司機都躲在房子裏抽煙，"砍大山"。不管你有什麼急事，他們也不理你，等"砍"夠了才出車，浪費了我們多少寶貴的時間啊！

譯文：アパートの門前には、何台もタクシーが停まっていますが、運転手さんたちは、控え室の中で、「油を売って」います。部屋はタバコの煙でむせかえるほどです。どうでもいい話に夢中になっていて、たのむから乗せて下さい、とお願いし

ても、どうでもいい話がすっかり終わるまで、いくらお願いしても子供のボクなど相手にしてくれません。ああ、子供のボクだって、時間は大切にしたい！

4. 於是我自己解釋說：故鄉本也如此，——雖然沒有進步，也未必有如我所感的悲涼，這只是我自己心情的改變罷了，……

譯文一：そこで私はこう解釈する。故鄉はやはりもともとこうだったのだ、と。——進歩もないが、私が感ずる悲愁があったわけでもなく、これはただ私自身の心情が変化しただけなのだ、と。……

譯文二：そこで、私は、故鄉とはもともとこういうものなのだ、と自分に言いきかせた——進歩もないかわりには、私が感ずるようなさびしさもあるわけではない。これはただ私自身の気持ちが変わっているだけなのだ。……

譯文三：そこで、私は、こういって自分をなぐさめた。もともと故鄉はこんな風なのだ——進歩もないかわりには、私が感ずるような寂寥もありはしない、そう感じるのは、私自身の心境が変っただけだ。

5. 在古希臘的神明中，有理智的太陽神阿波羅，它以博大而寧靜的精神，維護平衡和適度的宇宙，使能循規蹈矩，合理順序地發展；又有熱烈的酒神底俄尼索斯，它以奔突而酣醉的熱情，創造歡愉而忘我的人生，在渲泄中領略原始生命力的奔放和馳騁。也許西方藝術理智與熱情的兩極徘徊，蓋源於此。

譯文：古代ギリシアの神々の中には主知的な太陽神・アポロンがいた。彼は偉大かつ静的な精神で、均衡的、秩序的な宇宙を維持し、さらに、それを軌道にのせて、自然の理にしたがってうまく発展させた。一方には、酒の神、激情的なディオニソスがいた。彼は衝動的、陶酔的な情熱を傾け、忘我的で悦楽な生を生み出し、感情の赴くに任せて、原始生命力に宿る不羈奔放な特質を人間に味わわせた。西洋芸術に見られる理知的か情熱的かというような両極性は、まさにここに由来したと言えよう。

第六講　加譯──俗語、流行語的翻譯

第一節　加　　譯

從宏觀上說，加譯是意譯的一種，從具體文字處理上說，它的特點是譯文中會多出一些原文中本沒有的詞語，似乎是譯者任意加上去的。然而，從達意傳神的角度看，加譯並沒有改變原文信息內容的質和量。添加詞語的目的不過是爲了更準確、更完整地表達原文。因此，加譯應易名爲詳譯才更合理，但是，由於它添加詞語的特徵過於明顯，所以習慣上仍稱之爲加譯。

一、加譯的前提和原則

簡言之，就是不改變原文信息內容的質和量。從表面上看，譯文中會多出一些原文中所沒有的詞語，但是，實質上這些詞語不過是幫助原文信息內容的再現，它們或是原文的隱含成份、省略成份，或是原文語境中的“精靈”。由於語言、文化背景的不同，原本可以或隱或現，甚至乾脆不露面的詞語，一旦放入他種文字中，有時就不得不抛頭露面現眞身，這便成了所謂的加譯。

例1　他的父親徐達章先生是位功力很深的畫家。悲鴻九歲開始跟父親學畫，同時參加田地裏的勞動。由於家鄉遭受水災，他 12 歲便隨父親流浪他鄉，爲人畫山水、花卉、動物、肖像。

譯文：父親の徐達章も造詣の深い画家だった。悲鴻は九歳

から父親について絵を学びながら野良仕事を手伝った。十二歳の年に郷里は水害に見舞われ、父について方々をさまよいまわった。山水、草花、動物、肖像などを描いては売り、生計を立てた。

很明顯，譯文最後一部分是加譯。但是，這個加譯正是原文所隱含的意思。家鄉遭受水災，人已流浪他鄉，這時的繪畫不言而喻是為了糊口，把這層意思譯明，完全沒有改變原意。不加譯，日本人則會疑惑不解。

例2　對於煙草的作用開始人們頗多猜測。有人認為它有毒，吸多能置人於死地。

譯文：人びとは当初、煙草の役割がわからず、いろいろと憶測した。煙草は有毒物質で、吸いすぎると、人を死なせると考える人もいた。

這例中的加譯為"わからず"。人們猜測自然是因為不懂，否則也無需猜測。所以，加譯上"わからず"亦是合情合理。

例3　為了避免這些麻煩事，後來我想了一個好辦法，叫計程車時我假裝是一個日本人，學日本人說話："圓山飯店走，可以嗎？"上了車，他們問我什麼我都說："不明白，不明白"。

譯文：やっかいなことが多いんです。そこで、ボクはうまいことを考えました。タクシーに乗る時は、日本人になりすますのです（作者はイギリス籍中国人）。中国語のしゃべり方も、日本人のようにやります。「グランドホテルまでだ。いいね」、こんな調子です。いやな運轉手が話しかけてきたら、

「わからない。中国語はわからない」とだけ言って、けっして相手にしないのです。

　　譯文中劃橫線處即爲加譯。第一處爲括號內的“作者はイギリス籍中国人”。這個加譯很重要，說明了裝日本人的基本條件，作者若是歐美國家的人，無論如何也裝不像日本人。同時，如果他不裝日本人，自然被看作中國人，包括港、澳、台人民。這樣，麻煩事還是躲不掉。第二處爲“中国語のしやべり方も”。中國人學日本人說話，學的是洋腔洋調，而不是學講日語或轉彎抹角的講話方式。在這裏是把中國話用日語腔講出來，具體地說，它包括語音、語調、動賓易位、詞語搭配不當等多項內容。第三處爲“こんな調子です”，表示前文不過是一個例子而已，第四處爲“中国語は”。因爲裝著聽不懂的並不是司機說的事情，而是語言本身，這樣才能把麻煩一推乾淨。最後一處是“けっして相手にしないのです。”“他們問我什麼我都說‘不明白、不明白’”，言下之意自然是不想理睬對方，所以這個加譯仍在原文的意義範疇之內。此外，還需要說明的是，原文“他們問我什麼”中的“他們”當然是令人討厭的司機先生，因此譯成“いやな運轉手”，但又無形之中對司機進行了分類，顯得比較公正，沒有以偏概全。

　　例4　在台北住下，我就買了一輛摩托車，因爲我想更多地看看台北和台北人。

　　譯文：台北に住むことになった私は、さっそく一台のオートバイを手に入れた。オートバイを乗りまわして、台北を、そ

して台北人を、よりよく、「観察」できるからだ。

　買了摩托車，想看看台北和台北人，那必定是騎著車子到處轉。原文裏雖然沒有這句話，卻隱含著這層意思，只不過譯文把它挑明了而已。

二、加譯的條件

　加譯雖然是一種翻譯技巧，但卻不可不顧原文條件，想加就加，否則只能是畫蛇添足。所以，加譯一定要做到適合時宜、恰到好處。一般來說，下列幾種情況需要加譯。

　㈠不譯明原文的隱含成份、省略成份或言外之意，有礙於理解原文的。如上節所舉的例句。再如，

　例5　有一次，他寫完一篇小說後，悶悶不樂了半個月，原來書中的女主人公跳海自殺了！我見他失魂落魄的樣子，真有點妒嫉這些筆下人物，分去了丈夫對我的關心和愛戀！

　譯文一：曽てのことですが、一編の小説を書きあげた彼は半月ほど悶々として気がはれませんでした。なぜかというと、それは小説のヒロインが海に跳びこんで自殺したからです。魂がぬけたような彼の様子を見ると、私は夫の心遣いや愛などをいくぶん奪い取った小説の人物がねたましくなります。

　譯文二：かつてのことですが、一編の小説を書きあげた彼は半月ほど悶々として気がはれませんでした。聞いてみると、それは海に飛びこみ自殺をした小説のヒロインのことを悲しんでいたからだそうです。魂がぬけたような彼の様子を見ると、

私は夫の心を奪っていた小説のヒロインがねたましくなりました。

　譯文二是譯文一的修改稿，兩者相比，譯文第二句相差較大。譯文一照字面譯出，譯文二則進行了加譯。首先，“原來”一詞，沒有簡單地譯成“なぜかというと”，而是採用加譯方法，譯爲“聞いてみると”。從表面上看原文中沒有這層意思。但是，細細地體會原文，又會覺得這個譯法十分得體，令人嘆服。因爲用“なぜかというと”，不過是女主人公在講述，在客觀地，冷靜地講述她丈夫的故事。丈夫長達半個月的悶悶不樂對她來說早已習慣，其中原委她亦瞭如指掌。但是，用“聞いてみると”，意思就發生微妙的變化。她雖然是作家的妻子，她雖然知道丈夫剛剛寫完一篇小說，但是，她卻不知道丈夫究竟爲什麼竟然半個月悶悶不樂。不問不知道，一問嚇一跳。原來丈夫的心思還在小說的女主人公身上。於是，作爲女人，作爲妻子，她的妒嫉立刻迸發出來，因爲丈夫本應該完完全全屬於她一個人的。從這個意義出發，譯文二中又加上了“悲しんでいた”一詞，使前後句的因果關係更加緊密，更符合邏輯。

　㈡譯文中需沿用中文詞語的

　例6　大學生有他們自己的想法。計劃經濟系的512室，房門大書“彩放”二字。6名寄宿者爲學校附近一家照像館攬彩色底片放大。

　譯文：学生には学生の発想があります。また計画経済学部の五一二号室ですが、ドアに“彩拡”の二字が大きく書いてあ

りします。D、P、E 屋さんです。この部屋の6人は、近くの写真屋の窓口業務をしています。

　由於中日文同用漢字，文中的"彩放"二字翻譯中一般直接挪用。但是，日本人又看不懂這兩個字，必須進行釋義。結果譯文中便多出了"D、P、E 屋さんです"。

　例7　中國的報紙最初和日本一樣，也叫"新聞紙"。它是英文 Newspaper 的意譯詞。"新聞"者，最新見聞也，很容易理解，也好記。

　譯文：中国語では新聞のことを「報紙（パォズー）」というが、最初は、日本と同じく「新聞紙」といっていた。英語のnewspaperの意訳である。「新聞」というのは、最新の見聞のことで、言葉として理解しやすく、覚えやすい。

　這例也由於挪用"報紙"的緣故，進行了加譯。如果不加譯，比如把第一句譯作──中國の新聞は最初日本と同じく"新聞紙"といっていた──日本讀者很可能誤以爲中國人從前管報紙叫"新聞紙"，如今略去"紙"，簡稱"新聞"。這樣一來，中文的"新聞"和日文的"新聞"不僅同形，而且同義了。

　㈢屬於中國特有文化背景的

　例8　集郵愛好者會發現，台灣郵票有一個與外國郵票不同的特徵，就是在郵票下面的白邊上，有一個記號。它是作什麼用的呢？

　譯文：切手収集家は、台湾の切手と外国切手との相違点、つまり特殊切手と記念切手の左下に番号のあることにお気づき

であろうが、それは何のためにつけられたものであろうか。

　這段原文，台灣的集郵愛好者們一看就明白，所謂的“特徵”並不是泛指所有的郵票，而是專指特種郵票和紀念郵票，所以需要加譯，否則容易引起誤解，以爲普通郵票也有記號。

　例9　胭脂，自古以來在東方文化中就是女性美的一種象徵。今日，這種有功於人類生活美的紅色化粧品，幾乎家家必備，早已司空見慣。

　譯文：胭脂（えんじ）——日本の読者の皆さんにはなじみの薄い言葉かもしれませんが、これは、古くから東洋文化の女性美の象徴の一つ、口紅、頬紅のことです。人類の生活を彩るこの赤色の化粧品は、いまではたいていの家にあって、別に珍しいものではなくなっています。

　胭脂，日本沒有，屬於中國的特產。因此，翻譯起來比較困難。只好進行解釋性的翻譯，落到紙上，就成了加譯。不過，需要注意的是，日文中也有“臙脂”一詞，念“えんじ”，但是它並非中文“胭脂”的繁體字，兩者意義相差較大，不能選用。所以，譯文有意選用了漢語簡化字“胭”，以免和日語撞車，造成誤解。

　例10　小說中的朱然，只不過是員猛將，歷史上的朱然，卻是位具有深謀大略的統帥。他年少時就與孫權一起讀書，感情甚篤。後來，孫權繼位，即委之以重任。

　譯文：小説「三国誌演義」の中の朱然は脇役にすぎないが、歴史上の朱然は深謀遠慮に長けた呉軍の統帥だった。朱然

は幼少の頃から孫権と机を並べて学問に励んだ。二人は、いわ
ば「竹馬の友」、兄孫策のあとを継いで呉の主になった孫権
は、朱然に重任を委ねた。

　這例牽涉到中國古代史。"孫權繼位"的譯法顯然是根據歷
史進行補充的。當然，這例不加譯亦無不可。但是，現在的加譯
並沒有突破原文的語境範圍。

　總之，加譯是一種翻譯技巧，一定要合理地利用。濫用，則
會使譯文水分過多，甚至不成為翻譯；不用，往往又會使譯文缺
胳膊少腿，讓人莫名其妙，甚至誤導讀者。簡言之，加譯就是畫
龍點睛，點多了，不成為"睛"；點少了或者不點，卻還是盲龍
一條。所以，關鍵就是分寸，掌握好分寸，可以使譯文錦上添
花。

第二節　俗語、流行語的翻譯

　俗語和流行語有一個比較顯著的特點，即兩者都是典型的大
眾化語言，輕鬆、活潑、俏皮，或用諧音，或用比喻，形象生動
地反映社會的某些現像。但是，由於文化背景不同和中日文語法
上的差異，很多場合，較難做到形式與內容的完美結合。這時只
好丟卒保車，以譯意為主。當然，只要可能，語言特色的追求也
不應該放棄。

　例1　近來，北京很流行一句話，叫"侃大山"。特別是北
京的年輕人，更愛說此話。"侃大山"，意思就是聊大天，擺龍

門陣。

譯文：最近、北京では“侃大山”という言葉がはやっている。わけても若者によく使われる。世間話をする、雑談をするということだ。

這例的譯文採用了取巧的辦法，“侃大山”先不翻譯，照搬原文，然後再利用中文本身的解釋，譯明“侃大山”的意思。

例 2　我可是“妻管嚴”，唯命是從。要是她沒有經濟收入，靠我養活，我可能就大丈夫了！

譯文：家はかかあ天下で私は絶対服従してるんですよ。もし彼女に収入がなくなって、私が扶養することにでもなれば、私だって亭主関白やりたいですよ。

這例不同於上例，不能再搬漢字解圍。“妻管嚴”一語，如果要表現出原文的諧音效果，恐怕是很不容易做到，只好純粹譯意。不過，“大丈夫”譯得相當不錯。原文是俗用，詼諧幽默，譯文選用了“亭主關白”，不僅表面詞義對應，連骨子裏的詼諧幽默感也相映成趣。

例 3　因此，人們編了這樣的順口溜：“拿手術刀的不如拿剃頭刀的；搞導彈的不如賣茶鷄蛋的”。

譯文：そこで、世上にはこんな言い方がある。「メスを持つよりカミソリを持つ。ロケット研究より卵売リをした方がましだ。」と。

這例的譯文也是以譯意爲主。如果從順口溜的特點考慮，前半句還有點味道，後半句則不夠理想。因爲中文裏“彈”“蛋”

諧音，日語則做不到這一點。

例4　年齡最高的壽星是新疆溫宿縣的 114 歲的克力吉汗・塔力夫，現在她還能騎毛驢逛自由市場呢！過去說"人生七十古來稀"，現在是"人生七十不希奇，六十還是小弟弟"呢！

譯文：最高齡者は、新疆・温宿県のクリジハン・タリフさんで、百十四歳です。このおばあちゃんは、今でもロバにまたがって自由市場へ買物に出かけるそうですよ。

昔は「人生七十、古来稀なり」でしたが、今では「六十、七十は洟たれ小僧」ですよ！

原文的"人生七十古來稀"是杜甫的詩，譯者也相應地譯作詩。後面的順口溜，譯文選用了"洟たれ小僧"的說法，較好地表達了原文的意思和詼諧的語感。日語還有一句話，叫"六十の手習い"，兩者相比，還是"洟たれ小僧"更加生動形像、詼諧幽默，意思上也更加切近原文。

例5　他們奔波於辦出國手續、熱衷於學習和進修外語，把按時上班拋到了腦後。然而，為了給自己留條"後路"，他們又不得不"三天打魚，兩天曬網"地來廠內幹一陣子，造成廠裏勞動紀律趨向鬆散，給生產管理帶來困難。

譯文：彼らは出国手続きに奔走し、外国語学習・研修に熱をあげ、定時出勤などは念頭にない。しかし、後で退路を断たれることのないよう、かれらはさみだれ式にでも工場に顔を出す。そのために、工場のモラルはゆるんでしまい、生産管理が困難になってきている。

"三天打魚，兩天曬網"用"さみだれ式"來翻譯，效果很好，既表達出了原文的意思，又不失原文的詼諧。兩者用的又都是比喻手法。

練習

一、翻譯下列短文

1. 功夫不負苦心人，孔丹終於造出了好紙，因地得名，就叫它"宣紙"。

2. 我從夢中驚醒了，看看錶才四點十分，再也睡不著了。

3. 我至今還深有感觸：對一個成年人來說，學外語的最初半年是最難熬的。如何度過這一時期十分關鍵。入門不易啊。

4. 馬可·波羅還出使南洋，到達越南、爪哇、蘇門答臘等地。

5. 按照中國衛生部門統一印製的"外國人體格檢查記錄"，在來華前兩個月，在當地公立醫院進行體檢，它作為辦理來華簽證的文件之一。

6.《家》、《春》、《秋》三部作品過去曾多次改編成電影和話劇。如今，又由上海電視台與四川電視台合作，拍成了十九集大型電視連續劇，於近期首次搬上螢幕。

二、分析下列譯文

1. 穿過一幢幢教學樓和圖書館，我來到新落成的學生公寓，一千多名寄宿者，全是一年級男女學生。

譯文：幾棟もの教室や図書館を通りぬけて行くと、新築の学生寮の前に出る。中国では大学生は学校の寮に入るのがふつ

うで、ここには、新入生ばかりで、約千人の男女学生がとまっている。

2. 船上很擠，有所謂“散座”，票價很低，自己在過道上找個地方躺下就是了。

譯文：船は混んでいて「散座」という追いこみの所しかなかった。船賃はとても安い。船室の通路で、あいている所を見つけて、横になればそれでよいのだ。

3. 一天，我正騎車觀光，被一位熱情好客的北京人請到了他家。他請我吃飯，和我交談。

譯文：ある日のこと、「愛車」を駆って市内を「観光」していると、親切な北京人から話しかけられた。家に来い、というのである。さそわれるままに行ってみると、彼は食事をふるまってくれ、私は、食事をともにしながら、彼とあれこれ話しこんだ。

4. 《家》、《春》、《秋》是中國現代著名作家巴金先生的名著“激流三部曲”。它描繪了二十世紀初葉四川一個四世同堂的封建大家庭的悲歡離合的歷史，突出刻畫了這個封建家庭中青年人的悲慘遭遇和奮起抗爭。

譯文：『家』『春』『秋』は、中国の著名な現代作家・巴金の代表作で、“激流三部曲”と呼ばれている。『三部曲』は、二十世紀の初め、四川省の成都に住む四世帯の封建的な大家族のことを描いたもので、とくに家族のなかの青年たちの不遇と運命への反抗を描いたストーリーは無類なものとされてい

る。

5. 中國畫的線乃是天生玉質不假脂粉的美人，而墨分五色之說則更表明，在中國畫家看來，墨的黑色包容了絢麗的自然。

譯文：中国画の線は生まれつきの美人で、おしろいなどをいっさい必要としない。しかし、墨そのものは、中国の画家から五色に見分けられている。これは、言うまでもなく、墨の黒色が絢爛たる大自然を完全に包容しているという中国の画家の見方を示している。

6. 唯其如此，中國畫家才能超然物表，既能與花鳥同憂樂。又能以奴僕命風月，傾東海以爲酒，一澆胸中塊壘。

至此，大自然已成詩人、畫家手中之觥爵，日月星辰、山川湖海、飛羽游鱗無非胸中憂樂所寄託。

譯文：それによって中国の画家は、超然として別天地に入り、喜憂を花鳥と共にすれば、風月を奴僕にもする。さらには、東海をもって酒池とし、杯を重ねて、胸にわだかまる鬱憤を晴らしてしまう。

要するに、大自然は、あたかも詩人や画家の手中に収められていて、杯になりすましているかのようである。いわば、日月星辰と山川湖海、鳥獣などは、胸中の喜憂を託す存在にすぎない。

7. 蒹葭蒼蒼
白露爲霜。
所謂伊人，

在水一方。

溯洄從之，

道阻且長。

溯游從之，

宛在水中央。

譯文一：蘆葦長得長長，

露兒變成了霜。

我想念的人兒，

她在水的那方。

我想逆流去尋訪，

路兒險阻路兒長。

我想順流去尋訪，

她仿佛在那水中央。

譯文二：綠草蒼蒼，

白霧茫茫。

有位佳人，

在水一方。

我願逆流而上，依偎在她身旁，

無奈前有險灘，道路又遠又長。

我願順流而下，找尋她的方向，

卻見依稀仿佛，她在水的中央。

譯文三：蒹葭蒼蒼

白露霜卜為ル

所謂伊ノ人

水ノ一方ニ在リ

遡洄シテ之ニ従ヘバ

道阻タリテ且ツ長シ

遡遊シテ之ニ従フモ

宛トシテ水ノ中央ニ在リ

譯文四：すだれあし青々としてゐるに

白露早くも霜となる

ああ、会ふことつひにかなはぬのか

あの人は早い流れの向う岸

流れにさからひ行けば

道へだたって遠く

流れに順って行っても

いつまでも川の中ほどにあるやう

どんなに漕いでも行きつけぬ

譯文五：蒹葭の葉は蒼々として

白露は霜となりぬ

思う子は

水の彼方に

川のぼりゆかむとすれば

道とおみ至りもやらず

川渉りゆかむとすれば

おもかげは水のさ中に

－**297**－

第七講　簡譯——成語的翻譯

第一節　簡　　譯

簡譯，就是把原文譯得比較簡潔。主要的辦法有兩個：一是略去原文中的某些詞語，即通常所說的減譯；二是對譯文進行提煉，使之"麻雀雖小，五臟俱全"。當然，無論採用哪種簡譯方法，都不能傷筋動骨，有損原文信息的內容的準確傳達。其實，簡譯的目的正是為了更好地轉達原文的信息內容，做不到這一點，不如不簡譯。這是簡譯的前得和原則。

一、剪裁法

所謂剪裁法，就是根據中日文不同的表達特點，略去原文中"多餘"的詞語。當然，"多餘"只是相對於譯文而言，因為"多餘"部分所表達的意思已經包含在譯文的其他部分中了；對於原文，"多餘"卻非多餘，如真多餘，更當快刀斬亂麻，毫不顧惜。

例1　故鄉的人們以極大的熱情歡迎這位遠道而來的"媳婦"。……米子生活在溫暖之中，與鄉親們建立了深厚的情誼。她常常用微薄的力量為鄉親們做一點事兒。

譯文：ふるさとの人たちは、遠方から来た「嫁」を温かく迎えてくれた。……米子はそんな温かさに包まれ、村の人たち

と仲よく暮らしていた。彼女も微力ながら、いつもみんなのために、と考えていたらしい。

　中文裏的"做一點事兒"在譯文中雖被抹掉了，但是它的意思不言自明。照實譯出來，反倒讓人覺得囉嗦，可以說剪裁得恰到好處。

　例2　這條路未鋪柏油路面，灰土特大。車行之處狼煙滾滾，加上我們乘坐的舊北京吉普車密封性能差，車裏車外一個樣，走不多時，我們的頭上、臉上、渾身都落滿塵土。

　譯文：まだ舗装していないので土ぼこりがすごい。旧型の北京ジープは密閉性がよくないのか、車の中も外もあまり変わらない。いくらも行かないうちに頭からほこりをかぶったようになる。

　與原文比較，譯文大小有4處剪裁。句首譯作"まだ舗装していないので"，自然是條路，而不是原野或田間小道，否則談不上"舗装"。第二處"車行之處狼煙滾滾"在這個上下文中刪掉無妨。後面的"我們乘坐的"以及"臉上、渾身"等詞語也無需一一譯出。根據這個語境，讀者自然會明白，尤其是最後一句，譯作"頭からほこりをかぶったようになる"，那臉上、身上、鞋上自是不言而喻了。

　例3　給你說個笑話吧，從前有個很博雅的教書老先生，有一天他看見書房外面飛著雪花，一時十分感慨，即興吟了一首詩："天公下雪不下雨，雪到地上變成雨，變成雨來多麻煩，不如當初就下雨。"這時，下面一個學童站起來應聲和了一首：

"先生吃飯不吃屎，飯到肚裏變成屎，變成屎來多麻煩，不如當初就吃屎。……"

譯文：「笑い話があるよ。昔、物知りでお上品な先生がいてね。雪が降っているのを、書斎から眺めていて、すらすらと詩をつくったんだ。『天公下雪不下雨，雪到地上變成雨。変成雨来多麻煩，不如当初就下雨』——天の降らせる雪は地上で雨となる、それなら、いっそ始めから雨を降らせたら。すると、一人の弟子が立ちあがって、それに合わせた詩をつくぺた。"先生吃飯不吃屎，飯到肚裏変成屎，変成屎来多麻煩，不如当初就吃屎"——先生はご飯を召しあがり、おなかのなかでそれがくそになる、それなら、いっそ始めから……」

　文中第二首打油詩的最後一句被剪裁掉了，代之以省略號。但是一點兒也不影響表達原詩的意思，反而效果更好，更幽默、更含蓄。如果直譯出來，會給人一種污濁的感覺。

二、提煉法

　提煉也是一種簡譯，與剪裁法不同的是，它不是直接略去原文中的某些詞語不譯，而是對原文進行提煉，讓它們濃縮，話雖少，意思卻絲毫不差，有時一字一詞甚至可以以一當十。

　例4　無論是在傳統社會還是在現代社會，人們都要養育子女。但不同的人要孩子的目的不同。人們養育子女的目的反映了他們的人生觀和生活態度。

　譯文：伝統的社会にしても現代社会にしても、人びとは子

供を生むものである。しかし、人によって、子供を生む目的も
それぞれ違う。その目的はその人の人生観と生活態度を反映し
ている。

原文中第二個"人們養育子女"，在譯文中被提煉成"そ
の"兩字，使譯文簡潔明快。

例5 日本人已將柔道推向了世界，我們中國武術遲早也會
走向世界。

譯文：日本の柔道はもう世界じゅうに広まっていますが、
中国の武術も、やがてそうなるでしょう。

這例同上例很相近，一個"そうなるでしょう"，言簡意
賅，事半功倍。

例6 自古文人生活多清苦。我們也是如此。房子是租的，
租金占去我工資的三分之二。

譯文：昔から、インテリは貧しく、私たちも例外ではあり
ません。家賃だけでもサラリーの三分の二をとられてしまいま
す。

這一例，譯者把"房子是租來的"和"租金"擠壓到一起，
提煉成"家賃"一詞，既然是"家賃"，房子自然是租來的。

例7 老太太病倒了，他總跑前跑後，煎湯餵藥，裏外服
侍。每天下班後，他總是搶著炒菜做飯，把一大堆家務都攬在自
己身上。

譯文：おばあさんが病気で寝こんだときには、彼はまめま
めしく薬や身のまわりの世話をします。勤めから帰ると、すぐ

進んで食事の仕度や家事をします。

　　"跑前跑後，煎湯餵藥，裏外服侍"十二個字，講的無非是餵藥和服侍老人兩件事。"跑前跑後"並無實質性內容，只是描寫忙碌的情景。但是，餵藥和服侍人，細說起來又十分複雜，"煎湯"是熬中藥，"餵藥"的"藥"字又有可能包括西藥。"裏外"說起來也很繁雜。所以，譯成"まめまめしく薬や身のまわりの世話をします"，雖然看起來簡單了一些，但概括性卻很強，不僅原文的主要意思都包括進去了，而且給人留下了想像的餘地。

三、注意事項

　　在簡譯技巧的實際運用過程中，有一個較爲常見的毛病，即不顧原文信息內容的準確轉達，任意刪減原文，造成譯文脫離或背離原文。

　　例 8　快過春節了，爸爸連著囑咐了我兩次：要我給鄉下的姐姐寫封信，一定要姐姐來城裏過年，還要姐姐帶上孩子，讓姐姐一家子都來。

　　譯文一：春節（旧正月）が近づいたころ、田舍にいる姉に手紙を出して、今年こそ一家でこちらに来て春節をすごすように言えと、父が私に念をおした。

　　原文表達的是父親對女兒的一片愛心，強調的是姐姐回家過年，然後才是她孩子和丈夫的回家問題。但是，譯文把"一定要姐姐來城裏過年，還要姐姐帶上孩子"剪掉了，結果語義發生變

化，強調的不是姐姐回不回來過年，而是姐姐帶不帶全家回城過年。顯然，這不符合原意。

譯文二：春節（旧正月）が近づくころ、父は私にいなかにいる姉に手紙を出して、「今年こそ、帰ってきて、主人と子供もこちで春節を楽しむように言え」と、念をおした。

例9　例如國家規定，對戀愛中的畢業生不予照顧。但是，倘分配計劃允許，他們也盡量提供方便，免得帶來日後"牛郎織女"調動工作的麻煩。

譯文一：国の規定によれば、恋愛中の卒業生に対しては考慮する必要はない、となっています。でも、できるだけ二人が「牽牛と織女」にならずにすむように、先生たちは配慮します。

這例有兩處剪裁，一是"倘分配計劃允許"，二是"調動工作"。仔細對比原文和譯文，不難發現，"調動工作"略去無妨，讀者可以根據語境領會到這層意思。但是，略去"倘分配計劃允許"有欠妥當，因為它去掉了"盡量提供方便"的範圍。這本是一條重要的信息，不能輕易省略掉。

譯文二：たとえば、政府の規定では、恋愛中の卒業生に対しては考慮する必要はない、となっています。でも、国の配属計画に違反しなければ、できるだけ二人が「牽牛と織女」にならずにすむように配慮します。

例10　大概在 1890 年，美國洋行老晉隆從美國運香煙到上海銷售，第二年運來機器就地生產。

譯文：1890 年ごろ、アメリカの会社がタバコを上海に運んで売リ、翌年には機械を持ちこんできて現地生産を始めた。

譯文裏略去了洋行的名字"老晉隆"。這篇文章不是史學專論，倒也無妨。否則，就不能輕易剪掉，應盡量查找原文書寫形式，再譯成日文。查找不到，也需要照搬漢字，加注說明。

例 11　同年，楊潔前往日本參加第 2 屆中日電視藝術交流活動，隨身帶去了由她執導的長達 25 集的大型神話電視系列片《西遊記》的第 7 集《計收豬八戒》。日本 NHK 電視臺的同行在觀看後大爲讚嘆："這樣一部巨作竟然出自一位女導演之手！在日本，一定是由男士執導。"

譯文一：この年、第二回中日テレビ祭參加のため日本を訪問した楊潔が、西遊記のうちの第七回「豬八戒を從える」を携えて行ったが、二十五回に及ぶこの大作の監督が女性だと知ったNHKの人たちは「日本でなら男の仕事だ」と感嘆した。

這例譯得比較簡潔，譯文文字比原文還少。按原文先後對照譯文，下列四處進行了簡譯。一、"由她執導的"；二、"神話電視系列片"；三、"在觀看後"；四、"這樣一部巨作竟然出自一位女導演之手"。其中第一處和第四處提煉爲"この大作の監督が女性だと知った"。第二處被剪掉了。第三處既可看作被提煉到"知った"一詞中去了，又可以看作被剪裁掉了。仔細分析，第二處略去無妨，因爲《西遊記》本身幾乎婦孺皆知。但是，對原文而言，第三處"在觀看後"是一個重要的信息，現在的處理方法不妥，因爲觀看和知道並不是一回事。應作些修改。

譯文二：この年、第二回中日テレビ祭参加のため日本を訪問した楊潔は、二十五回に及ぶ西遊記のうちの第七回「猪八戒を従える」を携えて行った。この大作を見て、その監督が女性だと知ったNHKの人たちは「日本でなら男の仕事だ」と感嘆した。

　　例12　1952年院系調整，我從浙江大學調到復旦大學任教，我們一家遷居到了上海。就在她到中國後的第二十二個年頭──1953年，她在上海加入了中國籍。所以我說，她是上海人。她的日文名字叫松本米子，從那以後，她改名叫蘇松本。

　　譯文：1952年、私は浙江大学から復旦大学に転勤し、一家は上海へ転住した。中国に来て二十二年目の1953年、米子は上海で中国籍に入り、蘇松本となった。だから、米子は上海人だと私は思う。

　　這例有兩處剪裁，一處是“院系調整”，一處是“她的日文名字叫松本米子”。嚴格地說“院系調整”是一個實實在在的信息內容，刪掉它，對完整地轉達原文多少有點影響。所以，最好先譯出，後加注。如“1952年、私は「院系調整」＊で浙江大学から復旦大学に転勤し、……”

　　＊「院系調整」は1952年4月、全国的規模で行われた大学と学部・学科の全般的な調整：大学や学部を全併、増設して調整し、教員や場所・設備も統一的に割りあてたのこと。

　　第二處的剪裁是合理的，讀者完全可以根據上下文捕捉到這句話的意思，弄清男女人物的關係。

總之，剪裁與提煉是簡譯的兩種形式，它們既相互獨立，又密切相關，有時甚至很難區別開來。但是，兩者的目的是相同的，它們可以使譯文簡潔明快，言簡意賅。用好它們，可以使譯文生輝，反之，則會產生反效果。對初學者來說，尤其要避免把簡譯作為逃避難譯處的跳板，只有這樣，簡譯才能成為名副其實的翻譯技巧。

第二節　成語的翻譯

　　成語翻譯，最重要的一條，就是要吃透原文，使譯文在意義上盡量切近原文。如果能在日語中找到意義相同或相近的成語、諺語或慣用語來翻譯，自然是最理想的。但是，如果做不到兩全其美，則寧可失去形式上的對應效果，也要保證原文意義的準確轉達。

　　例1　然而，即將走馬上任的總統也面臨一系列棘手的難題。首先，目前的經濟勢頭"既可載舟，亦可覆舟"。

　　譯文：だが、新大統領も多くの頭の痛い問題をかかえている。まず、アメリカの経済がにっちもさっちもいかないことである。

　　例2　所以，在危險的冰雪地區行軍，必須遵守一個原則：早出發、早宿營。稍有懶惰拖拉，就有可能造成"一失足成千古恨"的悲慘結局。

　　譯文：危険なクラスト地帯を行軍するには、早く出発して

早く宿営すること、この原則を忘れてはならない。少しでもだらけたりもたしたりすると、「取り返しのつかない」大惨事を招くことになる。

這兩例基本做到了形式與內容的較好結合，譯文也比較簡潔。

例3　四層的439室，住著6名歷史系女生。談起入學考試，她們無不感歎道：“這是千軍萬馬爭著擠過獨木橋”，“簡直就像打仗一樣！”

譯文：四階の439号室には歴史学部の女子学生が六人泊まっている。入試のことにふれたとき「千軍万馬が一本橋に殺到するようで」、「まるで戦争みたいだった」といった。

這例中的“千軍萬馬”，中日文同形同義，自然可以做到形意結合，兩全其美。

例4　從奄奄一息變為虎虎有生氣的企業在英國並不只是英國鋼鐵公司一家。從去年起，英國經濟逐漸擺脫“滯脹”，保持了每年增長率約3%，在西方國家中發展速度僅次於日本。

譯文：どん底から息をふきかえした企業はイギリス鉄鋼会社だけでなく、他にいくらでもある。こうして、昨年から、イギリスの経済はしだいに回復し、年平均約3%の成長率を保ち、西側諸国では日本に次いでいる。

例5　“不孝有三，無後為大”。在重視孝道的中國傳統社會，這句格言充分反映了人們對生育子女的重視。

譯文：「不孝には三つあり、後継ぎがないのがもっとも大

きなことである」。親孝行を重んじる中国の伝統的な社会で
は、この格言は、人びとが子供を生むことをいかに重要視して
いたかをよく示している。

這兩例則是以譯意為主。如果拘泥於成語的字面對譯,把例
4的"奄奄一息變為虎虎有生氣"譯為"気息奄奄としていると
ころから生き返えって往時の活気を取りもどした(会社
は)",則顯然沒有現在的譯文簡潔、生動。例5的"不孝有
三,無後為大"則只有譯意一條路。

例6 這個體育記者不光會"紙上談兵",打拳倒也挺上路
子。

譯文:スポーツ記者だから文字の上での兵論に長じている
のは言うまでもなく、実技も堂に入ったものでした。

"紙上談兵"用日語成語、諺語來翻譯,並不難,比如可以
用"机上の空論"、"畳水練"、"空理空論"等。但是,譯文
一個也沒有選用,因為它們全帶有貶義。在上例中,"紙上談
兵"卻是褒義,是對記者的讚揚。選用貶義詞語,就會歪曲整句
話的意思。因此,此保證原意的準確轉達,譯者放棄了現存的說
法,煞費心思地進行譯意。一個"長じている"準確地表達出原
文的貶褒傾向。

練習

一、翻譯下列短文

1. 於是,孔丹就聯絡了幾個師兄弟,瞞著紙坊老板,搞起
試驗來了。

誰知半年下來，不僅試驗沒有結果，反倒讓紙坊老板曉得了這件事啦！

2. 這一家叫盛錫福帽店。只見男女各式便帽、禮帽撐在帽架上，就像一朵一朵停在半空中的彩雲。

3. 一位家長聽說孩子星期天去火車站爲旅客扛行李包，連忙匯來款子。"我寧可縮衣節食給你錢，也不讓你去拎行李，丟人現眼！"

4. 來華留學生如希望進入南開大學各系、各專業本科學習或報考研究生，應在我校中文語言文化學院進修一至二年中文，其入系和專業的中文水平，應達到 HSK 中文水平測試中等 A 級標準。

二、分析下列譯文

1. 也許是近則怨、遠則親的緣故吧，爸爸對他跟前的我和弟弟妹妹來，老是這不對那不是地挑剔，然而一提起遠方的姐姐，就毫不掩飾地流露出無限的慈愛和眷念。

譯文：近くの者より遠くにいる者に情が移るのか、私や弟や妹にはなにかと口やかましい父だが、姉のことになると、とたんに甘くなる。

2. 清晨被耀眼的晨光驚醒，以爲起晚了，看看錶剛剛六點，又疑是月光。披衣推窗一看，啊，好大的雪！窗外已是銀裝素裹的晶瑩世界，一夜的雪壓彎了枝頭，把林木裝扮成玉樹瓊花。雪像斷絮仍在大團大團地飄落。

譯文：朝、明るさにおどろいて目をさまし、寝すごしたか

と時計をみるとまだ六時、では月の光かと上着をはおって窓を
あけると、外は大雪、一面の銀世界だ。夜来の雪におおわれた
木々のこずえは重くたわみ、ぼたん雪が舞っている。

3. 凌晨四點，天未破曉，寧靜的居民小區便開始活躍起來
了。一些早睡早起的老人陸續來到茶室，花兩角錢泡上一杯茶與
茶友海闊天空地聊起來。

譯文：午前四時。まだ暗いうちに起き出す人びとも少なく
ない。主として早寝早起の老人たちだ。「茶室」と呼ばれる喫
茶店に集まって茶碗一杯二十銭のお茶をすすりながら、気心の
知れた仲間たちと世間話をする。

4. 她唱歌已有六年了，許多觀眾都熟悉她唱的《童年》、
《藍天白雲》、《康定情歌》《我多想變成一朵白雲》以及英文
歌曲《愛情的故事》等。她演唱自然、樸實、大方。

譯文：歌手生活に入ってもう六年。「童年」「藍天白雲」
「康定情歌」「白い雲になりたい」、そして英語の歌「ラブ・
ストーリー」など、歌いぶりは自然で飾り気がなく、おおらか
である。

5. 姐姐終於來信了。

姐姐說她今年一定來。還要帶孩子來，姐夫也來。

姐姐說了，她從城裏到鄉下，已經二十多年了。這回她要好
好看看，好好玩玩，再好好給姐夫看看病。舒舒服服地在這兒過
個春節！

姐姐的語氣，竟像個小孩一樣！

譯文：やっと、姉から返事が来た。

今年こそきっと帰ります。子供たちや夫といっしょにと書いてある。姉は、町から農村へ移って、もう二十年以上になり、こんど帰ったら、あちこち見物したり、うんと羽根をのばしたいそうだ。それから、夫を町の医者に診てもらうことも。そうしてゆっくりと、こちらで春節を楽しみたいと。

姉の手紙の口ぶりは、まるで子供のようだ。

6. "如果他愛我，那他就不會要求我放棄我的事業而爲他服務"。還有 59.2% 的人認爲："讓女人做出犧牲，是男子自私的表現"。

譯文：「私を愛するなら、私に仕事を捨てさせてまで服従させようとはしないでしょう。」また、59.2%の人は「女性に犠牲を払わせるのは男性の身勝手。」という見方を持っている。

7. 顏眞卿盛讚懷素用筆，以爲積點成線力透紙背之屋漏痕，懷素有之矣。

譯文：顔真卿は懐素を大いにたたえて、その線は点の結成で、筆力が紙背に達していて、あたかも屋根からの雨漏りのようだといった。

8. 中國畫家不能似日本畫家那樣一枝一葉著意描，中國畫家的興奮，如兎起鶻落，稍縱即逝，不能持續於苦役般的描畫之中。

譯文：中国の画家は、日本の画家のように、一枝、一枚に

至るまで、残らず細密に描画することがない。中国の画家の興奮は、つかの間に消え去るものだから、苦役を課せられたように細々と描画するわけにはいかない。

第八講　變譯——外來語專有名詞的翻譯

第一節　變　譯

變譯的特點，顧名思義，主要體現在"變"字上，包括句式句型、思維角度、比喻手法的改變等等，但是，變譯，又必須做到萬變不離其宗——原文的信息內容。所謂變譯，一言以蔽之，不過是改變原文的外包裝而已。原文的精髓是一絲一毫也動不得的。下面分三個方面進行討論。

一

首先，我們討論改變原文的思維角度問題。

例1　鏡泊湖是溶岩流形成的中國最大的堰塞湖，相當於日本的中禪寺湖，但比中禪寺湖要大一些。

譯文一：鏡泊湖は日本の中禅寺湖と同じように溶岩流が作り出した堰止湖だが、中禅寺湖より大きくて、中国では最大の堰止湖である。

譯文二：鏡泊湖は溶岩流が作り出した中国最大の堰止湖で、日本の中禅寺湖を大きくしたものと思えばいい。

譯文二改變了原文的思維方式，換了個角度行文用字，採用比喻手法，直接把鏡泊湖比作中禪寺湖，既形象生動，又淺顯易懂，給人印象較深。

例 2　當似火的晚霞，把路燈悄悄地點亮，倏地一下，南京路變成了燈的海洋。

譯文：燃えるような夕焼けにさそわれて、いつのまにか街灯がぱっと一斉につき、南京路はたちまち灯火の海となる。

這例如果死死扣住“點亮”一詞不放，很難譯好原文。必須頭腦靈活一些，進行合理的變通。先跳出原文的包圍圈，再回過頭來“冷眼看世界”，“世界”就大不一樣。原文的點亮不過是一種比喻，只要不傷筋動骨，損傷原文的信息內容，做些變通也無妨，現在的譯法就很漂亮，也十分形象生動，令人稱奇。

例 3　對於許多新事物的新名詞，用漢字意譯較爲困難，用片假名音譯就方便得多。音譯一泛濫，弄得日本的知識分子，也只知音，不知其意，以至在西餐館看不懂菜單。

譯文：多くの新しい事物は漢字で意訳するのがかなり困難だったため、片仮名で音訳するのが便利だった。音訳がはやり出すと、日本のインテリはその発音だけは知っているが、その意味が分からず、レストランで料理を注文できない事態まで生じた。

這也是較爲典型的思維方式的變譯。原文是叫不上菜單，看不懂菜名，譯者由此引申，變譯成無法點菜，卻也恰到好處。

二

表達形式上的變通是變通的第二種類型。所謂表達形式上的變通主要指譯文在語言形式上的變化。譯者並沒有改變原文的思

維方式，但是，卻改變了具體的表達方式，以求更好地轉達原文的信息內容。

例4　有個日本代表團訪問一個中國家庭時，初通日語的男主人指著自己妻子說："これが私の愛人です"。日本客人聽後不禁一愣，輕聲議論道："愛人ですか"。顯然，這裏出現了一點誤會。主人原意是想說："這是我的妻子"，可是他卻用了一個不恰當的日語漢字詞語。

譯文：ある日本からの代表団が中国人の家庭を訪れたときのこと、日本語がちょっと分かるこの家の主人が、自分の妻を「これが私の愛人です」と紹介した。聞いてびっくりしたのは日本人の客。「愛人だろうか」と小声でささやきあったという。明らかに誤解である。

その主人は、「これが私の妻です」の意味で、中国語の「愛人」を日本語読みしたわけなのだ。

最後一句話如果拘泥於原文的表達形式，譯文較難簡潔明快地表達原文的意思。因爲"一個不恰當的日語漢字詞語"譯不好，往往會使人不知其所指。直接譯成"中国語の「愛人」を日本語読みした"，淺顯易懂，原文本來要說的也就是這個意思。表達方式不同，卻也異曲同工。

例5　生肖，是記人的生年所屬的動物，也叫屬相，因有十二個，故稱十二生肖。即鼠、牛、虎、兔、龍、蛇、馬、羊、猴、鷄、狗、豬。

譯文：干支──中国では「生肖」あるいは「属相」といっ

ていますが、人の生まれた年を十二種の動物に当てはめたもの
です。即ち子（ね）、丑（うし）、寅（とら）、卯（う）、辰
（たつ）、巳（み）、午（うま）、未（ひつじ）、申（さ
る）、酉（とり）、戌（いぬ）、亥（い）。十二支とももいわれ
ます。

這一例的十二屬相，沒有直接譯成相應的日語動物名稱。因
為日本人不那麼說，所以，需要變通。

例6　我找了一張白紙，在上邊一本正經地寫了"雪雪，我
的上帝"幾個字。這是發向天國的一封信，我頗為動情地向她訴
說我的一切，其中包括所謂的愛情經歷（實際上是對鄰家女兒的
單相思）。

譯文：白い紙をさがし出し、戯れに「小雪様私の女神様」
と書き出す。これは天国へ出すものだから、心のすべてを女神
に訴える。となりの家の女の子に片思いしていたから、それ
も、愛情の経歴として入れておく。

原文中括號部分是對"所謂的愛情經歷"的補充說明，譯文
則去掉括號，把全句譯成顯現的因果複句。

例7　南開大學自 1954 年開始接受來華留學生，六十年代
成立對外中文教學中心，承擔來華留學生的中文教學工作。1978
年以來，隨著改革開放和對外交流的發展，來華留學生人數逐年
增加。

譯文：南開大学は1954 年から海外からの留学生を受け入
れるようになり、60 年代に留学生のための中国語教育機構

（対外中国語教育センター）を増設した。1978年以来、改革開放の政策に基づいて、対外交流をさかんに発展させたため、留学生数が年ごとに増えてきた。

這例又不同於上文，上文是去引號，這例則是加引號。意思沒變，表達形式卻不同。此外，"隨著改革開放和對外交流的發展"一句分開說，應是"隨著改革開放的發展"和"隨著對外交流的發展"，兩者結構相同，地位平等，但是，譯文改變了這一結構，譯成前者修飾後者，使之變成偏正關係。

例8 中國經濟改革講習班請我校著名教授講授中國經濟改革專題。A、中國的開放政策（以歷史、政治、經濟爲中心）；B、外國人投資條件與金融、稅制；C、中國經濟的特殊形態及地方特徵；D、有希望投資種類和輸出商品；E、結合教學參觀開發區及鄉鎮企業。

譯文：中国経済改革講習班：次のA、B、C、Dは、いずれも本学の著名教授がその講義を担当する。

A. 中国の開放政策について（歴史や政治、経済などを主な内容とする）

B. 外国人にとっての投資条件と金融、税制について

C. 中国経済における特殊な形態及び地方特色について

D. 投資種類と商品輸出について

講義のほかに、教学と結び付けて開発区や郷鎮企業への見学もある。

這例在表達形式上，譯文與原文有較大的不同。譯文採取了

總提分說的方法，並把 E 另立出來，譯作補充說明。當然，這例換個角度，也可以說是分、合譯的典型例句。

例9　他那厚嘴脣，那呆滯眼，就像一本書，一本寫著"老實"二字的書，只要一看，就能讀懂。

譯文：あの厚い唇と動きの少ない目は、「マジメ」の三字を印刷したパンフレツトのようで、ひと目でそれとわかる。

這例的變通之處在於把原文的"二字"改爲"三字"。因爲日語裏很難找到和"老實"同義的兩字詞。只好打破原文的束縛，以求神似。再如"交一張二寸照片"的"二寸"一般也不宜直接譯成日語，因爲日本人不習慣用寸來表示照片的大小，所以，變譯爲"写真 (6×4cm)を1枚提出する"，效果較好。

三

下面討論句型句式的轉換。

嚴格地說，句型句式的轉換應屬於表達形式問題，但是，由於它使用率較高，跟語法關係密切，具有一定的特殊性，所以另立出來，略舉兩例。

例10　中國目前擁有各類正規大學 1063 所，在校學生 196 萬人，研究生 12 萬人。這些大學生是怎樣考上大學的？他們的學習和業餘生活是如何安排的？畢業後怎樣走上工作崗位？活躍的教學改革取得了哪些進展？我們到北京的中國人民大學進行了採訪。

譯文：いま中国には一〇六三校の正規大学があり、一九六

万人の学部在校生と、一二万人の大学院生がいます。入試、大学生活、就職など、最近の教育改革によってかなり変わってきましたので、北京の中国人民大学へ行っていろいろな角度からさぐってみました。

這一例變通較大，首先把疑問句改成了陳述句，然後又使"活躍的教學改革取得了哪些進展"一句與前面的三個問句發生橫向聯繫，使之落到實處。這樣，原文的四個問句併作一句，十分簡潔明快，並較好地表達了原文的信息內容。

例11　本院在學術研究方面已形成風氣，每年十月在校慶前後召開一次學術研討會，並匯集優秀論文，出版《漢語言文化研究》論文集。

譯文：本学院では、学術研究がさかんに行なわれ、毎年の10月創立記念日の行事として、恒例のシンポジウムが催され、その優秀な論文は「漢語言文化研究」という研究誌にまとめて正式に出版されることになる。

例12　中共國家教育委員會設立的中文水平考試（縮寫爲HSK），是爲母語非中文者而設立的中文水平標準考試。由國家教委中文水平測試部實行統一命題、考試、閱卷、評分，並統一頒發證書。

譯文：中共国家教育委員会が行なう漢語水平考試（中国語の能力評価試験、略称HSKという）は、中国語を母国語としない人に対しての中国語能力試験である。試験問題の作成、試験の実施、採点および証書の授与などが、中共国家教育委員会

によって、行なわれる。

　這兩例都對原文結構進行了較大的調整，但其共同特點又都是變主動句爲被動句。

　例 13　他跟我生活在一起，可他的魂兒卻常常在他創作的小說裏遨遊。他爲書中人的墮落、犯罪而悲憤，爲他們的新生、進步而高興，喜怒哀樂貫注其中，愛與恨涇渭分明。

　譯文：彼は私と起居をともにしているのに、その靈魂がよく自分の手になる小説の世界をさまよつているのです。小説中の人物の堕落や犯罪は彼を悲しみ憤らせ、彼らの更生や進歩は彼を喜ばせる。彼はその中から十分に喜怒哀楽を味わう。彼は愛と恨みの間に一線を画する人です。

　這一例的特點則是把主動句變成使役句，對調"他"和"書中人"的位置。句型雖變，卻並不妨礙原文信息內容的轉達。此外，"喜怒哀樂貫注其中"一句，譯文採取了正反表達的手法。正反表達也屬於變譯的範疇，不過，在下編裏，我們另設一節專門加以研究。

第二節　外來語專有名詞的翻譯

　在中譯日中，專有名詞大致可分兩類：一類是以中文爲原語的專有名詞，另一類是以其他語言爲原語的專有名詞。前者的翻譯相對來說比較簡單，這裏從略。這一節主要討論以其他語言爲原語的專有名詞的翻譯，這是專有名詞翻譯中最難，也最容易出

問題的地方。

關於其翻譯原則，簡言之，就是避免轉譯，避免把這一類的專有名詞從中文轉譯成日語。比較穩妥的做法是查找原文的母語說法，然後再根據母語說法，確定日語的譯名，或直接查閱日文有關資料，找出日語的標準譯法。

例1　張建一演唱的歌劇《藝術家的生涯》，人們一致認為這位"魯道夫"非常地灑脫和迷人。不僅有義大利人的感情，還有中國人的詩意。

譯文：オペラ「ボエーム」の中で張建一が演じた洒脱なロドルフォは、イタリア人の感情と、中国人の詩情がこもっていて、うっとりさせられると評判になっている。

這例中的《藝術家的生涯》和"魯道夫"如果譯成《芸術家の生涯》和"ルドフ"的話，那麼連日本的藝術家也不知道中國歌唱家在唱哪齣戲了。

例2　瓦爾納國際芭蕾舞比賽是目前國際芭蕾舞比賽中影響最大、聲望最高的賽事之一，也是得到聯合國教科文組織承認的四大賽區（此外有俄羅斯的莫斯科、美國的傑克遜、芬蘭的赫爾辛基）中歷史最長的一個。

譯文：バルナ国際バレエ・コンクールは、国際バレエ界で最も影響が大きく、最も人気の高いコンクールの一つで、ユネスコの認めている四大開催地（ロシアのモスクワ、アメリカのジャクソン、フィンランドのヘルシンキ）の中では一番歴史が古い。

這例中的地名，必須查找標準的日語譯名。此外，"聯合國教科文組織"不能譯成"連合国教育・科学・文化組織"。日本人也許能明白，但是卻不這麼說。"聯合國教科文組織"的英文說法是"United Nations Educational、 Scientific and Cultural Organization"，日語的標準譯名爲"国際連合教育科学文化機関"，不過，一般簡稱"ユネスコ"，即英文略寫"UNE SCO"的日語發音。

例3　倫敦《金氏世界紀錄大全》曾把英國鋼鐵公司前一年虧損近40億美元列爲當時世界鋼鐵業虧損之"最"。

譯文：イギリス鉄鋼会社は一年前、四十億ドルの赤字を出し「ギネスブック」から世界鉄鋼業界最大の赤字会社のおすみつきをいただいた。

這例中的《金氏世界紀錄大全》初譯爲"ギネス世界記録大全"，後改譯爲"ギネスブック"，也算還"英雄"本來面目。

例4　由中日兩國電視藝術工作者首次合作拍攝的電視連續劇《不知其名》的首映式11月4日在京舉行。

譯文：中日両国のテレビマンが初めて協力して制作した連続テレビドラマ『その人の名を知らず』の試写会が十一月四日、北京で行われた。

這例中的"その人の名を知らず"，嚴格地說已算不上翻譯，它和中文的"不知其名"地位平等。不作深入的調查，很難說哪個是原文，哪個是譯語。因此，無論是中譯日，還是日譯中，都必須找出與原文相應的說法。

例5　最近台北街頭陸續出現了港式的髮廊，裏頭盡是打香港請來的有手藝的美容師，什麼"小巴黎"、"秋子"、"新浪潮"、"迷你"……光那髮廊的名字就讓人心裏怦怦亂跳。

譯文：近ごろ台北には、香港式の美容院が次から次へとオープンしている、香港から招いてきた腕ききの美容師をそろえて。「小巴黎（プチパリ）」、「秋子（あきこ）」、「新浪潮（ヌーベル・バーグ）」、「迷你（ミニ）」……と、店の名を見ただけでも、胸がどきどきする。

這例中的專有名詞都是外來語，但是，情況卻特別。全部用片假名譯出，雖無不可，但是現在的處理方法更勝一籌。一是因爲這些詞語都是用漢字書寫的店名，二來漢字本身又有一種假名無法表達的韻味。現在的處理辦法中西結合，恰到好處，使漢字和外來語都充分發揮了自身的"優勢"。

例6　大殿旁的側殿裏，有松贊干布和文成公主、尺尊公主的塑像。文成公主像是典型唐代美人。

譯文：本堂のわきの建物に、ソンツェンがンポと、文成公主、ティツン公主の塑像がある。塑像の文成公主は典型的な唐代美人だ。

例7　在拉薩碰巧又趕上一個藏族傳統節日，即"雪頓"，意爲"酸奶宴"，即吃酸奶的節日。

譯文：私たちはラサでもまた、チベット族の伝統的祝日に行き合った。こんどは雪頓（シュエトン）節だ。シュエトンとは、ヨーグルトの宴の意味で、ヨーグルトを食べる日というこ

とだ。

　這兩例中的專有名詞都是按照各民族語言的發音翻譯的，其中“文成公主”是漢族，所以沿用漢字。尺尊公主（松贊干布的另一個妻子）來自尼泊爾，因此，譯名推本溯源，以尼泊爾語語音爲準進行翻譯。查閱日本平凡社出版的《世界大百科事典》的“ソンツェンがンポ”條，其中尺尊公主的原文書寫形式爲“Khridbtsun”，日譯爲“ティツン”。可見，例6的譯文相當規範。不過，需要順便提及的是，“尺尊公主”在日文中還有其他音譯法，但是，那是屬於具體的音譯技巧問題，同這裏所談的名隨原主的原則並不矛盾。

練習

一、翻譯下列短文，注意打點的詞語

　1. 蛇，在中國被看作五毒之首，令人生厭。所以，凡屬蛇的，都不說屬蛇，而雅稱之爲“小龍”。

　2. 從前有個聰明美麗的姑娘，不幸的是剛到成年就患了麻風病。按當時的習俗，認爲只有結婚把病傳染給對方，自己才能得救。

　3. 相傳明代大文學家吳承恩官場失意後，曾從他的家鄉準安來到雲台山。當時雲台山尙在海中，四面環海。

　4. 再有半個月就該高考了。妻子爲學生們批改作業、出“模擬試題”，常常忙到深夜才能睡覺。

　5. 過了“黑嶺關”，景觀迥異，汽車一直在蜿蜒於高山深谷間的公路上徐行。

6. 在德國，做飯多是婦女的任務，丈夫幫忙是很例外的事情。可在北京，我發現丈夫能做一手好菜，令人為之驚嘆。

7. 自 1840 年英國發行世界第一枚郵票以來，世界上已有二百多個國家和地區相繼發行郵票。

8. 掌握完整的會話，涉及到詞彙量、語法程度等各個方面，但會話水平又是一種無形的積蓄。當你的詞彙量和語法程度達到一定飽和量時，就會在有一天突然發現，會話程度突然提高了，話突然說順了。

9. 應修課程達到及格標準，方可取得該課程的學分。本科生必須取得 162 學分（必修課 119 學分，選修課 34 學分，中文實踐 4 學分，畢業論文 5 學分）方準予畢業。

10. 少女的時候，我很愛看小說，對於作家有一種微妙的神化情感，如願以償，我嫁了個作家。

11. 當時中國只有很落後的民族工業，像上海這樣一個工業城市，幾乎所有的工業設備，都是從外國輸入的，不是美國的"通用電機"，就是德國的"西門子"。

12. 現在，日本的"豐田"、"日產"超過了美國的"福特"、"克萊斯勒"，也超過了德國的"賓士"；日本的電視機、錄影機佔領了世界市場。

13. 漫步台北街頭，只見各種顏色的頂部標有"TAXI"的出租車川流不息，揚手即停，十分方便。

14. 中國畫家正是運用這些來自大自然的抽象的線條構築自己的世界。宋元之後優秀的畫家無一不是優秀的書法家，而對線

條把握能力的高低，運用線條傳神造勢，以達氣韻生動之境的本領，成了衡量藝術家高低雅俗的極則。

二、分析下列譯文

1. 老四的嘴脣出奇的厚，兩片加在一起，側面看去，如同一只紫紅紫紅的蝴蝶趴在那裏。再配上那雙久睜不眨的濁眼，呆滯呆滯的。你要是第一次同他相對象，準吹。

譯文：老四は異様に唇が厚い。口をとじているとき横からみると、赤黒いちょうがとまっているようだ。それに、動きのにぶいあまりまばたきをしない濁った瞳。見合いをすればまちがいなくお断りだろう。

2. 老四淡淡地笑笑，嘴脣出奇的厚，兩片加在一起，側面看去，如同一只紫紅紫紅的蝴蝶趴在那裏……。

譯文：老四は口元にえみをたたえている。唇が異様に厚い。上下の唇が合わさったのを、横からみると赤黒いちょうがそこにとまっているようだ……

第九講　反譯——關聯詞語的翻譯

第一節　反　　譯

反譯，簡言之，就是正話反說或反話正說，以求譯文更切近原文，更傳神。

在中日翻譯實踐中較爲常見的反譯類型主要有：一、詞語的反譯；二、詞組和句子的反譯。下面分而述之。

一、詞語的反譯

例1　在兩個車廂之間擠了八個小時。沒法上餐車，沒法去廁所，讓人們的肩膀抬起來，一隻腿着地，連身子也不得轉動。

譯文：汽車での八時間は、車両の連結部に立ったままで、食堂車どころかトイレにも行けず、人の肩に押されて片足が宙に浮いても身動きもでなかった。

原文本是"一隻腿着地"，譯文反譯爲"一隻腿離地"，即"片足が宙に浮いても"，反而更形象，更生動，更能體現車廂裏的擁擠狀況。不過，由於"ても"的緣故，"一隻腿着地"變成短時間的狀況，但卻更符合情理。

例2　有個小學四年級的女學生，因作文考試不及格要留級，回家就喝了"農藥"。幸好發現早搶救及時，事後問她爲什麼這樣，她說："留級多丟面子……"。

譯文：小学校四年の女の子が、作文のテストが不合格だったのを苦にして、家に帰ると劇薬を飲んで自殺をはかった、さいわい救急手当で助かったが、わけを聞いてみると、「進級できないと格好が悪いから」との答えがかえってきた。

　　這例則是把"留級"反譯成"進級できない"。

　　例3　回家吃完飯，媽媽給我打了一個電話，說不能來接我，下午還讓我自己坐計程車去上學。

　　譯文：中国の小学校には給食がありません。昼は家に帰って食事します。昼食のあと、母から電話がかかってきて、忙しいので午後学校まで送れない、車はタクシーにしなさい、と。

　　原文摘自英籍華人小朋友的文章，譯文結合國情，採用了加譯，反譯等技巧。其中的反譯爲把"接"變成"送"。

　　例4　選修課的選課原則是高年級可選低年級的課程；低年級不得選高年級的課程。歷年所選課程不得重覆。各門考試、考查課程，缺課時數達到或超過該課總教學時數三分之一者，取消考試、考查資格。

　　譯文：選択科目の履修については、高学年は低学年の授業科目を履修できるが、低学年は高学年のそれを履修できない。それに各年次に履修する授業科目がそれぞれ違った科目でなければならない。各授業科目は、もしその出席回数が三分の二に達していなければ、当該受験資格が認められない。

　　此例有三處採用了反譯手法。一是"重覆"譯成"違う"；二是"缺課"譯成"出席"；三是"三分之一"譯成"三分の

二"。

二、詞組和句子的反譯

例 5　事業和愛情我都需要，但兩者如果發生衝突時，我寧肯放棄愛情也不放棄事業。

譯文：仕事と愛情、わたしはどちらも必要です。もしどちらかを選ばなくちゃならなくなれば、わたしは愛情を捨てても仕事は捨てないでしょう。

這例中的"兩者如果發生衝突"，譯者沒有正面著筆，而是迂迴作戰，反面行文，以退爲進，以守爲攻，效果卻很好。

例 6　看過幾次時裝展覽，她懂得了什麼是"國際流行色"，什麼是"Ｘ型"、"Ｈ型"、"Ａ型"服裝。

譯文：ファッション・ショー なんて、もう何度も見た。今年の国際流行色はもちろん、Ｘライン、Ｈライン、Ａライン……何でもどうぞお聞きください、だ。

這例的譯文也很有特色。原文是"她懂得了什麼是'國際流行色'"，譯文卻避開"懂得"兩字，譯作"何でもどうぞお聞きください、だ"，輕鬆活潑，與原文殊途同歸。

例 7　人老了，上年紀了，最忌怕的是孤獨。兒女們整天上班，下班後又忙著照顧自家，幾乎沒有多少時間同老人交流。更何況有些事情不便叫兒女做，有些話不便和子女說，他們感到與子女之間的感情是不能代替老伴之間的那種特殊感情。

譯文：年を取ってくると、孤独が一番いけない。息子や娘

は、昼間は勤めで留守、帰ってきても自分たちのことにかまけて、年寄りの相手をするひまはほとんどない。それに、子供には 頼 めないこともあれば、口 にすることのできないこともある。連れ合いでなければ分からない特殊な感情もある、というわけだ。

譯文的用詞用句相當精當。比如一個"かまける"準確地表現出子女與父母的關係。子女不是不孝，而是心有餘而力不足。後面的"沒有多少時間同老人交流"的譯文也相當高明，如譯作"年寄りを相手にするひまはない"，語感大變，完全失去了主動和老人接觸，讓自己成爲老年人的交流對象的意思。相反，倒有一股對老人不屑一顧的味道。從反譯的角度說，原文最後一句譯得相當見功夫。原文把與子女的感情和老伴之間的感情進行比較，認爲前者不能代替後者。譯文卻從反面著筆，不是老伴，就理解不了這種特殊的感情。所謂特殊感情，自然是老伴之間的感情。同樣，"連れ合いでない人"，自然是子女。子女理解不了老伴之間的感情，正因爲他們是子女。子女兩字雖未出現在文中，卻又盡在其中。總之，譯文用字不多，卻把原文譯得很深很透。

例8　爲什麼別的地方葡萄乾是紫紅色，而吐魯番的是綠色呢？秘密就在於：別的地方是烘乾的，而吐魯番是晾乾的。

譯文：ほかの地方で産する干しブドウはすおう色だが、ここのは緑色。火であぶるのではなく、自然乾燥なので緑色をしているのだそうだ。

這例也很有意思，原文明明說"別的地方是烘乾的"，譯文卻偏偏只說自己的葡萄不是烘乾的，然而言下之意，還是"路人皆知"。可謂不著一字，盡得風流。

最後我們再討論一個例句。

例9　北京集中了文化界的精華，像《紅樓夢》著名的翻譯家楊憲益、戴乃迪夫婦、美術家黃苗子、郁風等，我常去他們家，從他們那裏不只學到知識，還學做人的風格。

譯文：北京には有名な文化人がたくさんいます。『紅楼夢』を英文に訳された楊憲益先生ご夫妻、美術家の黃苗子先生、郁風先生、……。よくお宅に呼んで下さったのです。多くのことを学びました。知識だけでなく、人間としての生き方も学んだのです。

對照原文，可以發現，"我常去他們家"反譯成"よくお宅に呼んで下さったのです"。但是，這個反譯能否成立則要根據語境和生活中的實際情況而定。如果"我常去他們家"確是因為受到邀請，這樣譯自然可以。但是，如果是主動造訪這些學者、畫家，反譯則不妥，因為它改變了訪問的性質，有嘩眾取寵之嫌。

總之，反譯利用得好，可以使譯文生動，提高譯文質量。但是，如果弄巧成拙，則會損害譯文的表達效果，不如不用。任何翻譯技巧都是為表達信息內容服務的，做不到這一點，甚至有損於原文信息內容的準確轉達，再好的翻譯技巧也是無濟於事的。尤其是反譯，要麼不用，要用，就得讓人心有所動，能夠細細吟

味，覺得雖在意料之外，卻在情理之中。

第二節　關聯詞語的翻譯

研究關聯詞語的翻譯，實際上是探討句子的銜接問題，比較複雜。下面通過幾個不同類型的例句來探討一下關聯詞語的翻譯要領。

例1　我多想唱

我想唱歌可不敢唱，

小聲哼哼還得東張西望。

高三啦還有閒情唱，

媽媽聽了準會這麼講。

高三成天悶聲不響，

難道這樣才是考大學的模樣？

可這壓抑的心情，多麼悲傷，

憑這怎麼能把大學考上。

生活需要七色陽光，

年輕人就愛放聲歌唱。

媽媽媽媽呀，你可知道

鎖上鏈子的嗓子多麼癢。

譯文：うたを歌いたいのに

うたを歌いたいのに歌えない、

小声で歌って、それでもビクビク。

高三だって、たまにはのんびりしたいのに、

歌声聞いたら、かあさん　きっと

また　ガミガミ　ガミガミ。

高三だからって一日中

声をひそめて家の中に？

これで大学受かるのかしら？

ああ、すごいプレッシャー、

こんな暗い気持ちで、

それで大学受かるのかしら？

生活はもっと明るくなくちゃ、

若いんだから声はりあげて歌いたい。

かあさん分かってほしい、

閉じたままのわたしの口、

ほんとにイライライライラ。

　　這首歌的譯文相當地精采，關鍵是準確把握住了句與句之間
的邏輯關係，並用關聯詞語準確地表達出來。如果去掉這些關聯
詞語，譯文立刻失去大部分的光彩。首先歌名譯得就很妙，加了
一個“のに”使“我”的滿腔委屈躍然紙上，立刻抓住聽眾。原
文第三、第四行，譯者採用了反譯技巧，把原本是媽媽的話——
“高三啦還有閒情唱”變成自己的話，並通過關聯詞語的妙
用——一個“だって”，一個“のに”把一個噘著嘴巴、滿臉委
屈的女高中生刻畫得入木三分，栩栩如生。譯文第四行中又用了
一個關聯詞語“たら”，把自己的擔心受怕恰如其分地表現了出

來。原文第五行，譯者在“高三”後加上“だからって”，並把第六行的一個問號變爲兩個問號，以表達年輕人心中的不滿。原文第九行，譯者又改變句式，把原文譯爲“生活はもっと明るくなくちゃ”，使其成爲一個省略句，但是，年輕人的心中痛苦已盡在不言之中，下一行的“年輕人就愛放聲歌唱”，譯者又把它變成複句形式，借以表達一種自然規律，強調年輕人愛唱歌乃是人的天性。

例2　我探身往床上一瞧，忍不住噗哧笑出聲來，並不寬綽的單人床，本來已夠難爲她那 1.84 米的身軀了，可和她齊頭並睡的，竟還有一只大“米老鼠”，那“個兒”大到活像一兩歲的孩子。

譯文：のぞいてみて、思わず笑ってしまった。彼女の184 cmの丈では、もう余地もないシングル・ベッドに、ミッキー・マウスのねいぐるみが置かれているではないか。彼女と頭を並べて「寝入っている」ミッキー・マウスは、ちょうど一、二歳の子供のように見えた。

這例與上例不同，上例是譯文加譯了許多關聯詞語，這例則是略去原文中的關聯詞語。方法不同，卻也同樣表達了原文的語感語氣。尤其是“……置かれているではないか”一句，採用了反問句的形式，顯得輕鬆、活潑、俏皮。

例3　文學所以是文學，不僅因爲文學的對象是人而且因爲文學的本質是人道。文學一旦失去人道主義本質，就會喪失其感人的力量。

譯文：文学の対象は人間であると同時に、その本質は人道主義である、それが文学の文学たる所以である。文学が人道主義の本質を失えば、人の心を動かす力も喪失する。

這一例又算是另一類型。原文中的關聯詞語幾乎全部一一對應地譯成日語。這也是從原文特點出發考慮的。對比原文和譯文，可以發現，兩者的語序雖然有別，但是，內部的邏輯關係卻絲毫也沒有改變。

例4　日語中有一個很大的難點是：口語和文章語有著很大的不同，因此，在書本中讀到的好的句子、文章，不一定都可以活用在口語中。要快速地掌握日語會話，就離不開聽大量的會話錄音和大量的會話練習。

譯文：日本語の最も難しい点は、口語と文章語の違いだと思います。テキストで覚えたすばらしいセンテンスや文章は、全てそのまま会話の中で使えるとは限りません。ですから、少しでも早く会話を上達させるには、やはり多くの録音を聞き、かつ繰り返し会話練習をしなければならないだろう。

這例的最大特點就是譯文改變了原文內部的邏輯關係。即把原文"因此"前後句的因果關係取消了，使它們成為並例關係，後一句成為前一句的補充說明或例證。但是，緊接這一句，譯者卻加了一個"ですから"，使前後文變成顯現的因果關係。仔細推敲起來，這例的邏輯關係的改動是可以成立的，因為它沒有背離原文的意思進行任意篡改。換言之，原文確實可以按照譯文的邏輯關係來理解。

例 5　家離學校不近，要換兩次車，從家到車站還要有 20 分鐘的路程。我跑步前進。這是個既省時間又能鍛鍊身體的兩全其美的辦法，所以，始終堅持著。

譯文：学校は家から遠い。二度もバスを乗りかえなければならない。バス停まで出るのに二十分かかる。小走りで行く。バス停までの二十分間、こうして小走りでゆけば、時間も節約できるし、体もきたえられる、そう考えて、毎日の日課にしてもいるわけである。

原文第一句採用了分譯手段，一譯爲三，中間沒有用關聯詞語。原文最後一句是個因果句，譯文實際上譯作兩句，即從“そう考えて”開始，可以看作是一個單獨的句子，並以“そう考えて”替代關聯詞語，連接上文。中文的判斷句“這是個……兩全其美的辦法”，譯者先加譯，然後把全句譯爲偏正複句。但是，從信息內容傳遞的角度說，譯文告訴讀者的和原文幾乎完全一樣。也就是說，譯文準確地把握住了句子內部邏輯和信息內容轉達之間的辯證關係，並巧妙地加以運用。

綜上所述，關聯詞語的翻譯中最爲重要的就是準確把握住句子與句子之間以及句子內部的邏輯關係並用譯文正確體現出來。有時，譯文的邏輯關係雖然可以有別於原文，但在意義表達上，在原文信息內容的傳遞上卻必須忠實原文，做到異曲同工。

練習

一、翻譯下列短文，注意打點詞語的翻譯

1. 姓名只是人的一個符號，然而，我們中國人卻不是那麼

輕率的。當一個新生命呱呱落地時，年輕的爸爸媽媽，總想給孩子取一個稱心如意的名字。

2.我始終覺得，他們能夠成材與他們在少年時代受到的良好的母教是分不開的，是他們的母親孕育了他們的智慧和幸福。

3.著名的水文專家指出：從今年起，黃河問題大意不得。

4.我又愛他，又惱他，覺得他很可憐。但一想，似乎自己比他更可憐。

5.拉稿、改稿、發稿、會客、開會、接電話、加上省不了的家務：柴米油鹽醬醋糖……。每天，一睜開眼睛，就像爬上了旋轉不停的車輪，被它們帶轉得頭昏眼花。

6.儘管國家用了最大力量來發展高等教育，但面對每年二百萬考生，入學競爭愈來愈激烈了。近年來，這種競爭又提前到能否上重點中學、小學，乃至幼兒園了。

7."夫"這個字在中文和日文中一樣，都是配偶者的男方的意思。不過，現代漢語一般都是使用"丈夫"。

8.運動員的運動生涯比較短暫，尤其是體操選手。孩子若從小從事體育，一旦結束運動生涯，毫無其他專業特長，除了當教練外，別無他途。可是多數運動員或許永遠成不了"明星"，也當不上"冠軍"，結果是耽誤了前程。所以還是按部就班讀書上大學保險。

9.宋姜夔之《續書譜》、清康有為之《廣藝舟雙楫》，對書史持揚魏貶唐之見。於貶唐，可謂偏見；而於揚魏，豈無精論？康有為以魏碑比江漢游女之風詩、漢魏兒童之謠諺，此說甚

是。

二、分析下列譯文

1. 明代著名畫家戴進，擅長畫人物肖像，只須寥寥幾筆，就能把一個人物的面部特徵勾勒出來，不僅形似，而且神似。

譯文：明代の有名な画家・戴進は、肖像画が得意で、人物の顔の特徴をつかんでさっと筆を走らせるのだが、形は言うに及ばず、性格までよく出している。

2. 同時，不少外國友人、醫生、記者也艱苦備嘗，遠道來到中國，不少人參加八路軍、新四軍的工作。他們爲中國抗日戰爭做出了不可磨滅的貢獻，有的甚至犧牲了自己的生命。

譯文：それと同時に、多くの外国の友人、医師、ジャーナリストが困難や苦しみにもめげず、はるばる中国にやってきた。そして、八路軍と新四軍の活動に携わる人も少なくなかった。彼らは中国の抗日戦争の勝利のために偉大な貢献をし、そのために命までささげた人もいた。

3. 畫家的悟性往往晚於書法家數百年之遙。這種情況宋元之後始結束，書家與畫家兩位一體，這更進一步推動了中國書畫線條的前進。

譯文：とにかく、書道家に比べ、画家のほうが数百年間もその悟りが遅れていたようである。この状態は、ほぼ宋、元まで続いていたといってもよかろう。その後、書道家と画家は始めて同じ道を歩むようになった。このことにより中国画の線の発展はさらに推進された。

4.歷史長河不可割裂，詩史亦不可僅有漢魏風謠而無唐宋近體。

譯文：歷史の流れを切り放してはいけないことと同じく、詩史も唐、宋の近体詩をぬきにして、漢、魏の民謠だけをものにすれば、何にもならないのではないか。

參考譯文

上編第一講參考譯文

一

1. 至於女孩子小縫呢，一講她什麼，就回說"我願意嘛，不要你管。"於是一天不知要把頭上的絲帶換過多少次。最近嘛，去向人學拉小提琴了，回家後練起琴來，發出的聲響同鉎鋸齒沒什麼兩樣，不過她絕不在別人眼前練習，而總是閉緊了房門，吱嗄吱嗄地拉著，所以大人們認為她拉得很好。只有代助時常偷偷地去推門瞄上一眼，於是她就沒好聲氣地嚷起來，"我願意嘛，不要你管。"

二（略）

三

1. 這是一個叫清兵衛的孩子跟葫蘆的故事。自從發生了這件事以後，清兵衛和葫蘆就斷了關係。過了不久，他又有了代替葫蘆的東西。那便是繪畫，正如他過去熱中於葫蘆一樣，現在他正熱中著繪畫。……

2. 一到十一月，金光和尚完全喪失了時間的觀念。早晨睜開眼來，總是把小和尚清源叫來問道：今天是下海的日子嗎？知

道今天不是下海日，他便鬆了一口氣，抬起頭，把目光落在沙石院子中的雜木上。雜木的綠蔭映入眼簾，緊靠院外的濱之宮海岸的浪濤聲也輕輕傳入耳中。

四

1. 代助又去見三千代。三千代還像日前一樣，顯得平靜、安詳。她滿臉生輝，帶著微笑，春風已吹開了這個女人的眉頭。代助明白，三千代對他代助是由衷信賴的了。

2. 大宮先生，請不要生氣。我給您寫信是需要多麼大的勇氣啊。我提筆又住，幾次三番，就是怕惹你不高興。若是惹您生氣，說我的信給您帶來煩惱，我眞是無地自容。我害怕您看不起我，討厭我。可是現在，我已無法再顧忌它們了。我要給您寫信，因爲這關係到我一生，甚至比一生還要重要。即使讓您生氣、讓您討厭我，我也覺得比現在的心情好受。

3. 我和三景書房早就熟識，得知該社計劃出一種新的文化雜誌，我乘機推薦神坂去當總編，這就是神坂一手創刊的《東西文化》雜誌。與此同時，應三景書房的請求，我擔任了《東西文化》的顧問。

4. 在《史記》、《漢書》等中國古代各種文獻中有關其他民族的記載裏，在記述其居住形式時。總是注明有無城郭這一條。這反映了古代中國人對基本居住形式的認識 —— 即他們的城市觀。

上編第二講參考譯文

一（略）

二

1. "站長先生好像穿得很多，我弟弟來信說，他還沒穿背心呢。"

"我都穿四件啦！小伙子們遇上大冷天就一個勁地喝酒，現在一個個感冒，東歪西倒地躺在那兒啦。"

2. 那天夜裏，笹野怎麼也無法入睡。好不容易剛有點迷糊，又猛然驚醒，生怕有人潛入屋內。

3. "沒有紫菜卷的麼？"

"啊，今天沒做。"肥胖的店主人一邊揑著飯團一邊愣眼看著學徒。

學徒打定了主意，做出老內行的神氣，伸手從三個排在一起的金槍魚醋飯團中抓起一個。可是，當他把手縮回的時候。卻不像剛才伸手來時那麼神氣，不知怎的，忽然有些遲疑。

"一個得六分錢哪！"店主人說。

學徒沮喪地把飯團放回木盤上，一聲不響。

4. 買主斟酌著腳步，在前面慢吞吞地走，仙吉拉著裝磅秤的小手推車跟在後面，相隔一、二丈。

5. 在失蹤的前一天晚上，不破數馬略帶幾分醉意似地跑進

我的房間裏來，對我的畫作了一番莫名奇妙的評論，接著忸忸怩怩地提出要我借給他兩千日元，作爲預付的房租。

6. 她一生自我犧牲的精神，假如有力量，就讓我陶醉吧！假如是讓我上當受騙，我也心甘情願。總之，我的人生觀已經發生了巨變。若是怕陶醉，怕受騙，怎麼能夠體會人間的愛情？我已經想得如此之深。

7. 我選擇了一條途經蘇聯、芬蘭的赴歐最廉價的路線。斯德哥爾摩是第一個目的地。最後的目標是格拉納達，那是西班牙安達盧西亞地區的一個古老的城市。

8.（略）

上編第三講參考譯文

一

1. 住院第四天的晚上，笹野打開電視看起"深夜劇場"節目，播的是武打片，沒什麼意思。不過，笹野沒有睡意，就躺在床上，戴上耳機，無精打采地看著屏幕。

當然，電視機不是病房的，是笹野取得院方同意後讓人從家裏搬來的。

2. 半夜裏我經常發現丈夫不知什麼時候已經起來了，趴在桌上看淸樣或是訂編輯計劃。凌晨兩三點鐘，人家丈夫都睡得安安穩穩的，唯有我家那口子起來繼續幹工作。看到他的背影，我幾乎要哭出來。

3. 只聽見慌慌張張開前門的聲音。這聲音把我吵醒了。一準又是丈夫喝得酩酊大醉，在深夜裏回家來。我依然悶聲不響地躺著。

4. 而且這孩子經常不是肚子疼就是發燒。丈夫幾乎從不在家，孩子的事他不知是怎麼想的。我即使告訴他孩子發燒，他也只漫不經心地回答說："噢，是嗎，帶他去看看醫生吧！"說罷，他急急忙忙地披上和服外套，便走出門，又不知上哪兒去了。

5. 只有澄江站在他心頭的十字路口上，朝著通向未來的道路發愣……。可是，定睛細看，那人卻不是澄江，而是阿京。她啜泣著穿過十字路口，消失在通往昔日的道路上。

6. 父母非常寵愛公主，但又拘泥於舊俗，不主動替她找個合適的女婿，只是滿心焦急，巴望人家來求婚。

7. 那男子正如乳母所說，是個性情溫和的人，容貌也風雅，而且誰都能看得出來，他對美貌的公主是十分傾倒的。公主對他也並不感到討厭，有時還覺得終身有了依靠。

8. 一個十二、三歲的少女，臉面漲得通紅，急步地走著，兩只眼睛亮晶晶的，吃力地喘著氣。然而，她卻穿著一套粉紅色的西裝，襪子已滑到腳脖子上。但她沒有穿鞋。

9. "媽的！"

勘三咋了一下舌頭，又跳上了座位。由於他不熟悉這位高貴的少女，以為這位美麗的少女是到海濱別墅來的。因此，對她稍稍客氣了一點。可是，他三次跳下車，都沒抓住她，著實發火

了。這位少女爬車足足有八里路。勘三對此極為氣憤，竟抽打了他那心愛的馬，讓馬快跑起來。

10.（略）

二（略）

上編第四講參考譯文

一（略）

二（略）

三

1. 我們倆之間的互相敵視、互相刁難已經達到了刻骨仇恨的程度，旁人的好話已經連半句都聽不進去了。

2. 北山凝視著倉子的俏臉……暗想：這臉上確實隱含著戰爭帶來的痛苦。他多麼想闖進她那痛苦的心裏去。像他這種人，只要還保留著真誠和坦率，就會去撫慰她的痛苦……倘使兩人能心心相印，分嘗彼此的痛苦，能夠推心置腹，赤誠相見……那麼，人生豈不有了新的意義麼？

3. 冷若冰霜的追川女士，却生了個私生女襟子。……襟子現年二十一歲，就是說，她是追川女士二十三歲那年出生的。但是，目前研究所已經沒有任何人能夠了解二十年前的事了。因此，襟子究竟是怎樣來到世上的，是誰的孩子，這還一直是個

謎。……在追川女士來說，這恐怕是她平生唯一的一次艷遇吧！有些人本來摸不著頭腦，却又七嘴八舌地說長道短。說什麼一個規規矩矩、討厭男子的女人，萬不曾想她却突然生了一個女兒。而且產後立刻像往常一樣，又是陪伴著清風冷月……。

4. 話又說回來，二桐已經下過狠心：決不墮於任何情網。那麼，他現在如癡如醉地愛上了襟子，這究竟是怎麼回事呢？每當他和襟子小姐談話之後，總覺得餘言未盡，不勝依依，眞是個怪事。究竟二桐被襟子的什麼地方迷住了呢？是她的容貌？是她的聲音？是她那表面沉靜、却又令人心醉的身姿？還是她那看來天眞，却又逞嬌吐艷的媚態？

5. 襟子的爸爸是個來歷不明的荒唐鬼！我上當受騙啦。可是，謝天謝地，他給了我一個漂亮的女兒。我什麼希望也沒有，只是默默地撫養這個孩子……。

6. 沒有想到九月上旬能得到一周休暇，於是，我毫不猶豫地決定去北海道。

首先讀熟讀透導遊書，不過，那些被人讀舊讀破的地方全部跳過去不看，因爲我不想去任何旅遊點。

即便是去郊外吟詩賦歌，我也認爲聰明的做法是不去電車廣告介紹的地方，因爲廣告本身就已表明那裏已經俗不可耐。

7. 三月的腳步聲一響，大自然便一日勝似一日地吐出春意，本分之極。秋天裏沒有收拾的枯草也完成了它多季些許的保溫作用，如今轉瞬之間就變得亂蓬蓬的。除去枯草，可以看見小草的嫩芽已經一蓬一蓬地破土而出。應該有生命的地方，生命自

然會踏著大自然的節拍來到世上。這當然令人高興。

8.（略）

上編第五講參考譯文

一

1. 這便是漢字的奧妙。再比如說，把貸款（サラ金）用日語同音漢字寫成"攫金"或"鎖辣金"，借款人準會不寒而慄吧。

2. 日本人對於認眞嚴肅、耗費心血的戀愛是敬而遠之的。按風俗，是靠著叩拜出雲山上的愛之神和九拜交盃禮，就是說靠崇奉神靈結成夫妻的。

譯注：日本傳說：出雲山上有神，司男女愛情。

3. 乞兒擺弄著手槍，繼續地同貓兒說話。

"咱倆是老朋友了，今天分了手，明天你得倒霉了。也許我明天也會送命。要是不送命，以後也不同你一起扒拉垃圾堆了，你可以獨享了，高興吧。"

4. 他穿過這條小巷，好歹走到街上。店主勸他雨停下再走，可是，上哪兒去呢？文公在巷口的一個屋簷下停下來，向街兩頭望著。撐著篷的人力車匆匆忙忙地來來去去，街上的積水裏映著店舖裏的燈光。

5. "即使你有孩子，我也一定會和你結婚。可以把孩子領來，好好地照管嘛。如果是個女孩子，那就更好啦"，丈夫在京

子的身旁小聲說。也許丈夫自己有個男孩子，所以才這樣說的吧。但作為愛的表白，這話使京子聽起來覺得很彆扭。丈夫為什麼和京子作這長達十天的新婚旅行呢？也許考慮到家中有孩子，才這麼體貼她吧。

6. 我清楚地意識到這一切都發生在眼前，不是夢，是活生生的現實。

7. 銀子的屋子比較局促。不過從樓上遠眺，視野倒很開闊；值此春闌時節，展目窗外，只見細雨霏霏，綠柳如煙，而殘留枝頭的淺黃櫻，則不禁勾起人們陣陣哀愁，嗟良春之將逝。

8. 正如海軍儀式曲裏所唱，軍次是和運輸船一同葬身於海底的。而送回來作骨灰象徵的，只是預定登陸的南方小島上的一塊土。

9.（略）

10.（略）

11.（略）

12.（略）

上編第六講參考譯文

一

1. 第二天早飯時，笹野得知溝井死了。……

笹野問送早餐的護士：

"發生了什麼事情？"

護士壓低聲音說：

"你旁邊的溝井先生突然故去了。"

"怎麼可能呢？"

笹野不禁脫口而出。

2.（略）

3. 公主跟父母住在六宮邊一座樹木高大的庭院裏，六宮公主的名字便是這樣來的。

4. 在部分學校實行的神童教育，導致了教學秩序的混亂。如今過重的課程設置已經壓得師生喘不過氣來，這時再來推行英語教育實在令人費解。

5. 過了一會兒，樓下的房東太太上來了。跟往日不同，滿面笑容向我致謝說："謝謝你剛才給孩子東西。"說完她就下去了。

6. 我一向不覺得牽牛花有多美，首先因為愛睡早覺，沒有機會看初開的花，見到的大半已被太陽曬得有些枯了，顯出憔悴的樣子，並不特別喜歡。可是今年夏天，一早就起床，見到了剛開的花，那嬌嫩的樣子，實在很美，同美人蕉、天竺葵比起來，又顯得格外艷麗。牽牛花的生命不過一二小時，看它那嬌嫩的神情，不由得想起自己的少年時代。後來想想，在少年時大概已知道嬌嫩的美，可是感受還不深，一到老年，才真正覺得美。

二（略）

上編第七講參考譯文

一（略）

二

1. "這就是您要看的《秋山圖》。"

煙客翁抬頭一看，不覺發出一聲驚嘆。

畫是青綠山水，蜿蜒的溪流，點綴著小橋茅舍……後面，在主峰的中腰，流動著一片悠然的秋雲，用蛤粉染出濃濃淡淡的層次。

2. 他平常對我們總是那麼彬彬有禮，可是一見到酒吧的女招待，立刻變得傲慢起來，對她們不是愛理不理，就是頤指氣使，與在我家跟內人寒暄時相比，簡直判若他人。

3. 金光和尚長得又高又瘦，外貌本來就像一條細長的恍惚魚。侍僧說他恍惚魚，倒不是說他的體形，而是說他的眼神。金光和尚那對失神的沒有焦點的冷漠小眼睛，確實像條恍惚魚。

4. 早在代助畢業之前，梅子就要替代助作媒，讓代助看過不少照片，接觸過一些對象，但是沒有一個中意的。

5. 這種戀愛在某種意義上說是可悲的，在另一種意義上說又是可笑的。因為當時的年輕人往往將自己應該袒露無遺地獻給戀人的軀體戰戰兢兢地撕成兩半，一半給戀人，剩下的一半給道義。這與中國古代的極刑車裂頗為相似。

6. 清吉走上丸善書店的二樓，翻閱起各種圖書，可是，書

在手裏，卻不知道裏面寫了些什麼。其實，他是擔心自己悶悶不樂的心境被這個早熟的孩子看破，所以就胡亂地抽出幾本書來裝裝樣子。

7. 黃昏時分，也不知爲什麼，我經常陷入莫名其妙的鄉愁中，會無緣無故地抽泣或遷怒於母親和女傭人，最後，連絕少動怒的父親也狠狠地批評我。

8. "那麼，萬般無奈，我只好實話實說了。不過，有個條件。請二桐先生千萬不要外傳。因爲這不僅關係到我個人的名譽，也關係到前任所長 R 博士的秘密！"

9. 洋房小巧玲瓏，使人覺得它裏面似乎藏著一個童話般的故事。也許是它的什麼地方輕輕地挑起了人們的想像力吧。但是，這座洋房結構並不特別，作爲建築家，笹野是不會對它感興趣的。它的魅力不在這裏。那麼，在哪裏呢？笹野也不明白。

10. 從笹野屋子的窗口可以看見小學的右半邊。校舍的右邊有一條五米左右寬的縱馬路，路兩旁星星點點有幾戶人家。

11. 他們這種人並不少見。這小兩口過日子沒有詳細的計劃。不過清吉自己也是如此。十年前，他硬著頭皮和第一個老婆結婚時，情況和他們不相上下。如今，清吉還能回想起沒錢的苦處。

12. 代助同這位對象是有一種特殊關係的。他知道對象姓什麼，但不知道名字叫什麼。至於對象的年齡、容貌、受過何種教育，性格如何，代助完全不了解，而對於爲什麼要替他挑選這位對象，其中的原委又是非常清楚的。

13. 如果說少年的歡樂是詩，那末，少年的悲哀也是詩；如果說隱藏在幼小心靈中的歡樂是應該歌唱的，那末，在幼小心靈裏低語的悲哀也是應該歌唱的了。

14. 如果分析一下這些我們平常不曾留意的習慣，就會發現日本人一四季都把大自然裝點在自己的身邊，怡情養性。這種習慣之所以極其自然地被人們所接受，也許是因爲在日本人的潛意識中，大自然是爲人類祝福的吧。

15. 因此，上司規定起床後至晚飯前，不準躺在床上。但是，這個規定是剝奪人的天性。

16. 這也許是因爲電車顛簸的緣故，可是，我總感到青年的手指的動作有點反常。我心裏想，此人可能是扒手，但我不作聲。

17. 其次，隨手寫下的日語，有時候也令人費解。比如有這麼一段文字。

……

18. 第二天早晨，我在不破家裏吃了早飯。早上往屋裏一瞧，才知道這房子是地地道道的破屋，叫人吃驚的是屋裏幾乎沒有什麼家具，空空蕩蕩的。

下編第一講參考譯文

一

1. 甲骨文は、中国文字の濫觴である。また中国書道の起

源でもあるかも知れない。周、秦の時代は、文字は物の形をかたどりすぎて、意味を取りにくい。その後、字画数は次第に少なくなり、字は象形から符号化されてきた。

2. 東西両洋の詩も、その誕生期からすでに異なる道を辿ったのである。西洋には史詩があるが、中国の場合は詩史になる。司馬遷の『史記』を、無韻の『離騒』と見なすことができても、屈原の『離騒』は、決して押韻の『史記』にはならない。

3. 中国古代の文章論と画論において、関心が寄せられ、重要視されたのは、何よりも芸術家の主観的世界と客観的世界の統一である。その統一は一般的な意味での反映論を超越し、主観と客観との徹底的な融合を指すのである。

二（略）

下編第二講參考譯文

一

1. 孔子は聖人と称されているが、決して天から降ってきたわけではなく、母胎から生まれ出たのである。では、彼の生みの親は誰だろうか。

2. 春秋時代、魯国の武士叔梁紇は施氏をめとり、九人の娘が生まれた。だが、男の子は一人もいなかった。そのあと、彼はめかけをめとり、一人の男児が生まれ、伯尼と名づけられ

た。

　3. 上海の街頭の広告欄、電柱および新聞のページとページのすきまには「速成 TOEFLクラス」、「三ヵ月日本語会話習得クラス」などの学生募集広告があちこちに出ている。統計によると、日本語クラスだけでも全市には百ヵ所以上あり、学習者は5千人もうわまわっている。学費はだんだん上がっているが、勉強に来るひとは減っていない。

　4. 古い習慣というのは、ひょうたんのようだ。何年か前には、水の底までおさえこまれていたのに、今、ちょっと手をゆるめると、みな浮び上がってきた。

　5. 結局、私は日本語を勉強することになった。最初の半年は、毎日「アイウエオ」などの基礎段階の発音の練習と「机」、「椅子」など簡単な単語の丸暗記ばかりだったので、退屈でたまらなかった。授業をサボって寮で「紅楼夢」、「三国志演義」など中国の古典小説をこっそり楽しんだこともあった。

　6. 毎年夏休みの最後の一日には、家族そろって郊外の森林公園に遊びに行くことになっていました。その時欠かせないことは魚釣です。お父さんはよく釣りは忍耐力をつちかうと言っていました。えさをつけ、竿を投げ、魚が釣れるのを静かに待ちます。

　7. 中国画の線は、疑いなく写実を超越する存在である。写実を通して、心を表わすという追求は、起伏や変化に富んだ線に抽象的な写意性をもたらしたばかりか、線そのものにも独

立した審美価値をあたえた。

二（略）

下編第三講參考譯文

一

1.とにかく、彼女たちは自己本位をのり起えて、社会と未来への貢献に目をむけて、幸福を考えている。

2. 雑誌『大学生』は今年の一月に創刊され、創刊号5万部が二日で売リ切れたという、中国ではじめての大学生向けの刊行物です。

3.トリニダード・トバゴ共和国のジョージ・チェンバーズ首相は中国を公式友好訪問のため、七月十三日、北京に到着した。

4.中国最大のオーディオ・ビデオ関係の会社である中国唱片総公司は、八月六日から十四日まで、大阪で初めての中国レコード展示会を催し、レコード、カセットテープなど百五十品目も展示された。

5. 私たちの世代は小学校で四書五経を読み、地理、歴史も勉強しました。辛亥革命や五・四運動を経て、中国と世界の出来事を多少理解できるようになり、少年の私たちはいろいろな疑問を抱くようになりました。

6. 宣逐は年数がたっとも老化せず、虫もつかない。しかもいつまでたっても質がちっとも変らないので、「紙寿千年」と賛美されている。

7. 箱根の遊覧では、ケーブル・カーに乗ったが、ちょうど三人の日本女性と同席だった。彼女たちは姉妹らしかった。わたしたちが中国人だと分かると、すすんで話しかけてきた。中国に行きたい、北京の故宮や万里の長城を見たい、機会がなく残念だ、とそんなことをいった。

8. カメラマンとしての「職業病」ですね。何を見てもすぐカメラに収めたくなります。はじめての訪日ですから、この気持ちはつのるばかりでした。

9. 一部の女子学生はアルバイトをしている。「もう子供ではないのだから、親のすねかじリをするわけにはいかない」と、自立精神が強い。

10. この部屋に泊まっている六人は、学校近くの写真屋の窓口業務をしています。それで、各人は毎月十数元の収入があるので、本を買ったり、新聞をとったり、おいしいものを食べたりしています。「親に手を伸ばすよりよっぽとぼくたちシッカリしているでしょう？」と彼らは言いました。

二（略）

下編第四講參考譯文

一

1.わたしは彫刻はやらない。ただ、彫刻に似た造形美術には手を染めたことがある。パイプづくりだ。

2. 中国語における「夫」「丈夫」「大丈夫」は、意味が近い。ところが、日本語における意味は全く違う。言語の転化と転義が奇妙で中国人は、よく驚くのである。

3. 姑蘇とは蘇州のことである。どこか女性的で、なまめかしい響きをもつこんな名がどうしてつけられたのか。それは城外に故胥という吉い鎮（まち）があっていつしか字音が似かよった姑蘇に変わったのだという。

4. 留学生は入学手続きを取るとき、宿舎サービスカウンターと寄宿契約書を作ること。それに敷金を30ドル入れること。修業期間が満期になり、宿舎に備え付けた家具などが破損されていない場合、敷金を返還する。

5.わたしは必死の思いで劉偉の腕をつかんでいた。彼を行かせてはならない。しかし、四十すぎのわたしは、十六、七の若者の力にはとてもかなわない。劉偉はわたしをふり切って行ってしまった。

6. 小さい頃の姉は、中肉中背、色白で丸顔の、きびきびした美少女だった。髪は、あのころはやりの長い三つ編みで、

よく光る目をして、可愛かったように私は覚えている。

　7. 鈍重な渡し舟が、瀬に入るなり、あばれる野牛のように、へさきが真下を向いたり、真上を向いたりするようになった。

　8. みやげ物の網袋を提げて門をくぐると、父と母が台所で鶏をつぶしているところだった。遠くから帰ってきた長男の姿を見て、顔をほころばせたが、しわがこの前よりまた深くなったように見えた。

　9. 東京で地下鉄に乗るとき、はじめの何日か、頭がクラクラするほど緊張した。おいてきぼりにされちゃ大変だ。日本語はできないし、迷子になったらホテルへも帰れない！

　10. 東京は多種多様な広告に色どられています。これは東京の特色のひとつと言えるかもしれません。広告は隅々にゆきわたっているようです――テレビで流れる広告、ラジオのコマーシャルソング、さらに店の人口で配られるチラシや割引券など。

二（略）

下編第五講參考譯文

一

1.わが家の娘は申年なので、他の人が猿のことをけなす

と、機嫌が悪くなります。亥年生まれの息子は、豚の肩をもち、豚の人類に対する貢献な強調するのです。子供たちのそれは、決して迷信からではなく、一種の特殊な心理状態からでしょう。このような心理状態は、中国人の間にかなり普遍的にあります。

　2.私も、他の初心者と同じように、日本語を学び始めたばかルの頃は、苦しいことばかりだった。毎日、百回、千回と「 あいうえお 」の発音を練習しても、促音がうまくできないとか、長音の伸ばし方が短かすぎるとか、清濁音の区別がつかないとかいう中国語の訛は、なかなか直るものではありません。これらは、一つ一つ見れば小さな癖にすぎませんが、それぞれの癖を直さないまま話したら、それはもはや日本語の発音とは言えなくなってしまいます。

　3.お宅におじゃまして、まるで五線譜の中に入りこんだような気がします。わたしは、もともと音楽の方はダメなんですけれど、自然と全身が音楽に満たされてしまう、というのでしょうか。

　4.1980 年以来，本学は春季または夏季休暇期間中を利用して、短期外国人留学生を受け入れている。4 週間コースと6 週間コース及び8 週間コースの中国語クラスのほかに、3ヵ月間、5ヵ月間の中国学講習コースも開かれている。アメリカ、日本カナダ、イタリア、フランス、ドイツ、韓国等の国からの短期留学生は毎年およそ300 名に及んでいる。短期留学と研修

活動は中国語を高めるだけでなく、中国の社会と文化にも触れることになる。

5.わたしはもう以前の娘ではありません。わたしはもう一人ではありません、夫も子供もいるのですよ。パパがこういうことをなさったのは、娘のためを思われてのことでしょうね。それなら、わたし自身も自分の子供たちや、自分の家庭のことを考えなければなりませんね。

6.父は姉夫婦の様子を見るなり涙ぐんだ。姉も涙ぐんだが、父とはちがって顔は笑っている。

7.二〇世紀の初頭から今日まで、九〇余年を数えるが、中国画の革新についての論争が絶えたことはない。康有為と陳独秀は皮相な見解に流れ、蔡元培は机上の空論をふりまわしたにすぎない。徐悲鴻は筆にものを言わせたけれども、もっと感心させられたことは傅抱石氏の率直な話である。彼は「中国と西洋の絵画が結婚しなければならないと強く主張する人がいますが、まことに笑止千万なことです。結婚が可能かどうかは、今は判断できませんが、婚約するのも、恐らく三百年以後のことになるでしょう。もちろん、これは遠慮した言い方ですが。」と言った。

8.私は少年時代に恩師の可染先生の門下生になり、お教えを拝聴して、耳目を一新した。あたかも三生石に坐りこみ、前因を悟ったごとくであった。どっしり構えて緩やかに運筆するのが何よりで、筆先をうわすべりにして、軽々しく書き流し

てはいけないと、先生はよく教えてくださった。また、先生は近代以降の画壇には、線の筆法がしっかりしていて、奥深い境地に達した人が十人もいないとおっしゃったことがある。先生は――具体的にはおっしゃらなかったが、十人というと、おおよその見積もりで、実数ではない。ああ、芸術の研鑽はこんなに難しいのか。

二

1. 学生の一人が、「奥さんの字は先生のよりずっときれいです。」と言ったことがある。私自身も、家内のおかげで真面目に練習する気になり、それでいくらかうまくなったと思っている。

2. いまの女子大学生は、恋愛問題についても一家言を持っている。異性とは開放的なつき合いを望み、干渉されるのを嫌がる。愛情をキャッチするチャンスがあれば、けっして逃さない。

3. 彼女によると、これまでの社交でいろいろなタイプの男性と会ったが、夫に対する情愛は少しも変わらないそうだ。

4. ここ6年来、わが国の政治情勢と経済情勢は年をおってよくなった。これは年月がたつことにつれて、事情がよく判明され、政策がよりよく円熟になり、計画がいっそう周密になり、措置がさらに有力化され、したがって自信もそれにつれて強くなるからである。

5. 蔭房（干しブドウをつくる小屋）はこのブドウの谷にしか見られない。ドロを積み重ねた、ちょうどトーチカのようなもので、建物ほどの高さをもつものもある。壁に風通しの穴をハチの巣のようにあけ、火焔山の熱風でブドウを干す。

6.ふだん成積のいい選手でも、イザというときになると、気おくれがして、ミスをおかしてしまうようなこともある。

7. 中国画の率直的かつ抒情的な特質から生ずる快感は、その言語の痛快さに由来するのではあるまいか。また、大自然を相手に祖国の山河を謳歌する超人的な自信もその由来の一つであろう。傅抱石氏はかつて次のように言ったことがある。「中国の絵画は、本来興奮を隠しおおせない存在で、その他の調整や加味など、一切必要としない。」と。この「興奮」という言葉は素朴でありながる、深みを感じさせる。

三（略）

下編第六講參考譯文

一

1.まったく「雨だれ石を穿つ」という諺のとおり、孔丹はついに立派な紙を作り出した。紙は宣城でできあがつたので、「宣紙」と呼ばれた。

2. 夢からさめて、時計を見ると午前四時十分。もう眠れ

ない。

3. 大人になってから外国語を覚える場合、最初の半年ぐら
いの発音段階は一番つらく、それを何とかして乗り越えること
が一番大事だと今になってつくづくそう思う。

4. マルコ・ポーロはまた使節として南洋に派遣され、ベト
ナム、ヅャワ、スマトラ等を訪れた。

5. 入国するまでの二ヶ月間に、中国の厚生機関が配布する
「外国人体格検査記録」（外国人健康診断書）の所定通りに、
所在地の公立病院で身体検査を受けること。この健康診断書は
留学ビザ申請書類の一つである。

6.「三部曲」はこれまでに何度も映画化新劇化されたこと
があるが、今度は、上海テレビ局と四川テレビ局の協同制作
で、十九回のテレビドラマに脚色された。昨年十一月から全国
ネットで放映され、好評を博している。

二（略）

下編第七講参考譯文

一

1. それで、孔丹は仲間の若者を集めて、紙作リ場のおやか
たの目を盗んで実験をやリ始めた。

半年も工夫を重ねたが、何一つできなかったうえ、ことが

ばれた。

2.「盛錫福」帽子屋だ。紳士用のもあれば、婦人用のもあり、ずらりと陳列されている多種多様な帽子はあたかも空中に漂う色とリどりの雲のようだ。

3.ある父親は、息子が日曜に駅でポーターをしていると聞いて、すぐ送金しました。「自分の生活を切りつめても、お前にそんなことはさせない、面目が立たない！」と怒りました。

4.南開大学の各学部、各学科或は大学院に正規入学を志願する外国人留学生は原則として、本学院で1～2年間中国語を習得しなければならない。その中国語学習到達度が中文水平考試（HSK）中級のAになれば、正規入学ができる。

二（略）

下編第八講参考譯文

一

1.蛇 —— 中国では「五毒之首（はじめ）」とされ、嫌がられています。そこで、巳年生まれの人は蛇年とは言わないで、格上げして小竜と言います。

2.昔、聡明で美しい娘がいた。不幸なことに、大人になるやならずで、ハンセ氏病にかかってしまった。そのころの人びとは、結婚して相手にその病気をうつさなければ、その人は

救われないと思っていた。

　3.言い伝えによると、明代の大文学者・呉承恩(約1500～約1582)は官界失意ののち、古里の淮安をあとに雲台山に来たという。そのころの雲台山はまだ海中の島で、四方海に囲まれていた。

　4.もう半月もすると、大学入試が始まる。妻は学生の宿題のチェックや、模擬試験問題の作成で、寝るのはいつも深夜。

　5.黒嶺関を越えると、風景が一変する。車は、山をめぐり谷を縫ってゆっくりと走る。

　6.ドイツでは料理を作るのは妻の仕事で、夫で手伝うことはまず例外ですが、北京では、夫が料理の名手だということに気づいて、驚きました。

　7.一八四〇年にイギリスで世界初めての切手が発行されて以来、二百余の国や地区で切手を発行するようになった。

　8.会話を上手に身につけるには、語彙や文法の把握など、多面にわたる努力をしなければならないと思います。会話とは、一種の蓄積のあらわれであり、語彙量や文法の把握などがある程度飽和状態になると、いつか突然、自分の会話が流暢になったと気づくことがよくあるものです。

　9.各科目は60点以上の成績を取れば、その科目の所定の単位が認められる。学部生の卒業に必要な単位は162であり、その内訳は次のとおりである。必修科目は119単位、選択科目は34単位、中国語実践は4単位、卒業論文は5単位である。

10. 少女時代から私はずっと小説を読むのが好きでした。作家を、神様であるように一種の妙な気持ちであがめました。その後、願いがかなって、作家である、夫と結婚しました。

11. 当時の中国には、非常にたちおくれた民族工業しかなく、上海のような工業都市にしても、ほとんどの設備は外国から輸入したものです。米国の「ゼネラル・エレクトリック」のものか、ドイツの「シーメンス」のもののどちらかでした。

12. 今では日本の「豊田」「日産」は米国の「フォード」「クライスラー」を抜き、ドイツの「ベンツ」をも凌駕し、テレビやビデオは世界の市場を独佔しています。

13. 台北の街を歩いていると、色とりどりのタクシーが走っている。手を挙げれば、すぐ止まる。

14. 中国の画家はこのような抽象的な線な生かして、自分なりの世界を築くのである。宋、元以降の優れた画家は、例外なく、皆すぐれた書道家でもある。それで、如何に線を把握し、そして、それを利用して、迫力のあり、気勢も盛大な境地を開けるかどうかが、芸術家の品評に深く関わるのである。高雅と低俗を見分ける規准だといってもよい。

二（略）

下編第九講參考譯文

一

1. 名前は、人間の記号にすぎない。しかし、われわれ中国人は名前を付けるのには慎重を期する。新しい生命が呱々の声を上げると、若い親たちが意にかなった名前を付けたいのは人の常である。

2. 彼らが今日あるのは、幼年時代に受けた母親の教育と無関係ではないし、母親が彼らの知恵と幸福を育んだのだと、私はいつも思う。

3. 有名な地質・水利学の専門家の話によると、今年から、黄河への警戒を高める必要があるという。

4. 彼を愛する一面、憎らしく思うこともあります。また彼をかわいそうにも思います。ところが、よく考えてみれば、もっとかわいそうなのはむしろ私自身ではないでしょうか。

5. 原稿を人に頼み、それに手を加え、印刷工場に入れ、客に会い、会議に出て、電話を受ける、それに家庭の雑事、これもしなければ……。毎朝がそう、眼をさますと、回転する車輪の上でぐるぐる回っているような感じがして、眼がくらむ。

6. 国家は最大の力を注いで高等教育の発展につとめていますが、毎年二百万人の受験生にとっては、入試競争は激しくなる一方です。最近ではこの競争が重点中学、小学校、ひどい

所では幼稚園にまで広がっています。

7.「夫」という漢字は、中国語、日本語ともに意味は同じ
で、いずれも配偶者である男をあらわす。この意味の現代中国
語では、「夫」よりも「丈夫」が多く使われている。

8.選手のスポーツ生命は短いし、体操選手のがなお短い。
子どもが小さい時からスポーツをやったとしても、スポーツが
できなくなれば、他にできるものはない。コーチになるより道
はない。だが、すべての選手が「スター」になれるわけではな
い。「チャンピオン」はもっと難しい。そうなれば、将来にま
で影響する。やはり順序をふまえて大学に入れた方が無難だ。

9.書道史については、宋の姜夔と清の康有為は、それぞ
れ『続書譜』と『広芸舟双楫』で魏を推賞しているかたわら、唐を
おとしめている。これは、明らかに偏見であるが、魏を推賞す
る点では、高論卓見が少なくない。康有為は魏の碑刻を揚子江
と漢水地域の遊女の詩にたとえたこともあれば、漢、魏の時代
の童謡に例えたこともある。まったくそのとおりである。

二（略）

主要參考書目

《翻譯理論與翻譯技巧論文集》，中國對外翻譯出版公司，1983
年。

《翻譯：思考與試筆》，外語教學與研究出版社 1989 年。

《翻譯研究論文集》，外語教學與研究出版社，1984 年。

《國外翻譯界》，中國對外翻譯出版公司，1986 年。

《漢日對譯技巧》，湖南科學技術出版社，1981 年。

《漢語日譯常識》，商務印書館，1986 年。

《漢譯日基礎教程》，北京大學出版社，1987 年。

《簡明日漢翻譯教程》，上海譯文出版社，1985 年。

《邏輯與語言表達》，上海人民出版社，1984 年。

《奈達論翻譯》，中國對外翻譯出版公司，1984 年。

《日本地名詞典》，上海譯文出版社，1992 年。

《日本姓名詞典》，商務印書館，1979 年。

《日漢翻譯基礎》，陝西人民出版社，1985 年。

《日漢翻譯教程》，上海外語教育出版社，1984 年。

《日漢世界地名譯名詞典》，新華出版社，1984 年。

《日語學習與研究》（雜誌），日語學習與研究雜誌社。

《外國翻譯理論評介文集》，中國對外翻譯出版公司，1983
年。

《外國人名辭典》，上海辭書出版社，1988 年。

《現代漢語》，上海教育出版社，1982 年。

《現代漢語常用句式》，北京教育出版社，1987 年。

《現代日語翻譯技巧》，海洋出版社，1985 年。

《新編日語語法教程》，上海外語教育出版社，1987 年。

《意態由來畫不成？》，中國對外翻譯出版公司，1983 年。

《英漢比較語法綱要》，商務印書館，1981 年。

《語言與翻譯》，中國對外翻譯出版公司，1985 年。

《語言哲學：從語言到思想》，上海三聯書店，1991 年。

《怎樣用標點符號》，上海人民出版社，1973 年。

《中國翻譯》（雜誌），中國外文出版發行事業局。

《外国人の疑問に答える日本語ノート》，The Japan Times 1988。

《擬音語・擬態語辭典》，日本・東京堂出版，1978 年。

《國語表現法》，日本・櫻楓社，1975 年。

《ことばと文体》，日本・河出書房新社，1975 年。

《言葉をみがく》，日本・創拓社，1991 年。

《誤用文の分析と研究》，日本・明治書院，1985 年。

《新語と流行語》，日本・南雲堂，1989 年。

《日英比較表現論》，日本・大修館書店，1986 年。

《日中ことわざ対照集》，日本・燎原書店，1983 年。

《似た言葉使い分け辞典》，日本・創拓社，1991 年。

《日本語の語彙》，日本・櫻楓社，1989 年。

《日本語の類意表現》，日本・創拓社，1988 年。

《日本語表現文型》，日本・アルク，1989 年。

《表現類語辭典》，日本・東京堂出版，1985 年。

例句、譯文主要來源一覽表

《愛情三部典》，上海譯文出版社，1988 年。

《冰壁》，上海譯文出版社，1984 年。

《蒼氓》，中國社會科學出版社，1981 年。

《蒼茫的時刻》，灕江出版社，1982 年。

《蒼茫時分》，中國電影出版社，1982 年。

《川端康成作品精粹》，河北教育出版社，1993 年。

《從此以後》，湖南人民出版社，1982 年。

《風雪》，上海譯文出版社，1987 年。

《古都·雪國》，山東人民出版社，1981 年。

《黑島傳治短篇小說選》，上海譯文出版社，1981 年。

《花的圓舞曲》，湖南人民出版社，1985 年。

《活著的士兵》，文化藝術出版社，1994 年。

《芥川龍之介小說十一篇》，湖南人民出版社，1980 年。

《芥川龍之介小說選》，人民文學出版社，1981 年。

《兩分銅幣》，上海譯文出版社，1979 年。

《綠色的山脈》，外國文藝出版社，1984 年。

《吶喊》，人民文學出版社，1973 年。

《牽牛花》，湖南人民出版社，1981 年。

《日本散文選》，江蘇人民出版社，1985 年。

《日本當代短篇小說選》，遼寧人民出版社，1980 年。

《日本當代小說選》，外國文學出版社，1981 年。

《日本短篇小說選》，中國青年出版社，1983 年。

《日本短篇小說選》，人民文學出版社，1981 年。

《日本新感覺派作品選》，作家出版社，1988 年。

《日本戰後小說選》，上海外語教育出版社，1988 年。

《日譯漢常見錯句例解》，上海譯文出版社，1985 年。

《日語教學》（交流刊物），上海外國語大學日語系譯。

《日語中級教程》，上海譯文出版社，1992 年。

《天平之薨》，人民文學出版社，1980 年。

《田園的憂鬱》，上海譯文出版社，1989 年。

《維榮的妻子》，上海譯文出版社，1986 年。

《夏目漱石小說選》（上、下），湖南人民出版社，1984 年。

《心》，灕江出版社，1983 年。

《心‧路邊草》，上海譯文出版社，1988 年。

《野菊之墓》，湖南人民出版社，1986 年。

《疑惑》，上海譯文出版社，1991 年。

《中國日語教學研究文集 5》，吉林教育出版社，1994 年。

《綜合日語教程》，天津大學出版社，1990 年。

《自然與人生》，百花文藝出版社，1984 年。

《阿 Q 正傳‧狂人日記》，日本‧青木書店，1963 年。

《国語自由自在》，日本‧受驗研究社，1984 年。

《詩經》，日本‧中央公論社，1990 年。

《支那小說集》，日本‧東京四六書院，1931 年。

《新譯詩經》，日本・岩波書店，1954 年。

《人民中國》（雜誌），人民中國雜誌社。

《天聲人語》（'83 秋），日本・原書房，1983 年。

《天聲人語》（'83 冬），日本・原書房，1984 年。

《中國語會話》（雜誌），日本放送出版協會。

《中國語講座》（雜誌），日本放送出版協會。

《日本語》（Ⅲ），日本・凡人社，1979 年。

《北京週報》（雜誌），北京週報雜誌社。

《魯迅選集》，日本・岩波書店，1936 年。

《魯迅文集》（2），日本・學習研究社，1984 年。

《魯迅文集》（第一卷），日本・筑摩書房，1983 年。

國家圖書館出版品預行編目資料

中日互譯捷徑／高寧著.--初版.--

臺北市：鴻儒堂，民91

面；公分

參考書目：面

ISBN 957-8357-46-X（平裝）

1. 日本語言—翻譯

803.1　　　　　　　91013493

中日互譯捷徑

定價：300元

2002 年（民 91 年）9 月初版一刷
本出版社經行政院新聞局核准登記
登記證字號：局版臺業字 1292 號

編　　　者：高寧
審　　　校：孫蓮貴
發　行　人：黃成業
發　行　所：鴻儒堂出版社
地　　　址：台北市中正區 100 開封街一段 19 號二樓
電　　　話：23113810・23113823
電話傳眞機：23612334
郵 政 劃 撥：01553001
E --- mail：hjt903@ms25.hinet.net

凡有缺頁、倒裝者，請逕向本社調換
本書經天津版權代理公司代理
由南開大學出版社授權鴻儒堂出版社獨家發行